这样写出好故事

[美] 詹姆斯·斯科特·贝尔（James Scott Bell） 著
苏雅薇 译

WRITE GREAT FICTION: PLOT & STRUCTURE

Techniques and exercises for crafting a plot that grips readers from start to finish

湖南文艺出版社
HUNAN LITERATURE AND ART PUBLISHING HOUSE

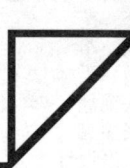
博集天卷
CS-BOOKY

图书在版编目（CIP）数据

这样写出好故事 /（美）詹姆斯·斯科特·贝尔（James Scott Bell）著；苏雅薇译. —长沙：湖南文艺出版社，2017.6（2021.2 重印）
书名原文：Plot & Structure
ISBN 978-7-5404-8066-0

Ⅰ.①这… Ⅱ.①詹… ②苏… Ⅲ.①文学写作学 Ⅳ.① I04

中国版本图书馆 CIP 数据核字（2017）第 086942 号

著作权合同登记号：图字 18-2017-018

©中南博集天卷文化传媒有限公司。本书版权受法律保护。未经权利人许可，任何人不得以任何方式使用本书包括正文、插图、封面、版式等任何部分内容，违者将受到法律制裁。

WRITE GREAT FICTION: PLOT&STRUCTURE©2004 by James Scott Bell, Writer's Digest, an imprint of F&W Media Inc（10151 Carver Road, Suite 200. Blue Ash, Cincinnati, Ohio, 45242, USA）

上架建议：文学·创作

ZHEYANG XIECHU HAO GUSHI
这样写出好故事

作　　者：	[美]詹姆斯·斯科特·贝尔
译　　者：	苏雅薇
出 版 人：	曾赛丰
责任编辑：	薛　健　刘诗哲
监　　制：	蔡明菲　邢越超
特约策划：	李荡
特约编辑：	刘筝
版权支持：	闫雪
营销支持：	张锦涵　李　群　姚长杰
版式设计：	张丽娜
封面设计：	主语设计
出版发行：	湖南文艺出版社
	（长沙市雨花区东二环一段 508 号　邮编：410014）
网　　址：	www.hnwy.net
印　　刷：	三河市鑫金马印装有限公司
经　　销：	新华书店
开　　本：	880mm×1270mm　1/32
字　　数：	216 千字
印　　张：	10.25
版　　次：	2017 年 6 月第 1 版
印　　次：	2021 年 2 月第 8 次印刷
书　　号：	ISBN 978-7-5404-8066-0
定　　价：	38.00 元

质量监督电话：010-59096394
团购电话：010-59320018

目录
CONTENTS

引　言　推翻创作大谎言　001

第一章　所以情节到底是什么？　001

第二章　结构：稳固你的情节　025

第三章　如何"头脑风暴"情节点子　043

第四章　强劲的开头　071

第五章　中段　105

第六章　结尾　133

第七章　场景　153

第八章　复杂的情节　177

第九章　情节中的角色弧线　193

第十章　情节编排手法　207

第十一章　修改你的情节　235

第十二章　情节模式　247

第十三章　常见的情节问题及解决方法　269

第十四章　关于情节和结构的建议与工具　285

附录一　清单：全文重点　308

附录二　撰写你的封底文案　314

引言 推翻创作大谎言

因为创作大谎言,我浪费了写作生涯的黄金十年。

二十几岁的时候,我放弃了成为作家的梦想,因为别人告诉我,写作没办法学。大家都说,作家生来就是作家,你要么有才华,要么就没有,而如果没有,你永远都学不来。

从我的第一篇作品看来,我显然没有才华。我觉得我没救了,除了我的高中英文老师玛洁莉·布鲁斯(Marjorie Bruce)太太,没有人鼓励我走上作家这条路。

进了大学,我修了美国短篇小说家雷蒙德·卡佛(Raymond Carver)的写作课。我读了他的作品,又看了看自己写的东西。

我差得远了。

因为写作没办法学。

我开始信了,我想我八成没有写作的天分,也永远学不会。

于是我改做别的事,例如去读法律系,进入律师事务所,放弃了我的梦想。

然而我想创作的冲动依然挥之不去。

三十四岁时,我读到一篇访谈,受访的律师出版了一本小说。他的话直接说进了我的心坎。他说他出了一场意外,差点死掉,死里逃生后,他在医院确定他这辈子唯一的愿望就是成为作家。就算没有人出版他的作品,他也会一直写一直写,因为那是他的梦想。

真好,那也是我的梦想。

然而创作大谎言还是在我脑中阴魂不散,嘲笑我。

尤其当我开始研究写作技巧时,它笑得更大声了。

我买了第一本指导小说写作的书:美国推理小说家劳伦斯·布洛克(Lawrence Block)的《小说的八百万种写法》(*Writing the Novel*)。我也买了美国剧作家悉德·菲尔德(Syd Field)探讨剧本写作的书,因为住在洛杉矶的人,只要双手堪用,就一定要写剧本。

然后我发现了生平最不可思议的事。创作大谎言是假的!任何人都可以学会写作,因为我就学会了。

◎我如何爱上写故事

我深受创作大谎言荼毒时,情节总是最让我苦恼的部分,因为我写的东西都没有情节。

当我阅读短篇故事和小说,我往往猜想那些作家是怎么做到的,他们怎么想出这些厉害的故事题材？创作大谎言说，那是因为情节本来就在他们脑中，他们写作时，情节自然会流泻到纸面上。

我也试了，我试着让情节自然流泻，然而我写出来的东西糟糕透顶。没有情节！没有故事！啥都没有！

然而等我开始学习写作技巧，我发现有些情节编排元素其实可以学。我也学会了作品的结构：只要把有趣的元素依照特定顺序编排，就能写出更动人的故事。

我现在还记得我想通的那一天，感觉就跟上帝显灵一样。突然我脑中的神经就接上了，打散的拼图开始凑齐，我跟果冻一样混沌的脑袋也逐渐清晰。

大约一年后，我卖出一份剧本版权，接着又卖出另一份。

然后我写了一本小说，也出版了。

然后我签下了五本小说的合约，我写完这五本小说，也全都出版了。

有一天我深吸一口气，回首过去。曾几何时，我居然也学会了如何写作。

我推翻了创作大谎言。

我实在恨死了创作大谎言，所以我开始教别人我学会的写作技巧。我希望新手作家知道，他们并非天生注定默默无闻，他们可以跟我一样，学会写作的技巧。我不教繁复的理论，只讲务实的基础，这些技巧对我有用，新手作家也可以理解，并立刻应用。

结果发生了一件很妙的事：我的一些学生也开始卖出他们的作品。

一路走来，我还是觉得这件事让我最得意。

我希望你也能学会。让我们用事实戳穿创作大谎言吧！事实是，写作的技巧可以学，你只要努力、辛勤练习、不要放弃，就可以增进写作能力。我保证，这本书会尽可能提供务实的建议，一步一步带你前进。

◎怎样才能学会写故事

我的高中篮球教练对纪律要求严格。如果可以自己决定，我会把练习时间全拿来练跳投，但教练总要我们做基本练习：运球、传球、切球和掩护带球队友。如果我们表现得很差，免不了被罚短距离全速冲刺。

我们都恨透了练习基本功，但是每到比赛，我们都知道基本练习让我们打得更好，而教练带的每支队伍的表现永远都超出预期。

如果你想突破写作的瓶颈，就必须定下严格的规定。为了化身为自己的故事写作教练，我建议你参考以下几点，你可以依照自己的需求稍做修改，但一定要身体力行，保证结果让你满意。

否则，我可能就得罚你短距离全速冲刺了。

（1）**激励自己**。我还记得我决定要成为作家的那一天，我在记事本上写下："今天我下定决心认真看待写作，我要勇往直前，永不停歇，尽我所能努力学习，成为成功的作家。"

别忘了，当时我还深信创作大谎言，因此我写下这句话，简直跟写《独立宣言》一样了不起。

你也可以试试看呀！写下让你热血沸腾的目标宣言，然后印出来，贴在墙上每天会看到的地方。

我写下目标宣言后，就去买了一个黑色马克杯，上面用金色的字印着"作家"。每天我都会看看这个杯子，提醒我对自己的承诺。如果当天写得不顺,我会多看杯子一次,马上就能感受到全新的动力。

想想对你有效的视觉刺激:可能是贴在计算机上的励志名言、你欣赏的作家的照片[我的墙上贴了斯蒂芬·金(Stephen King)的照片,照片中他的狗躺在椅子底下,他把脚翘在书桌上,正在改稿],或是你替自己第一本小说设计的封面(一定要在封底的书评里拼命称赞自己!)。

早年我也会去书店,逛畅销书区激励自己。我会看看作者的照片和简介,读读作品的开头(然后心想"这我也写得出来!"),想象我的照片印在书封勒口上看起来如何(当然要先经过精心修片)。

然后——这点很重要——我会冲回办公室,马上开始写作。

找出哪些活动能让你文思泉涌。不要浪费机会,每次都要把涌现的灵感转换成稿本上的文字。

(2)**勇于尝试**。光是阅读教你写故事的书,可无法让你变成更优秀的作家,你必须实际尝试学到的道理,判断自己懂了没,再继续尝试。你必须直接在空白的纸面上,尝试学到的原理。

读这本书的时候,请花点时间消化内容,然后将你学到的技巧运用到你写的情节和结构上。

我很爱读教写作的书,书多到堆满了好几个书架。每本书我第一次读的时候,都用黄色荧光笔画重点。几乎每本书我都读过第二遍,第二次我改用红色签字笔,标出第一次漏掉的重点。

然后几乎每本书我都读了三遍,并将我的新发现写在笔记本上。

接着我会整理笔记,输入电脑。

这么做就能尽可能深度消化书中的内容。我希望能融会贯通这些知识，写下一本小说时便能直接运用。

所以请注意虚构写作相关的新技巧，并动手尝试看看，这样你才能学习、成长。

（3）**别紧张**。只要处在焦虑状态，你绝对写不出好作品，因为紧张的脑袋会冻结创意。如果你把写作当成军事训练，每次都咬紧牙关严阵以待，那你只会扯自己后腿。本书教的方针会提供你练习用的素材，以及能帮助你的技巧，你只要听从美国自由撰稿人布兰达·尤兰（Brenda Ueland）的建议，"自由又任性地"写作就好。

（4）**"先写，再写好"**。我不记得这句话是谁说的，但这真的是至理名言。不要花太多时间在初稿上东改西改，担心来担心去。本书教的方针不只能帮你规划好情节，写出故事，更能陪你走过改稿阶段，因此写初稿的时候，你只要全心全意把想法倾诉到纸上就好。《写作艺术的禅心：创意散文集》（Zen in the Art of Writing:Essay on Creativity）一书中，美国小说家雷·布莱伯利（Ray Bradbury）说："把自己变成棱镜，让世界烧穿你，将炽热白光投射到纸上。"

（5）**定下工作量**。想学会写作就要动手写，而规定自己每天写作正是最好的学习方法。

大部分成功的小说家都会制订写作字数目标，然后严守计划。如果制订写作字数目标，很容易就会把时间浪费在苦苦钻研句子或段落上。没错，你在书桌前坐了三小时，但你写了什么？所以要求自己每天写一定的字数比较实在。

我用电子表格记录我的字数产出。我记下每篇作品写的字数，表格就会自动计算我每天和每周的字数产量。

我每周都会检查表格一次，如果没有达到目标，我就会训自己一顿，快快重回正轨。

不过也别把自己逼得太紧。如果你有一天或一周没达到目标，那就算了吧，下周再努力就好。

一旦养成每天写作的规律，这就会成为你写作生涯中最受用的习惯。你会惊讶于自己的产能，以及因此学到这么多写作技巧。

然而如果你认为你需要灵感才能写作，那我拜托你听从美国小说家彼得·德弗里斯（Peter DeVries）的建议："我只在灵感来的时候写作，而我确保每天早上九点钟我都有灵感。"

（6）**不要放弃**。作家会成功还是失败，主要差在毅力。市面上许多小说家出道前多年都乏人问津，但他们还是持续创作，因为他们骨子里就是作家。你会读这本书，表示你骨子里也是作家。我在不少作家论坛教过课，每次学生联络我，我总是在最后送给他们四个字：持续创作。

到头来，这就是我能给你的最好建议了。

你准备好了吗？你相信创作的事实了吗？你曾想象你的小说情节能让读者读得欲罢不能吗？那就继续读下去吧，我会尽力教你如何让想象成真。

第一章

所以情节到底是什么?

> 读者喜欢一本小说的原因只有一个:很棒的故事。
>
> —— 唐纳·马斯(Donald Maass)

情节会自动出现。

你可能习惯先在脑中把故事都想好了，才开始写作。你会先准备计划、进行计划，甚至修订计划，才正式动笔。你的墙上或许贴满了索引卡，或者你把想好的场景都存在计算机里。

也许你比较习惯临场发挥，喜欢每天一屁股坐在计算机或稿纸前，直接开始写，让故事不经草稿就从笔尖流出，急着想看你疯狂的创作脑袋想到了些什么。

或者你介于两者之间。你会稍微计划，但每天产出文字时，你还是会追求一点随兴的惊喜。

不过不管你怎么创作，等你写完初稿时，你一定会写出一样东西：情节。

你的情节可能很烂，可能支离破碎、乱七八糟，但也可能是篇杰作。无论如何，情节会自动出现在纸面上，直盯着你瞧。

这时你只要问一个问题："这情节有用吗？"

所谓"有用"，指的是能触动读者，毕竟这就是好情节的功效。小说应该要通过故事的魔力，将读者传送到另一个国度，而情节就是背后的原动力。

你可能不在乎作品有没有触动读者,你只用你喜欢的方式,写想写的东西,就这么简单。对你来说,能够写作就让你满足,如果有人碰巧喜欢你的作品,那当然好,但你不想花心思去管情节这种市侩的概念。

没关系,没有人强迫你要触动读者。但如果你想要有人读你的作品,希望你的小说能出版并畅销,那你就要重视情节。因为经纪人、出版社的编辑和读者翻开书时,想的都是情节。不管他们有没有意识到,阅读时大家都会问:

- 这个故事在讲什么?
- 有发生什么事吗?
- 为什么我要读下去?
- 为什么我要关心这个故事?

这些问题都与情节相关。如果你想成为成功的长篇小说家,你就必须学着提供完美、意外又令人满意的答案。

这本书就要教你如何回答。

"那角色呢?"你可能会问,"难道我不能写一个很吸引人的角色,然后看看会发生什么事吗?"

嗯,所谓"会发生什么事"就是你的情节。而就算有很棒的角色,情节还是可能松散不连贯。这本书会教你如何避免这种惨剧。

那意识流小说呢?这种小说的重点是语言,应该不受情节这种平庸的概念限制吧?

但意识流作品严格来讲不算小说,只能算是文学作品,勉强称作实验型小说我也可以接受。虽然意识流作品极有特色,但它是在讲故事吗?我想这个问题就留给学术界讨论吧。

只要你有心卖出你的作品,你就必须在情节上多下功夫。

奋斗的过程会让你更上一层楼。即使你终究决定不想管情节编排的规范,你努力了解情节的过程还是不会白费,你会因此成为更好的小说家。

◎对情节的看法

有些作家、评论家和文艺人士不屑将编排情节视为写作技巧。在他们看来,注重情节根本形同自贬身份,高尚的人才不做这种事。

美国作家珍·汉芙·柯瑞利兹(Jean Hanff Korelitz)完美描写了这种观念。她提到自己年轻时在纽约担任编辑助理,同时试图以小说家出道。她和同侪都自喻为文学专家,把写作的艺术捧得比天高,对于讲个好故事这种平庸的概念不屑一顾。

然而柯瑞利兹小姐最后写了一本法律类惊悚小说,并发现——天哪——她很喜欢自己的作品!她的想法因此转变。以下这段/节选自/她刊登在 Salon.com 的短文《故事之爱》(Story Love):

> 追根究底来说,能够深受精彩的情节吸引,甚至痛恨生活中的义务阻止你继续探究接下来的发展,其实会令人感到独特的满足。而能够臣服于好作家笔下,更是特别让人满意。这些作家完全掌控了刺激的原创故事,能够把我们玩弄于股掌之间,先让我们心生焦急,接着兴奋不已,然后心满意足,最后则用惊异的结局让我们大开眼界。

柯瑞利兹小姐最终承认,虽然璀璨的文学作品也很不错,但"没有吸引人的故事,这些作品也只是散落纸面的文字珍珠罢了"。

如果你就是喜欢松散的文字珍珠,没关系,宪法保障你写作的自由。

但如果你想要吸引读者,那不管你多么看不起情节,你都一定要注重情节。

◎ 故事的力量

情节和结构都是为了更高的层次存在:故事。说穿了,小说不就是故事吗?一个能让读者穿越时空的故事。我们稍微讨论一下这个概念。

如果读者翻开一本小说,却仍然留在原本的世界,那就失去翻开这本书的意义了。读者希望从小说中寻获不同的经历,不同于每日所见的事物。

想达到这个目标,就要靠故事。好故事能通过经历,将读者传送到全新的世界,而传送的力量不是靠论证或事实,而是人生正在纸面上发生的假象。我指的不是读者的人生,而是别人的人生,你笔下角色的人生。

美国作家詹姆斯·弗雷(James N.Frey)称这个传送现象为"做虚构的梦",我认为非常贴切。我们做梦时,总觉得梦中的世界是真的。

我现在还会做赶不上重要活动的梦。我还在上学时,梦中的重要活动通常是考试,最近则变成了演讲,或与工作相关的有重要人士参加的会议。

我迟到了,我发现我只剩两分钟,但我离目的地还有好几公里远,而且我只能以慢动作前进。我每做一件事,似乎就创造更多障碍。

你发现我的梦有什么特色了吗?这个梦是由冲突、故事和经历组成的。

我还是让专家评断我的梦代表我的精神哪里有问题好了。但身为作家，我们必须了解，故事就像读者的梦境，而他们读书时一定要能做梦。情节和结构能协助读者进入梦境，并让他们留在里头。

版权代理人唐纳·马斯写了一本叫《写出畅销书》（Writing the Breakout Novel）的杰作，他认为书能大卖的重点就是故事——不是广告，也不是大笔的宣传预算——就是故事。他相信要成为长期享有盛名的小说家，就必须能写出一本又一本好小说，建立起读者群。该怎么做呢？就靠故事的力量：

> 读者为什么喜欢某本小说？因为书评吗？没多少人读书评。因为提名或得奖？大部分的人对这些奖项都没概念。因为封面吗？好封面能让读者把书从书架上拿起来，但封面毕竟只是包装。因为典雅的商标吗？你什么时候会为了封底上的标志买书？因为作者拿到大笔的预付稿费？一般大众不会知道这种事，也不在乎。因为有呼风唤雨的经纪人？说来可惜，但读者对这也没兴趣。事实上，读者喜欢一本小说的原因只有一个：很棒的故事。

而情节和结构能帮你达到这个目标。

◎ 细说情节

大学时代我曾学过国际象棋。我的老师保证，我学成后可以跟专家选手对弈，他说他会教我下棋的基本原则，只要应用得当，我就能打好基础，跟任何人都能下盘好棋。虽然我未必会赢，但至少不会看起来像个笨蛋。接下来，我只要针对我的天分（如果有的话）多加研究练习就好。

老师说得没错。当我学会如何扎实地下盘好棋，虽然碰上加里·卡斯帕罗夫（Garry Kasparov）这种世上最伟大的棋手，我可能还是连十五步都下不到，但至少他不会觉得对手是个蠢蛋。只要运用我学会的原则，我就可以下盘不错的国际象棋。

其实小说情节也一样，你只要了解并应用几样原则，就能每次都写出扎实的好情节。至于随后你能进步多少，就看你如何努力练习了。

分析过几百种情节后，我整理出一系列简单的重要原则，称之为"LOCK系统"。LOCK代表主角（Lead）、目标（Objective）、冲突（Confrontation）和冲击结尾（Knockout）。稍后我会详细地一项一项介绍，不过先在这儿简介一下。假如你读完这本书没有其他收获，至少学会"LOCK系统"会对你的写作生涯大有帮助。

L：主角

请想象一个人站在纽约街旁，手拿"我愿意工作换食物"的告示牌。有趣吗？其实还好。类似的例子我们看多了，以至于连停下来看他一分钟都懒得动。

然而要是那个人身穿燕尾服，举着牌子"我愿意跳踢踏舞换食物"呢？嗯，这就比较有趣了。或者他拿着黄色笔记本，牌子上写"我愿意写小说换食物"。我搞不好就会买个汉堡给他，看他会写些什么。

我的重点是，稳固的情节永远始于有趣的主角。最好的情节中，主角必须引人注目，迫使我们从头到尾都盯着他瞧。

并不是说主角一定要惹人同情。多年前有一天，我在我家附近的图书馆浏览书籍的时候，突然意识到这件事。

当时我正在逛新书区，我发现图书馆买了美国小说家西奥多·德莱赛（*Theodore Dreiser*）的小说《美国悲剧》（*An American Tragedy*）新出的平装版本。我没读过这本小说，也不太熟悉德莱赛的作品，只知道他的风评近年来下滑不少。

但我也知道这本小说被改编成了历年来我最喜欢的电影之一：《郎心如铁》（*A Place in the Sun*），由伊丽莎白·泰勒（Elizabeth Taylor）和蒙哥马利·克里夫特（Montgomery Clift）主演。

于是我借了这本 814 页的小说。我并没有打算把书看完，只想随便翻翻，看看原著和电影有多像。

好吧，结果我体验到被吸入书中世界的美好阅读经历，完全无法自拔。身为初出茅庐的小说家，我当然自问为什么会这样。这本小说的风格跟书评一模一样：冗长、笨拙，有时甚至粗心大意。在 156 页，有个句子写："吉尔伯特冷静又愤怒。"到了下一页，又有一个句子写："吉尔伯特愤怒又冷静。"连我都写不出这种句子。

《纽约时报》曾将《美国悲剧》誉为"史上写得最烂的名作"。然而这本小说靠某个元素成了名作，即便主角克莱德·格里费斯并不是好人。克莱德是虔诚传教士家庭的小孩，他第一次出场时十六岁，接着我们看他不断堕落，直到他辜负了怀孕的女友。

为什么这本小说会成功？

因为克莱德虽然不是好人，却非常引人注目。因为作者邀我们进入他脑中，看他活用"车祸现场"原理：如同开车看到车祸现场，人会停下来张望一样，读者也喜欢看复杂的角色犯下无法挽回的错，把人生搞得一塌糊涂。技巧纯熟的小说家能让读者感到"若不是上天保佑，那个人可能就是我"。

（**提醒读者**：为了教学方便，这本书都举最简单的例子——主线情节中只有一名主角。学会这一点后，你就能处理越来越复杂的状况，例如多重视角的小说。关于复杂情节，请参考第八章。）

O：目标

我们回来看那个举牌"我愿意工作换食物"的人。要是他丢掉标语，背起降落伞，开始爬帝国大厦呢？

我们对他的兴趣会马上飙升。为什么？

因为这个角色有了目标，他有了需求和渴望。

目标是小说的动力，驱动故事前进，避免主角在原地踏步。

目标通常分成两种形式：想取得某样事物，或逃离某样事物。

· 斯蒂芬·金的小说《爱上汤姆的女孩》（*The Girl Who Loved Tom Gordon*）讲述女孩迷失在森林中，亟欲回到文明的世界。

· 《大白鲨》（*Jaws*）故事里的警长布罗迪疯狂想要抓到大白鲨。

· 《玫瑰疯狂者》（*Rose Madder*）中，玫瑰想要逃离她的神经病丈夫。

· 《糖衣陷阱》[1]（*The Firm*）里，米奇·迈克迪尔想要逃离黑手党。

扎实的情节中，主角只有一个主要目标。这个目标会形成"故事

---

[1] 讲述主角米奇·麦克迪尔进入法律事务所的故事。事务所所有五名律师接连死亡，米奇认为五人死因不单纯。此外，他也发现事务所实为当地黑道家族掌握。

问题"：主角能达成目标吗？

你希望读者在意故事问题，所以主角的目标必须与他的命运息息相关。如果主角无法取得（或逃离）那样的事物，他的生活就会急转直下。

以下几项建议可以提升主角目标的重要性。

如果主角的目标跟保命有关，肯定可以吸引读者。大部分悬疑小说的主角从一开始就面临死亡威胁。死亡威胁也可以用在其他角色身上——《沉默的羔羊》（The Silence of the Lambs）中，克丽丝·史达琳的目标就是要阻止水牛比尔杀害另一名无辜的受害者。

想想美国剧作家尼尔·西蒙（Neil Simon）的舞台剧《单身公寓》（The Odd Couple）。主角奥斯卡是个无忧无虑的懒虫，最喜欢在家抽烟打牌，而且事后绝不打扫。奥斯卡出于同情，收留想自杀的朋友菲利，然而菲利却有洁癖，差点把奥斯卡逼疯。如果他不把菲利赶走，他当懒虫的快乐日子就要毁了！这个故事之所以成功，就是因为作者铺陈了当懒虫和奥斯卡的幸福多么相关。

C：冲突

现在，亲爱的人形苍蝇已经爬到帝国大厦的中段了。我们早就对他很感兴趣，因为他有目标。只要发挥一点想象力，我们就能想出为何这个目标对他的命运很重要。

有什么办法能让我们持续提高对他的兴趣？有了！纽约市警察想要阻止他，并已计划在六十五楼拦截他。更惨的是，一名抓狂的狙击手正从第五大道另一侧瞄准他。突然事情发展就变得更有趣了。

原因就是冲突。来自其他角色或外在环境的阻力能让你的故事活过来。如果主角在追求目标的路上毫无障碍,我们就剥夺了读者偷偷渴望的一件事:担心。读者想为主角担心受怕,这样才能从头到尾深深投入小说当中。

有位聪明的老作家曾说:"把你的主角放到树上,朝他丢石头,再放他下来。"

丢石头指的便是在主角的路上设满障碍,把事情弄得很复杂,永远不要轻易放过他。

K:冲击结尾

我曾问一名资深体育记者为什么拳击这么风行?他用拳头猛捶另一手掌心,然后大喊一声:"砰!"让手臂像一袋马铃薯一样重重落下。

他解释说,观众看拳击都是为了看KO击倒。他们可以接受裁判判定输赢,但还是喜欢看其中一名拳击手倒地不起。而他们最讨厌平手,没有人看了会满意。

商业小说的读者也希望能在结尾看到KO击倒,文学小说的结尾则较有模棱两可的空间。但不管怎么说,故事结局都一定要有重击的力道。

只要有好结局,读者就会满意,即便其余段落可能差强人意(**前提是读者愿意撑到结局**);然而烂结局会让读者失望,即便先前整本书的情节结构都非常稳固。

所以带领你的主角走上达成目标的旅程,然后把对手也丢进战场吧。

亲爱的人形苍蝇可以英勇地爬上屋顶,也可以悲壮地摔死,甚至可以爬过一扇窗户,象征开启新的人生。结局有千百种可能。

如果你问我,我希望他能成功登顶,然后把这段经历写成畅销小说吧。

◎到底有多少种情节?

虽然情节有许多种变体(请参考十二章讨论的情节模式),但其实每一种在抽丝剥茧之后都会符合 LOCK 系统:主角有强烈追求的目标,却被迫面对冲突,而他的故事贯穿整本小说。

我们看看这套系统是否能套到熟悉的情节上。

爱情故事如何?这种故事最简单了。男孩喜欢女孩,但女孩拒绝了男孩。他努力奋斗想赢得她的爱,买花给她,唱歌给她听,保护她不受坏人骚扰,做尽浪漫的事,就为了击破她的心理防线。最后男孩可能赢得芳心,也可能没有。这是爱情故事的一种模式。

你可以将男孩和女孩的家庭设为世仇,就得出爱情故事的另一种模式。请参考《罗密欧与朱丽叶》(*Romeo and Juliet*)。

我们换看另一种情节:改变。这种情节专注于主角的内心转变,一开始他想维持现状,但外来力量开始挑战他自足的心态。他试图抵抗外力,但最终还是屈服并改变了。请参考《圣诞颂歌》(*A Christmas Carol*)。

主角的目标可能是外在实物,或仅存在心中,冲突也可能实际发生,或仅存在脑中。但 LOCK 系统在任何情况下都能活用。

你写的可能是文学小说或商业小说,而你也有海量的情节变体可以选择。然而只要让引人注目的主角通过奋斗达成目标,你就每次都能写出扎实的故事。美国小说家兼写作老师巴那比·康拉德(Barnaby Conrad)如是说:"一旦笔下角色面临问题,而且是很严重的问题,这时'编排情节'指的不过就是看他如何脱离困境罢了。"

◎文学小说和商业小说的情节差别?

文学小说和商业小说的情节差在感觉和强调重点上。

文学小说的情节步调通常比较悠闲,这类小说倾向于探讨角色的内心世界,而非紧凑的情节发展。

然而商业小说的重点几乎都是动作场景,专注于角色身上发生的事。

商业小说的情节通常像这样:

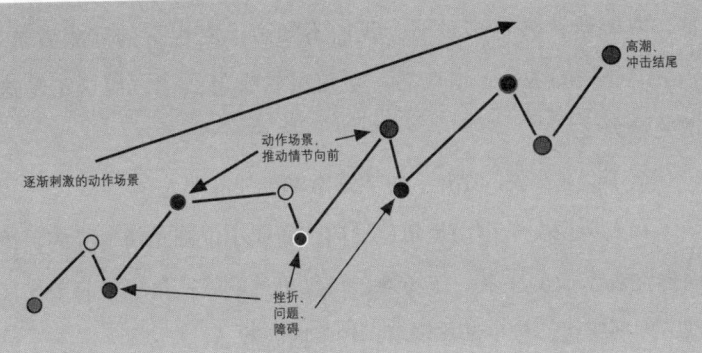

文学小说的情节则往往像这样:

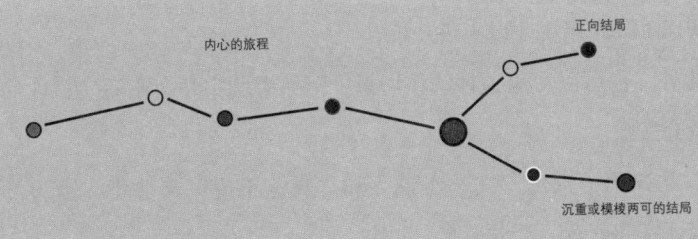

当然这两张图都过度简化,一本小说也可以同时具有文学和商业小说的元素。

美国作家史考特·史密斯（Scott Smith）的《绝地任务》（*A Simple Plan*）读起来像文学小说，主线情节都在探讨第一人称旁白角色的内心世界，但情节推展方式却像商业犯罪小说。

斯蒂芬·金的商业小说情节之所以铿锵有力，就是源自他的角色刻画。他写的人物总是栩栩如生，不只是复杂高概念作品中的样板角色。

文学小说比较能接受暧昧不明的情节，而且结局可能令人沮丧，或留给读者更多疑问。我们不知道《麦田里的守望者》（*The Catcher in the Rye*）结束后，主角霍尔顿怎么了，而这正是这本小说的魅力之一。

至于商业小说的结尾，好人通常都会战胜坏人。

有人会说文学小说是角色导向，商业小说则是情节导向。情节导向通常表示极度注重动作场景，轻忽角色发展；角色导向则往往暗示情节发展缓慢，较少动作情境，较多内心戏。

我觉得这样分类过于随便，而且毫无意义。所有情节都是角色导向。如果故事中没有读者认同的角色面对各种问题，你就没有情节了。所以 LOCK 系统才以主角开始。

此外，你可以写遍各种动作场景，但如果剧中角色不写实，你的故事就会失败。

因此我用常见的"文学小说"和"商业小说"来分类，因为书店、书评家和读者通常也是这么分的。

但别忘了，情节需要角色，角色也需要情节。

文学小说 vs. 商业小说：两点小建议

你写文学或商业小说时，请记得这两项建议：

（1）如果你写文学小说，请稍微注意情节的步调，甚至加入一两项商业元素。你可能会爱上这些商业元素，而你的读者可能也会喜欢。

（2）如果你写商业小说，请加深对角色的刻画，这样读者会更享受你的故事。

◎这样不会写出很呆板的小说吗？

有些作者很讨厌去想情节，正是因为担心作品变得呆板，但他们忽略了一项重点。为什么情节会产生模式化的公式？就是因为公式有用啊！

这是做蛋饼的基本公式：打几个蛋，把蛋搅拌，预热平底锅，在锅面涂上奶油，把蛋倒进锅里，煎一阵子，然后加入馅料，用蛋皮包住馅料，盛盘端上桌。

这份食谱可以让你成功做出蛋饼，但注意其中有不少变项。

把这份食谱给不同的厨师或下厨经历不同的人，做出来的蛋饼可能非常美味，也可能难吃透顶，或介于中间。

如果加了某种调味料，蛋饼口味也会改变。

他们做的都是蛋饼，用的都是同一份食谱，然而成品却千奇百怪。

编排情节也一样。有些原则有用，但单单使用这些原则，可不保证你能写出独创的小说。你还是要加入自己的调味料，你的技巧，你的才能。

知道怎么写出成功的情节，反而让作家更自由。一旦熟悉原则，你就可以随意添加个人风味了。

好厨师都有独门调味料和食材，可以让料理多出一抹独特的风味。对作家来说，想让情节变得独一无二，可以添加角色、背景和对话这三种调味料。

角色

美国作家拉约什·埃格里（Lajos Egri）在《创意写作的艺术》（*The Art of Creative Writing*）指出，小说的原创性源自角色。"活灵活现的角色仍是写出隽永好作品的秘方和神奇公式。多阅读，甚至研究自古名家的作品。你必然会发现，正是他们对人类个性的剖析，才让他们的作品历久弥新，流传至今……"

请注意公式这个词。

让我们检验看看它是否正确。

为什么我们认为狄更斯（Dickens）与众不同？就是因为费金（Fagin）和威尔金斯·密考伯（Wilkins Micawber）、乌利亚·希普（Uriah Heep）和郝薇香小姐（Miss Havisham）、裴果提（Peggotty）和巴切斯（Barkis）[①]，这些角色如珍珠般在他的情节中闪闪发光。

换个比较近代的例子吧？我已经提过斯蒂芬·金。只要研究他的作品，就会发现他的角色发展跟情节走向一样独特，两者相辅相成。《末日逼近》（*The Stand*）中有无数角色，但绝对没有一个人单调无味。

别让你的角色像普通的香草冰激凌滴在情节上，请替他们增添一

[①] 费金是《雾都孤儿》（*Oliver Twist*）中的角色。威尔金斯·密考伯、乌利亚·希普、裴果提和巴切斯是《大卫·科波菲尔德》（*David Copperfield*）中的角色。郝薇香小姐是《远大前程》（*Great Expectations*）中的角色。

点风味。

背景

你能带读者去前所未见的地方吗？这样就能让情节活起来。你未必要带他们去离家很远的地方（虽然也没什么不好）。

你只要把故事背景设定在新奇的地点就好。

我们经常看到"恋人未满"的男女在餐厅里谈话？同样的情节演来演去，到头来只有服务生端给他们吃的东西不同。

为什么不把他们放在树屋里？停在隧道里的地铁上？海边的木板道下？

背景还包括主角身边的生活细节。美国小说家汤姆·克兰西（*Tom Clancy*）创造了"科技惊悚小说"这种全新文学类型，因为他把主角杰克·雷恩放进充满军事硬件科技的世界。这就是新奇的尝试。

读者也喜欢阅读别人工作的细节。

所以要多做研究，深入探讨某些职业。你可以亲自去受训，或访问该领域的专家。

不管怎么写，都不要用陈腔滥调的口吻描述角色工作。挖深一点，找出这项工作独特的细节。你还是可以描写警察、律师和卡车司机，但一定要赋予他们新的挑战和背景设定，找出独特的元素，替你的作品加料。

对话

对话也是替情节加料的好机会，千万别浪费了！

对话能帮你创造独特的角色，并推动情节前进。如果没达到这两项目标，你八成就该把这段对话删了。

虽然光对话就可以写成一本书，我还是在此提供通过对话替情节增色的几个方法。首先，每个角色都要有各自的说话方式，绝不能听起来一模一样；第二，角色的遣词用字应该稍微透露他们的为人。

如果有个角色总是勇往直前，他的说话方式就会符合这种个性，用字应比较强硬直接。美国小说家达希尔·哈米特（Dashiell Hammett）的《马耳他之鹰》（*The Maltese Falcon*）中，萨姆·斯佩德就是这样的人。以下这段对话中，他碰上奇怪的矮子入侵者乔尔·凯罗：

> "凯罗，我逮到你了。昨天晚上杀了人，这下你根本是自投罗网，警察早就可以逮捕你了。好吧，现在你得乖乖听我的了。"

但凯罗是个雅痞绅士，身上总飘着微微栀子花香，他的用字就比较华丽：

> "我行动前，可是对您做了颇深入的研究呢。我深信您通情达理，不会让其他因素影响这段有利可图的交易关系。"

光从遣词用字，就可以看出这两个角色非常不同。请把对话想象成剧中使用的武器，因为情节谈的就是冲突、征战，所以角色试图智取对方时，自然而然就会使用语言当武器。

语言的武器种类繁多——发怒、取绰号、耍赖、顾左右而言他——人类互动的各种模式都可以使用。

美国小说家约翰·迈克唐纳（John D. MacDonald）的小说《执刑

者》(The Executioners),后来改编成两部《恐怖角》(Cape Fear)电影,讲述律师萨姆·鲍登一家遭到变态强暴犯迈克斯·凯迪跟踪。凯迪先毒死了鲍登家的狗玛莉莲。萨姆并没有跟太太凯萝完全坦白,于是凯萝首先发难:

"我不是三岁小孩,也不是笨蛋,我很讨厌你这样……过度保护我。"

她的攻势很直接,摆明她讨厌先生安抚她。萨姆回答:

"我应该告诉你的,对不起。"

萨姆道歉是为了浇熄太太的怒火,但听在凯萝耳中,他的话非常空洞,于是她继续进攻:

"所以凯迪就可以这样随意四处游荡,毒死我们的狗,再继续朝我们的小孩下手。你觉得他会先杀哪一个?老大还是老幺?"
"凯萝,宝贝,拜托。"
"你觉得我歇斯底里?妈的,给你猜对了,我就是歇斯底里。"

凯萝先是挖苦萨姆,萨姆试图软化她的态度,她又回以精准的观察,以及一句脏话。于是律师萨姆尝试另一条路线:

"我们还没证明是凯迪干的。"

她把毛巾丢进水槽。"听我说,我可以证明是凯迪。我有证据,虽然不是你们律师喜欢的那种证据。我没有证物,没有证词,没有法律上站得住脚的东西,但我就是知道。"

凯萝发现丈夫不为所动,马上转换"跑道",言语中火药味十足:

"你这个人怎么搞的?我讲的是你的家庭,玛莉莲也是这个家庭的一分子。你还要去查所有的前例,准备诉讼摘要吗?"

凯萝同时攻击萨姆身为男性的自尊,还有他的职业。萨姆试图回答,但凯萝打断他(打断人也是很好的武器):

"你不知道怎么——"
"我什么都不知道。事情会变成这样,都是因为你很久以前做的事。"
"那时我非做不可。"
"我没有说你不该做。你告诉我那个人恨你,你觉得他脑袋不正常,所以想办法处理他啊!"

凯萝想要萨姆立刻行动,但萨姆知道他做不到。紧绷的气氛带出了双方如武器般尖锐的对话。

正是因为作者把对话当作武器,情节才变得独特,又能迅速展开。

至理名言

希区柯克（Alfred Hitchcock）曾说，好的故事就像人生，只是少了所有无聊的部分。

这本书提到的每个方法，基本上都试图遵循这句希区柯克的名言。

你可以把这句话深深刻在你的作家脑子里，永远跟随它的指引。

◎ 选择场景

想替情节加料，也可以看看你选择的场景，也就是最基本的"发生了什么事"。

然而我们决定要写什么时，脑袋自然就会想到老梗。

所以训练创意很重要，它能让你想出数种不同的发展可能，再决定要用哪一个。

你可以试着暂停一下，快快写下一列可能的情节发展，然后等待突然想通的瞬间。

你可以拿现在写的场景来试试。也许你本来写一名警察闯进房里，和坏人进行枪战，最后坏人死了。

等一下。要是最后警察死了呢？或者屋里还有无辜的第三者？或是一条狗？还是屋子里根本没有人？

仔细想想，然后选择最有新意的方向。

▲练习一

排定十分钟不受干扰的写作时间。在这段时间内,写一篇短文回答下列问题:读者读我的小说时,我希望他们能感到_____,因为对我来说,小说就是_____。

不要多想,发自肺腑地写。

写完之后,分析一下你的短文。从中看来,你更喜欢什么样的情节呢?你怀疑情节的重要性吗?你对"虚无缥缈"的文学小说比较有兴趣吗?如果是的话,想想假如你学会一些情节编排技巧,可以替作品增色多少。

▲练习二

拿几本你最喜欢的小说,用 LOCK 系统分析,研究每项元素在你喜爱的书中如何发挥作用。你可以参考下列问题:

- 主角为什么吸引你?
- 主角想要追求或逃离什么?
- 故事什么时候进入"高潮"?
- 主角追求目标时,面对的主要障碍是什么?
- 看完结局你感觉如何?为什么这个结局很棒?

▲练习三

为你现在想到的点子写下简单的情节。写四句,每句提一个 LOCK 系统的元素。

- 我的主角是_____

·他的目标是_____
·他遭到_____的阻挠，对手阻挠他的原因是_____
·结尾非常冲击，因为_____

等你填满空格，你就写出了一本骨架扎实的小说。接下来这本书会协助你把骨架发展成完整的作品。

▲练习四

从你读过的小说中，挑选一系列你喜欢的"调味料"。特别注意：
·独特的设定
·多层次的角色
·铿锵有力的对话
·极具影响力的场景

当你看到这些元素，请分析它们为什么有用？作者用了哪些技巧？

第二章

结构：稳固你的情节

> 只要你建了，他们就会来。
> ——来自灵界的预言，选自电影《梦幻成真》
> (*Field of Dreams*)

如果你建出结构,他们就会好好读。

我儿子奈特四岁时写了一本小说,这本书只有四页,每页只有一个句子,非常有海明威简洁明了的调调。

奈特每个字都用注音拼。以下就是他写的整本小说,只差没附上蜡笔插图了。为了读者阅读方便,我把注音都改为正确的拼写:罗宾汉去打猎。来了一个坏人。他们打架。他赢了。

虽然奈特可能需要多注意代名词和动词、名词的搭配,但他其实写了一篇结构完整的故事。不知怎么搞的,奈特默默就学会了情节结构的基本原理——可能是因为他老爸讲的床边故事,或是录像带和电视上他开始喜欢看的电影。

这个简单的例子告诉我们小说的结构有多重要。简而言之,结构就是以特定方式组合故事的各个段落,让读者容易了解;换句话说,结构就是为了服务读者,而将组成故事的元素依序排列。

情节讲究元素。混合各项元素,便能让好故事变得更好。

结构则讲究时机:每样元素应该安插在特定的位置。

当你觉得一本小说不怎么吸引人,问题八成都出在结构。虽然书中有好角色、尖锐的对话和引人入胜的背景设定，故事却没有以最理想的方式开展。

当然，作者可能辩称那是他喜欢的开展方式，外人怎么可以对他的作品说长道短！

这么回答是作者的特权。然而如果你想触动读者，我们就得研究结构。

◎ 三幕结构

为什么要提三幕结构？

因为这个结构有用，从亚里士多德（Aristotle）开始研究戏剧的元素以来就很有用了。

为什么三幕结构有用？或许是因为三幕跟人类日常生活的步调很类似，我们做的每件事几乎都遵循三步的节奏。

美国写作老师德怀特·斯温（Dwight Swain）指出，人类出生、生活，最后死亡，感觉就像三个阶段。童年时光相对短暂，介绍我们认识人生；中间偏长的阶段占据了人生大多的时光；然后我们进入最后一幕，将人生收尾。

平常的生活节奏也一样。我们早上起床，准备出门上班；接着我们去上班，或做该做的事；最后我们结束一天的活动，上床倒头就睡。

我们每天的生活都分成三幕。

甚至在规模更小的事上，三幕结构还是很常见。假如碰到了问题，我们会先有所反应，这是第一幕。接下来，我们花大部分的时间思考该如何解决问题，这是第二幕。最后经过一番挣扎，如果够幸运，我们应该会想到解决方案，这就是第三幕的结尾。

以三为一组的结构有种稳健的感觉，就如发明家巴克敏斯特·富勒（Buckminster Fuller）所说，三角形是自然界最稳固的形状，因此他发明的网格球顶（geodesic dome）也是由三角形组成。

所有好笑的笑话几乎也都分成三个阶段——铺陈、主体和笑点。好笑话绝对不会只说一名爱尔兰人和一名法国人走进酒吧，一定要再加上一名英国人，笑话才会成立。

读小说时，我们必须在第一幕先获得一些信息，才能跟着情节走下去。然后主角面对的问题出现，他要花整本书大部分的时间跟问题较劲（第二幕）。然而故事终究要结束，而问题终会解决（第三幕）。

不管在写作课上还是课本中，都有人宣称三幕结构已死（或很愚蠢、毫无价值）。不要相信他们。

三幕结构能够历久不衰，就是因为有用。

如果你选择忽略三幕结构，你就提高了读者越读越气馁的可能。如果出于某种创作理由，你就是想惹恼读者，那也没关系。

但至少稍微了解下为什么结构很重要：因为结构能协助读者进入故事的世界。

作者可以玩弄结构吗？

当然可以。一旦你了解结构为何有用，你就可以自由运用结构，来满足你的创作需求。不过你很快就会发现，离稳固的结构越远，读者就越难跟随你的脚步。这也没什么不好，因为作家向来不怕辛劳，读者有时也该接受一点挑战。所以请先了解结构的价值，再依你所好来写。第八章会详细解释如何玩弄结构。

三幕结构指的就是开头、中段跟结尾。我喜欢有个聪明蛋的说法：开头、混乱和结尾。

以下介绍每一幕必须包含的元素，我们会在后续几章详细探讨每一幕的内容。

开头

开头永远聚焦于故事里的人物（第四章会详细讨论小说开头）。你的切入点就是主角，你应该让读者尽快与主角产生共鸣——罗宾汉去打猎。

想象把《杀死一只知更鸟》（*To Kill a Mockingbird*）的法庭场景挪到整本小说的开头，读者会对主角芬奇产生什么共鸣？他看起来确实是名能干、亲切的律师，但我们绝对不会像后来那样关心他。原先故事的开头让读者窥探到芬奇身为父亲、市民、邻居和律师的不同面向，我们先通过芬奇女儿的视角了解他，才跟着他上法庭。

开头还有其他重要的功用，其中最重要的四项是：

· 呈现小说中的世界——告诉读者故事的场景设定、时代和相关背景。

· 奠定小说的调性，让读者有所依据。你写的是气势万钧的史诗小说，还是滑稽古怪的闹剧？动作场景连篇还是注重角色变化？步调飞快还是闲散？

· 说服读者继续读到中段。为什么读者要关心你的故事，继续读下去？

· 介绍对手出场。哪些人、事想要阻挡主角？

中段

小说的主要部分便是冲突，由主角和对手之间一系列的攻防战构成。他们打架。

中段还会萌生出支线情节，增添小说的复杂性，并且通常会反映出小说想表达的深层蕴涵。

不同的故事线彼此纵横交错，创造出无法抗拒的宿命感，同时用各种方式带给读者惊喜。除此之外，中段还需要（我会在第五章深入讨论）：

- 加深角色之间的关系。
- 让观众持续关心故事发展。
- 铺陈替故事收尾的最后一战。

结尾

小说的最后一段带出整个故事的结局。他赢了。最好的结局（我会在第六章举一些例子）应该要：

- 把所有的梗收干净。还有没处理完的故事线吗？你一定要把埋好的梗收掉，但不能影响到主线情节，否则就干脆回头把梗删掉。不要小看读者的记忆力。
- 创造余韵。最好的结局往往会留给读者小说之外还有戏的感觉。

英雄旅程结构呢？

自从《星球大战》（*Star Wars*）的导演兼编剧乔治·卢卡斯（George Lucas）将这一系列电影的英雄旅程结构归功于美国作家乔瑟

夫·坎伯（Joseph Campbell）后，坊间就出现了无数的书和文章，探讨这个情节模板的价值。而英雄旅程结构之所以有价值，就是因为重视元素的排列——也就是重视结构。

虽然这套结构有许多不同版本，但通常都依循类似的模式：

- 介绍读者认识英雄的世界。
- "出发探险的召唤"或意外事件打乱了英雄的世界。
- 英雄可能忽略召唤或意外事件。
- 英雄"跨越界线"进入黑暗世界。
- 可能出现一名精神导师教导英雄。
- 英雄多次遭遇黑暗力量。
- 英雄面对内心黑暗的心魔，必须克服心魔才能继续前进。
- 一样护身符会协助英雄战斗（例：帕修斯的雅典娜盾牌[1]、亚瑟王的石中剑）。
- 最后一战开打。
- 英雄回到自己的世界。

为什么这套结构有用？因为它完全符合三幕结构：

第一幕

（1）介绍读者认识英雄的世界。

（2）"出发探险的召唤"或意外事件打乱了英雄的世界。

（3）英雄可能忽略召唤或意外事件。

（4）英雄"跨越界线"进入黑暗世界。

第二幕

---

[1] 帕修斯为希腊神话角色。雅典娜将盾牌送给帕修斯，协助他击败女妖美杜莎。

（5）可能出现一名精神导师教导英雄。

（6）英雄多次遭遇黑暗力量。

（7）英雄面对并克服内心黑暗的心魔。

（8）一样护身符会协助英雄战斗。

第三幕

（9）最后一战开打。

（10）英雄回到自己的世界。

◎扰乱事件及两扇门

我认为写作老师常用的一些词汇，例如转折点（plot point）和导火线（inciting incident），往往让作家越听越糊涂。有些词汇甚至还互相矛盾。

所以我在这本书里尽量不用这些词，而是试着直接描述在情节的重要时间点应该发生什么事。如果不执着于专业术语，其实这个概念一点也不难。

接下来我要谈谈扰乱事件和两扇门。一旦了解这两个时间点分别会发生什么事，你便能轻松替你的小说规划结构。

扰乱事件

小说一开始，你先介绍一名角色，他过着特定的生活，这就是他的起始点。以英雄旅程结构来说，这就是英雄的原始世界。除非有事逼他改变，否则他会一直待在这儿，而如果他不改变，读者就会觉得这个故事很无聊，因为读者只对威胁或挑战有兴趣。

因此在第一幕的开头,必须有事情打乱现状。你只要站在读者的角度思考就会懂了,一定要发生某件事,让我们觉得角色即将面临威胁或挑战。想想希区柯克的名言,如果事件不快点发生,你的开头就要无聊掉了。

扰乱事件不一定要是严重的威胁,只要打乱主角平静的日常生活就好。美国悬疑小说家迪恩·孔茨(Dean Koontz)的小说通常都以扰乱事件开始,以下是其以笔名理查德·佩基(Richard Paige)出版的《通往十二月的门》(*The Door to December*)开头第一句:

> 萝拉一穿好衣服就走到大门口,刚好看到洛杉矶警局的警车停在门前的人行道旁。

这就是扰乱事件,虽然是小事,但还是打乱了她的日常生活。通常警车停在家门口,大家都不会感到太舒服。

扰乱事件有无限多种,以下举几个例子:

- 半夜打来的电话
- 信中提到一些奇妙的消息
- 老板把主角叫进他的办公室
- 小孩被送去医院
- 车子在沙漠中的小镇抛锚
- 主角中了彩票
- 主角目击一场意外或谋杀案
- 主角的太太(或先生)留下字条,告知她(他)要离开了从结构来看，第一个扰乱事件能引起读者的兴趣，暗示接下来要讲一个有趣的故事。然而这时还没来到情节的主要段落，因为冲突还没发生，对手和主角还没陷入不可避免的战斗。

美国小说家马里奥·普佐（Mario Puzo）写的小说《教父》（*The Godfather*）中，年轻的迈克·柯里昂决心走上正道，避免步上父亲的后尘。然而父亲遭到枪击几乎丧命时，迈克的世界瞬间变色。不过迈克还没卷入冲突当中，他大可离开纽约，到别的地方展开新人生。直到主角穿过第一扇门，冲突才会产生，故事才会加速发展。

乔治·卢卡斯的电影《星球大战》以动作场景当作序章。黑武士和手下士兵追踪并抓走莉亚公主，然而被抓之前，公主抢先将R2-D2和C-3PO装进救生舱送走了。这两名机器人降落在塔图因星球上，被贩卖垃圾的爪哇人抓住。

观众接着见到主角卢克·天行者，他在他的原始世界塔图因工作，与叔叔阿姨住在一起。他的叔叔买了这两名机器人，结果才不过五分钟，卢克的世界就被打乱了：莉亚公主传来求救立体投影，寻求欧比王·肯诺比的协助。

卢克终于联系上欧比王，欧比王看了求救信息，并邀请卢克一起帮忙拯救公主。卢克拒绝了他的"召唤"（依照英雄旅程结构的说法），告诉欧比王他无法抛下叔叔、阿姨。

这还不是进入第二幕的门，因为卢克还是可以继续过他平淡的生活。然而等到帝国大军摧毁了卢克的家，杀了他的叔叔、阿姨，卢克便被一把推进了反抗军。他与欧比王离开塔图因，开始了他的冒险旅程。

两扇门

该怎么从开头进入中段（从第一幕到第二幕），再从中段进到结尾（从第二幕到第三幕），重点就在于转变。与其称之为转折点，我觉得把这两次转变想象成"无法折返的门"，对你更有帮助。

无法折返代表了你想创造的感觉：将主角往前推的力量，一种无可避免的氛围。人类总是安于现状，追求安定。我们笔下的角色也一样，除非发生什么事将主角推进第二幕，否则他只会心满意足地待在第一幕！他只渴望留在自己平凡的世界里。

你必须想办法把他赶出平凡的世界，逼他面对冲突。你需要某样东西把他踢过那扇门，否则他只会赖在家里不走。

一旦穿过门，就可以产生冲突了。第二幕会持续描写主角的奋斗，但故事总得结束，因此第二扇无法折返的门必须将主角快速送往冲击结局。

这两扇门负责把三幕情节串联起来，就像联结火车车厢的螺栓。如果螺栓没拴紧，或根本不存在，你的火车就跑不动了。

通过第一扇门

为了从开头进入中段，也就是通过第一扇门，你必须创造一个场景，把主角丢进主要冲突，而且无法离开。

悬疑小说中，第一扇门出现的时点可能是主角碰巧发现对手竭尽所能想掩藏的秘密，这下除非拼个你死或我亡，否则没有解决之道，没有办法恢复正常了。约翰·葛里逊（John Grisham）的《糖衣陷阱》就是个好例子。

这扇门也可能是工作上的义务。律师一旦接了案子，就有义务要负责到底，接到任务的警察也一样。同理，道德义务也可以当作转折。如果儿子遭到绑架，父母当然有道德义务要找到他。

你应该自问：我的主角现在还能忽略情节，继续如先前一般过活吗？如果可以，那你的主角就还没穿过第一扇门。

《教父》第一集就以这样的转折作结。迈克射杀了父亲的敌人索拉索，以及坏警察迈克劳斯基。这下迈克永远无法走回正道了，他面对的冲突比天还高，他也不可能忽视自己做的抉择。英国作家苏珊·赫沃屈（Susan Howatch）的《带来奇迹的人》（The Wonder Worker）当中，男主角尼可拉斯·达罗是位魅力十足的部长，然而他步步高升的职业生涯有天却突然遭受打击，害得他内心备感焦虑：他的妻子抛下他和两个儿子离家出走了。这一击让他一蹶不振，也逼他面对自己的人生。他绝对无法逃避。

你必须了解，第一起扰乱事件（有时称作"导火线"）跟第一扇无法折返的门（有时称作"转折点"，或英雄旅程结构中的"跨越界线"）并不相同。

比方说，电影《虎胆龙威》（Die Hard）中，纽约警察约翰·迈克连来到洛杉矶，与离异的妻子荷莉和两人的小孩过圣诞节。荷莉在一家大公司工作，迈克连到她公司所在的大厦与她碰面。迈克连在厕所梳洗时，一群恐怖分子占领了大楼，挟持了所有的人——当然除了迈克连以外。他逃到了上一层楼。

这时电影大概演了二十分钟，这起意外绝对算是扰乱事件，但还没有转折进入第二幕。

为什么？因为迈克连跟恐怖分子还没有交战。歹徒还不知道迈克连在大楼里,所以他可以打开窗户爬出去,赶快跑去寻求协助,或想办法打电话求救。迈克连还在盘算怎么做的时候,他偷看到大公司老板遭人谋杀。

于是迈克连又爬上一层楼,按下火警铃。这件事才造成第二幕的所有冲突。现在恐怖分子知道大楼里还有人在乱跑,迈克连就不能不行动了,他已经通过第一扇门,接下来只能面对一连串的冲突。这些事都发生在整部片开头四分之一的地方。

第一扇门

主角的一般世界,安全休闲的地方。这个世界也可能发生问题,但不会带来重大改变。主角待在这儿很满足,因此必须有事把他推过门口。

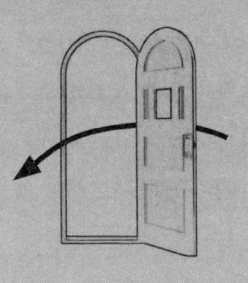

外在的世界,未知的领域,黑暗的森林。穿过了门后,主角必须探索自己内心,展现勇气,学习新的事物,结交新的盟友,等等。

通过第二扇门

想从中段进入结尾——第二扇无法折返的门——也必须发生一件事,导向最后的对峙。第二扇门通常是一条重要线索或信息,或是重大挫折和危机,借此将故事快速抛向结局。这时小说通常只剩下不到四分之一的篇幅。

《教父》中,老大之死重创黑道家族之间的和平,助长了柯里昂家族的敌人,胁迫迈克必须痛下杀手,来奠定他长远的权力。

第二扇门

主角面对一系列的挑战与冲突。除非碰上危机、挫折或新发现，因而打开第二扇门，露出通往高潮结尾的路，否则冲突只能持续下去。

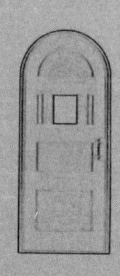

过了门后，主角可以集结外在及内心的力量，面对最终之战或最后的选择，让故事结束。主角无法从这扇门折返，因为故事必须结束。

这两扇门也可用在文学小说中。美国作家利夫·安格（Leif Enger）的《静水深流》（*Peace Like a River*）就安插了两个恰到好处的转折。第一个转折是鲁本的哥哥大卫枪杀了两个人，必须逃走。鲁本因此被迫进入故事中段：寻找大卫的旅程。第二扇门打开时，大卫重新出现，因而导向鲁本内心的最终之战：他应该告知大家大卫在哪儿吗？

写小说可以忽视这些结构的惯例吗？当然可以。只是你必须明白，你越忽略结构，你的作品就越难触动读者。

◎编排结构元素

经典电影《绿野仙踪》（*The Wizard of Oz*）的结构元素如此排列：

第一幕：

观众在开头场景就见到桃乐茜，这个女孩跟叔叔阿姨一起住在堪萨斯州的农场上，陪伴她的还有一只叫托托的小狗，和一些傻傻的农人。桃乐茜梦想有一天能去一个遥远的地方，一个在"彩虹彼端"的地方。

接着发生了扰乱事件。高小姐骑脚踏车来，要求桃乐茜一家交出托托，她要杀了小狗。她的要求有法律依据，所以亨利叔叔无可奈何，只能将托托交给高小姐。桃乐茜简直痛不欲生。

然而托托从高小姐的车篮跳出来，跑回农场。桃乐茜知道高小姐还会回来，便决定带着托托逃跑。路上她碰到教授，教授施展了一点小"魔法"，试图诱使桃乐茜回家。

她和托托回到家时，刚好碰到大龙卷风来袭。桃乐茜被撞晕，因而穿过了第一扇无法折返的门。龙卷风卷起房子，把她和托托带到名叫奥兹的缤纷世界。

第二幕：
《绿野仙踪》的"混乱"中段都在描述桃乐茜四处寻找巫师，想办法回家。沿途她碰到不少麻烦，例如一名想阻止她的邪恶女巫，几颗会丢苹果的树，一只空有其表的狮子，等等。她也结交了三名同伴，包括前面提到的狮子。四人组终于见到巫师时，才发现问题越来越多，巫师告诉他们一个坏消息：他帮桃乐茜之前，桃乐茜和同伴必须替巫师抢来邪恶女巫的扫帚。

于是他们一行人穿过黑暗森林，然后跨越了第二扇无法折返的门。桃乐茜被飞猴抓走了。

第三幕：

最终大战已经铺陈好了。桃乐茜的三名同伴，稻草人、铁樵夫和胆小的狮子，必须想办法从女巫手中救出桃乐茜。他们闯进女巫的城堡，但事情再度出错，这时看来他们全都要死在女巫和她的爪牙手下了。然而女巫做过了头，想烧死稻草人，桃乐茜拿水浇熄他身上的火，同时也泼湿了女巫。大家都知道接下来发生了什么事！

这还不到故事结尾，电影最后留了一点关于巫师的故事转折，增添了一抹悬疑感。不过桃乐茜终究回到了家，一切恢复正常。

◎结构长什么样子

三幕结构源自戏剧，在电影中也广泛使用。在电影中，第一扇"无法折返的门"通常出现在开始约四分之一的地方（以长两小时的电影来说，就是在开始后三十分钟的地方）：

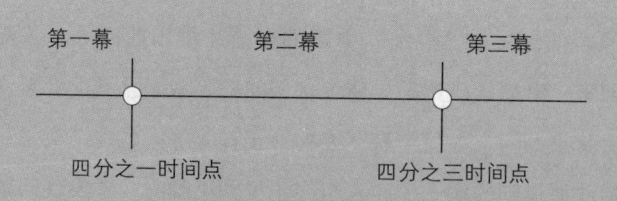

```
      第一幕        第二幕         第三幕
——————————●———————————————●——————————
       四分之一时间点      四分之三时间点
```

不过在小说中，第一扇门必须早点出现，否则就会显得拖沓。我个人倾向以五分之一时点为标准，其实也可以更早出现。

除此之外，最后一幕也可以往后挪，更靠近结尾。所以虽然四分之三时点是很好的指标，但你也可以把时间点往后挪一些。

小说的三幕结构应该像这样：

即便你不采用线性叙事手法，只要掌握结构和转折，读者就更容易

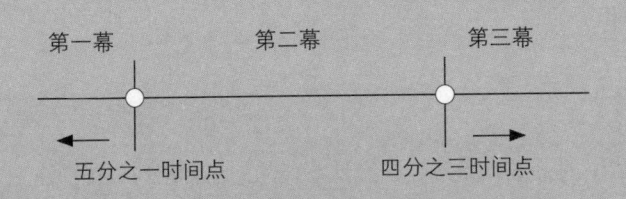

```
    第一幕        第二幕        第三幕
─────────●───────────────●─────────
         ←                 →
      五分之一时间点     四分之三时间点
```

读懂你的小说。搭配上动人的好故事，你的小说搞不好就会令人难忘。

◎情节和结构小结

学会情节和结构的基本元素绝对不会错。

情节绕着主角打转，他有明确的目标，目标与他的命运息息相关。情节主要由主角和对手的冲突组成，双方针对主角的目标进行争斗。最后的冲击结局会了结冲突，提出满足故事问题和读者的结果。

扎实的情节一般分成三幕：开头、中段、结尾。

在开头，读者先了解主角、他的世界，还有接下来故事的调性。开头也会出现一些扰乱事件，让情节不致于无聊。

接着主角穿过一扇无法折返的门，进入中段，陷入与对手的冲突当中。作者需要靠某种附着元素将主角和对手绑在一起，例如工作或道德上的义务，或实际的地点。在解决冲突之前，死亡的威胁，不管是实质上的、职业生涯上的或精神上的死亡，都会笼罩在主角头上。接着主角碰上挫折、危机，或是发现新信息和线索，因而穿过第二扇无法折返的门。

现在作者已经备妥所有的元素，可以进入最终决战或最后决定，结束故事。

▲练习一

分析一些小说或电影，研究这些作品的三幕结构。特别注意：

· 什么时候主角的日常行程被打乱了？故事开始没多久就发生了什么改变？（如果什么都没发生，这本书或这部电影感觉拖沓吗？）

· 什么时候主角被推进冲突当中？什么时候他无法回到正常的生活？

· 什么时候出现重大线索、危机或挫败，导向无可避免的高潮结局？

· 如果你觉得这个故事很无聊，自问一下为什么。看看是不是故事的 LOCK 元素或三幕结构有问题。

▲练习二

检视你现在写的情节元素。元素的编排方式能协助读者进入你的故事吗？还是你忽视了结构？如果是的话，为什么？

▲练习三

画出你的情节结构简图。想出一件扰乱事件，还有成为那两扇门的事件，把事件摘要写下来，再稍加变化，变成独特又吸引人的桥段。

第三章

如何"头脑风暴"情节点子

> 世上只有一种故事:你的故事。
>
> ——雷·布莱伯利(Ray Bradbury)

伍迪·艾伦（Woody Allen）的电影《安妮·霍尔》（*Annie Hall*）中，提到几个花花公子在一场好莱坞派对上聊天，其中一个人说："现在这还只是个想法，但我觉得我可以弄到钱，把它变成一个概念……再变成一个点子。"

就跟所有讽刺作品一样，真相就潜伏在这个句子的表面之下。在你写出情节之前，你会先有想法。一开始可能只是一点火花，某一天才突然燃烧起来。然而许多故事在这个阶段就已经注定失败，因为并非每个点子都同样有价值。想写出最棒的情节，你往往需要想出几百个点子，再选出最好的几个发展成情节。

这一章我就要教你怎么做。

在你一头栽进"寻找情节点子的二十个方法"前，你必须花点时间，了解负责把点子变成畅销小说的人：你自己。

寻找情节点子时，永远都从自己开始。

比起其他作家的作品，美国作家威廉·萨罗扬（William Saroyan）的小说总是充满热情。有次有人问他下一本小说的书名，他回答："我还没想到书名，也还没想到情节。但我有一台打字机、一张白纸，还有我自己，这样应该能凑出一本小说了。"

这就是为什么萨罗扬的作品如此新颖。他不满足于老套的建议"写你了解的事"。他很早就发现，写出独创情节的秘诀就是"写你这个人"。

小说作家，尤其想要启发读者的作家，都应该听从萨罗扬的建议。深深探究自己的心灵，你就会发现灵感的泉源。不仅如此，你的作品马上会活过来，你的故事将有机会真的感动读者。

不过请注意，"写你这个人"不是要你把你的自传写成小说。每个作家心中都有一本自己的自传小说，但这本书还是藏在心底好了。现在出版社都对自传式小说稍显存疑，因为这种小说要大卖的可能性几乎是零。

小说市场需要情节吸引人的小说，不要老梗、样板角色或无聊情节。想满足市场需求，又让你的作品绽放独特风采，关键就是"写你这个人"。

◎ 看看内心

每个作家都应该定期好好审视自己的心。在你开始构思下一段情节之前，先花点时间回答下列问题。我称这一系列问题为"人格筛选网"，回答完，你就能想出充满有趣角色的原创情节：

- 世上你最关心的事是什么？
- 如果你要写自己的讣闻，你会怎么写？
- 你的外表如何？你对自己的长相有何感想？这对你有何影响？
- 你最害怕什么？
- 你主要的优点是什么？
- 你主要的缺点是什么？

- 你的强项是什么？你希望能有什么强项？
- 如果你能做一件事，而且必然会成功，你会做什么？
- 童年时期有哪三件事塑造了现在的你这个人？
- 你有哪些惹人厌的习惯？
- 你有哪些秘密希望永远不要公开？
- 你的人生哲学是什么？

回答这些问题会打开通往内心灵魂的门，在这儿你更能分析情节点子。你想说的故事有触动自己吗？如果没有，你为什么还要写？

智者总劝告世人"了解自己"，尤其对作家来说，这着实是个好建议。只有真正诚实地了解自己，用热情全心投入写作，并关心重要议题，你才能写出清新的作品，还能从中获得喜乐。你了解自己，这就是写小说最好的基础了。

◎ 追寻点子

不是每个点子都值得写成小说，所以别花六个月、一年或甚至十年拼命雕琢编辑、经纪人，当然还有读者都没兴趣的东西！

听我说：你没有时间浪费在普通的故事上。

那该怎么办呢？你要如何想出超棒的点子，光靠这个点子就足够吸引读者读下去？

在学校，老师教我们坐下来，想出一个点子，然后开始写作。

听到这个方法，你的反应一定是"我早就听过了"。

所以你必须反其道而行。

你得想出数百个点子，先把不吸引你的点子删掉，然后细心完善剩下来的想法。

等一下我会教你二十种想出数百个点子的方法，不过首先要定几条规则：

（1）确定固定的想点子时间，一周至少一次。

（2）待在安静的地方，让自己放松，想象力也得以尽情奔驰。

（3）给自己三十分钟不受打扰。

（4）从以下的练习中挑选一项或数项，先读介绍。

（5）首先，放手让你的想象力随兴生长，把每个点子都记在纸上（或计算机上）。

（6）最重要的规则：不要、绝对不要给自己设限。暂时叫脑中的编辑去休息，任由点子涌现，不管以哪种方式、形状或型态呈现都好。不要妄下评论。

（7）尽情享受想点子的过程，玩得开心。你甚至可以开怀大笑。

（8）把每个点子都记下来。

（9）两三次之后，就可以开始评估你的点子了。请参考本章最后"培养你的点子"列出的标准。

（10）尽可能多重复想点子的过程。

而且别忘了：要行千里路，肚子一定要吃饱。所以做以下练习时，想吃什么就吃吧。

◎想出几百个情节点子的二十种方法

以下介绍二十种快速、简单又有趣的方法，教你发掘心中独特的情节点子：

1. "如果"游戏

对小说家来说，这大概是年代最久远但也最棒的创意游戏。独创性其实就是用不寻常的方式，把寻常的元素联结起来，而"如果"游戏能促使头脑改变思考方式，想出特别的联结。

在写作的任何阶段都可以玩"如果"游戏，但这个练习对寻找点子特别有帮助。训练你的大脑以"如果"的逻辑思考，大脑就会主动想出了不起的花招。

比方说，当你读到有趣的故事，就问问自己"如果呢"？然后让各种可能的联结自行浮现。

挑一周，做以下的练习：

· 读报纸时，每读一篇报道都问"如果呢"？
· 每看一个电视节目或广告，也问"如果呢"？
· 让大脑自由奔驰。
· 把你问的"如果"问题汇整成表。
· 把表放一边，几天后再回来看。挑几个可以发展的问题，多记几笔笔记。你的下一个故事可能就从这儿开始。

2. 书名

先起一个很酷的书名，然后写出相符的作品。

听起来很怪吧？其实一点也不。书名能解放你的想象力，促使你去寻找故事。

书名的来源五花八门，包括诗作、名言和宗教经典。翻翻名言集锦，记下有趣的字句；或随机从字典挑字，再把字组合起来列成一张表。故事的点子会开始从中萌芽。

挑一本小说，用开头第一句来设计书名。比方说，迪恩·孔茨（Dean Koontz）的小说《午夜》（*Midnight*）开头这么写："洁妮丝·卡博萧喜欢在晚上慢跑。"你能想出什么书名？举例来说：《她晚上慢跑》《夜晚跑者》《黑暗跑者》《夜跑》。

现在你只要挑一个书名，写出相配的小说就好，很简单。

3. 列表

雷·布莱伯利刚出道时，曾列出一串他潜意识想到的名词，这些字词成了他未来作品的根基。

你也可以制作你的列表。先让脑袋爬梳记忆中的画面，然后快速记下一两个字。我试过一次，总共列了超过一百样事物，包括：

·窗帘（我记得我的宠物小狗咬坏了妈妈的新窗帘，于是隔天她就把小狗送走了。结果我爬到树上抗议，死都不肯下来）。

·小山丘（有次我不小心在上面放火）。

·火炉（我们一家人常团聚在火炉前）。

·雪茄烟（我爸最爱抽便宜雪茄了）。

每一样事物都反映了我的过去，并可能成为故事或小说的基石。我可以挑其中一项，头脑风暴出各种发自肺腑的可能的点子。你也做得到。

4. 议题

哪些议题让你热血沸腾？美国作家劳勃·勒德伦（Robert Ludlum）曾说："我认为引人入胜的小说都出自于愤怒之手。"对作

家来说,愤怒是很好用的情绪。首先列出你关心的议题,例如:

- 堕胎
- 环保
- 枪支管制
- 总统政治
- 脱口秀
- 开车讲手机的人

已故美国作家爱德华·艾比(Edward Abbey)的作品都以他关心的议题当作主题。对他来说,写作不只是艺术,也是使命,他的作品因而触动了广大的读者群。艾比认为作家一定要当道德的传声筒,他曾写道,"既然在现实世界无法获知事实,那我们一定要在作家笔下看到事实!"

所以如果你想写你这个人,方法之一就是找出哪些议题踩到你的雷,然后猛踩那些雷。

如果你将你的道德观点具体呈现在立体的角色上,让他积极维护他的使命,保证就能写出充满激情和意外发展的故事。想要写出这样的小说吗?那就照我说的做:

- 找一个让你很激动的议题。可以是军事策略这种国际大事,也可以是学校董事会规范这种小事,但一定要可以逼人发怒。

- 选边站。你对这个议题的道德观点是什么?想出好理由辩护你的立场。

- 接下来这一步很重要:替对手想出很好的理由!世上很少有事非黑即白,就连坏人那方也会觉得他们没错。身为作家,你必须纵观全局，因此你要平等对待每个角色，不可以偏心。

· 自问"哪种人最关心这个议题的正反两面"？想出几个正反方的可能人选，稍后再从中挑最好的。

不过请记得，写小说不是布道，你的工作是写出让人爱不释手的故事，不是发表浮夸的演讲。

5. 亲眼去看

让你的想象力放段影片给你看：

一早先坐下来，问问自己："关于现在这个瞬间，我到底想写什么？"列出首先想到的三件事，你可能想到某些议题（街头犯罪、安乐死、律师、宗教）、角色（面对危险还勇往直前的人）或情境（假如有人被困在伊朗上空的小飞船上？）。挑选最让你文思泉涌的点子。

闭上眼睛，开始播放电影，你只要放轻松"看"就好。你看到什么？如果播的内容有趣，就不要干涉。如果手痒的话，你可以稍微更改内容，但尽量让画面自行播放。你想看多久就看多久。

接着开始动笔，别管情节结构，先持续写二十分钟，把你记得的任何"电影"片段都写下来。只要写就好。每天都写，持续五天，累积你写下的内容。

休息一天，然后把你的电影手札印出来。翻阅一遍，把你感兴趣的部分挑出来，开始培养这些点子，同时检测点子的新颖程度。

6. 亲耳去听

音乐是通往心灵的捷径。听一些让你感动的音乐，你可以选择不同类型,如古典、电影配乐、摇滚、爵士,只要让你动心就好。听的时候,请把眼睛闭上,看看哪些图像、场景或角色会浮现出来。

等你发现值得一写的事物(你一定会发现),以后每次准备写作时,你就可以播放那首乐曲,塑造写作气氛。

7. 角色优先

想要想出情节点子,最好最快的方法大概就是通过角色。做法很简单:创造一个立体的角色,然后看他怎么走。

许多方法能协助你写出独特的角色,以下列出几项:

- **想象外表**:闭上眼睛,"看"第一个从脑中冒出来的人。描述他的样子,然后把他随便丢进一个场景,看会发生什么事。问问自己:"为什么他要这么做?他展现出哪种角色特质?"

- **重塑你认识的人**:挑一个你记忆中很有趣的人,但不要直接模仿他,而是要"重塑"他。替他换个工作,或者干脆让他转性,把他变成她。假如你的疯子舅舅其实是女人呢?

- **讣闻**:每天报纸都会刊登讣闻,这些都是现成的人物简介!改编讣闻,挑出有趣的部分,用在你挑的角色上。你可以改变角色的年龄和性别,看故事会如何发展。放手去试吧。

- **最糟的事**:一旦写好角色,你必须问:他身上能发生的最糟的事是什么?答案可能就是一本悬疑小说的开头,而这本书读者绝对爱不释手。

8. 向大师取经

如果莎士比亚可以这么做,你也可以。偷别人的情节吧。没错,这位英国的文学大师很少想原创故事,他通常都挑选旧故事,再施予他独特的魔法。

当然,现在回收旧故事没这么容易了,你不能窃取完整的情节和角色,然后假装是你的原创作品。但你可以撷取另一个故事的一小部分,再施加你的独特魔法。你可以替换重要角色和规范(请参考下一点"推翻类型"),也可以跟着原本的故事线走,沿途加上自创的发展。

美国作家威廉·诺柏(William Noble)在《偷他的情节!》(*Steal This Plot!*)中提到:"独创性就是让你剽窃成功的关键。"他的意思是你不能偷取一整段情节,连角色也不改,但你可以撷取前人采用的形式(因为情节便是故事的形式),拿来使用。

9. 推翻类型

每个故事类型都有行之有年的规律,阅读类型小说时,读者都会期待特定的节奏和发展。为何不利用他们的期待,然后转个一百八十度呢?

比方说,你可以把西部故事放到外太空去,一点也不难。《星球大战》就含有不少西部片的元素(你还记得酒吧的桥段吗?)。同样道理,肖恩·康纳利(Sean Connery)主演的《九霄云外》(*Outland*)就像把西部片《正午》(*High Noon*)搬到木星的卫星上[①]。美国科幻

[①] 《正午》为一九五二年的西部电影,主角为即将卸任的小镇警长,必须独自面对即将前来寻仇的杀手。《九霄云外》为一九八一年的科幻惊悚电影,主角为木星卫星的警长,因为揭露了卫星上的贩毒问题,而必须独自面对对手找来的杀手。

小说家罗伯特·海因莱因（Robert A.Heinlein）的作品《穿墙猫》（*The Cat Who Walks Through Walls*）也跟达希尔·哈米特的《瘦子》（The Thin Man）[1]很像，只是把角色传送到遥远的未来去了。

就连经典影集《飙风战警》（*The Wild Wild West*）[2]也只是把007的故事搬到大西部罢了，但这部影集成功推翻既有类型，变成当代流行文化的一部分。

所以玩玩各种类型、规律和期待吧。把不同元素混在一起，搞不好就能产生新的点子。

10. 预测趋势

小说可以单靠主题就"爆红"，如果你能赶上新趋势的风潮，你可能就赢了。

致胜关键当然在于如何预测席卷大众的风潮。你要怎么判断呢？

最好的资料来源是类型杂志，通常你可以从中窥见读者未来短期到长期有兴趣的领域。

而且这种研究花不了多少时间。去附近的报摊，把《科学人》（*Scientific American*）、《大众机械》（*Popular Mechanics*）、《时代》（*Time*）、《新闻周刊》（*Newsweek*）和《美国新闻与世界报道》（*U.S.News&World Report*）通通翻过一轮，气死老板。除此之外，

---

[1] 《瘦子》为一九三四年的推理小说，主角为已退休的侦探，被迫偕同妻子去调查一起谋杀案。《穿墙猫》为一九八五年的科幻小说，描述时间警察寻求作家主角和一名神秘女子的协助，寻找一台失踪的人工智能计算机。

[2] 《飙风战警》为美国一九六五到一九六九年播出的电视影集，描写两名特务办案、拯救总统、揭发重大阴谋的过程。节目制作人自称此作主角是"骑马的邦德"。

《今日美国》（*U.S.A. Today*）也常常刊登新潮科技和议题的报道。抓出有趣的主题，然后想一下：

- 谁会在乎这个主题？
- 那个人明年会如何应对这个议题？十年后呢？
- 如果整个社会都接受这个议题，会怎么样呢？
- 如果整个社会都排斥呢？
- 这项议题最容易伤害到谁？

11. 在报纸中挖宝

请读报纸。扫过每一版的内容，并设好你脑中的追踪装置，瞄准能让想象力朝独创方向跑的新点子。

我建议你读《今日美国》。这份报纸的写作宗旨是"读者专注力有限"，所以每篇报道都很短，可以很快扫完。每看完一份，你至少能找到十几个可用的点子。挑选其中一篇报道，自问一系列"如果"问题，以充实你找到的点子。如果你稍后可能想用报道的内容，就剪下来装进盒子里。

12. 研究

美国作家詹姆斯·米切纳（James A.Michener）总是提早四年或五年开始"写"书。每当他"感到有灵感了"，他就开始读书，针对一个主题可以读上一百五十到两百本书。他会浏览相关书籍，认真阅读，甚至去查阅资料，把学到的信息都记在脑中。这时他才开始写作，而这些研究资料便提供给他许多可参考的点子。

现在有了网络，做研究更容易了。不过别忽略了老方法，世上还是有书，你也可以去访问有专业知识的人。如果你的荷包够深，你也可以去实际造访异地，体验当地风情。世上到处都隐藏着创作的素材。

也别忘了专家。找出该领域的佼佼者，去访问他们。活过某个时期或住在某个地方的一般人，也可以提供你丰富的细节和确切的事实。

以下是通过研究找点子的简单方法：

- 从你一直有兴趣的领域，挑一本非文学作品。
- 大略翻一遍，了解大意。
- 写下你想到的情节点子。
- 把书详细读完。
- 记下更多点子，同时发展先前想到的点子。
- 只要这么做，很快你就会找到一条信息，让你热血沸腾了。

13. "其实我真正想写……"

请在一大早尝试这项练习。昨晚，你的潜意识已经在睡梦中慢慢入侵，现在有话想对你说，所以请端起咖啡，赶快在稿纸或计算机前坐好。首先写下"其实我真正想写……"

然后一口气连写十分钟。跟随脑中浮现的想法，扩充、联结这些点子，让它们在你的意识流中漂浮。

这个练习不只适合想点子，也可以当作写作的暖身，每次写作前你都可以试试看。

14. 偏执

顾名思义，偏执会控制角色最深沉的情绪，促使他有所行动，因此很适合当作寻找点子的好跳板。

那些事物会让人偏执？自尊？外表？欲望？工作？敌人？成功？

《悲惨世界》(Les Miserables)中，贾维为了什么偏执？答案是他的责任。责任心逼他发狂，最后走向死亡。

阿哈为了什么偏执？答案是一只巨大的白鲸鱼。如果没有他的偏执，就没有《白鲸记》(Moby Dick)这本书。

道林·格雷[1]则对青春异常执着。

《马耳他之鹰》(The Maltese Falcon)[2]里，每个角色都对那只黑色的鸟无比偏执。

《乱世佳人》(Gone With the Wind)中，白瑞德偏执地爱着斯佳丽，斯佳丽偏执地爱着艾希礼，因而展开了三角恋情故事。

创造一个角色，让他为某件事而偏执，再看他如何发展。

15. 开场白

迪恩·孔茨（Dean Koontz）的作品《暗夜之声》(The Voice of the Night)其实来自他"随便玩玩"写的一句开场白。罗伊问："你有杀过什么东西吗？"

---

[1]《道林·格雷的画像》(The Picture of Dorian Gray)是爱尔兰作家王尔德(Oscar Wilde)于一八九一年出版的小说。贵族青年格雷因为贪恋自己的美貌，因而许愿希望自画像能代替自己老去，以永葆青春。

[2]《马耳他之鹰》为达希尔·哈米特于一九二九年出版的小说，描述侦探斯佩德的办案过程。本作反派想将一尊昂贵的黑鸟雕像占为己有，然而他派去劫持雕像的手下个个起了贪念，不愿交出雕像，让事件越来越复杂。

写下这一行后，孔茨才决定把罗伊写成一名十四岁的男孩。接着他写了两页对话，当成小说的开场，但整本书都来自那句深深吸引他注意的开场白。

美国作家约瑟夫·海勒（Joseph Heller）习惯用开场白来透露故事的调性。有一天，他迫切想写新小说，却毫无点子，这时他脑中浮现这段开场白：在我的公司，我很怕四个人，而这四个人分别又怕五个人。

海勒说，这两个句子马上"爆出无数的可能和选择"。最后他写出了小说《出事了》（*Something Happened*）。

同理，海勒的名作《第二十二条军规》（*Catch-22*）也源自他写的开场白：他一见钟情了。某人第一眼看到那名牧师，就疯狂爱上他了。后来海勒才把某人改成主角的名字约塞连，并决定这名牧师不在监狱工作，而是在军中服务。这几句话就成了故事的基石。

写开场白很有趣。试试看吧，你的创意脑袋会很感谢你。

16. 写序章

近来引人入胜的小说通常都以动作场景序章开始，而且主角未必需要出现。不过序章一定会有惊奇、神秘、悬疑或吓人的事，让读者心想："我最好看完剩下的章节，才能知道为什么发生这件事。"

紧凑诱人的序章其实很好写，真正难是难在接着写出一整本书。不过好的序章可以带出许多点子，也可能发展成一整个故事。此外，偶尔试写一两千字的序章也能当作练笔，助你练就写出畅销小说的能力。

17. 联想图

联想图虽然是老方法，但永远都是创作的良方。联想图以视觉方式呈现许多简单联结的网络，绘制过程可以分为三阶段：

（1）准备。挑选一个字或概念来发展。你可以挑事前决定好的主题来画，也可以随机选择。把这个字写在白纸的中央，用圆圈圈起来。

（2）出手。别想太多，让你的头脑记下各个联结和关系。在这个阶段，先别花心思去理解思考，只要写就好。从联结中延伸出其他联结，把整张纸填满。

（3）瞄准。如同作家盖比瑞尔·洛瑟·里柯（Gabriele Lusser Rico）所说，很快你负责规划的脑袋就会进行"方向转移"，因为你想到的联结带来了"新的方向"。请参考里柯写的《自然写作》（*Writing the Natural Way*）第五章，其中详细介绍了作家用的联想图。经过方向转移，你会更了解联想图的方向或重点，开始辨别快爆炸的脑袋想告诉你什么。这时你就会想到点子了。

比方说，我挑了棒球这个字。开始喽：

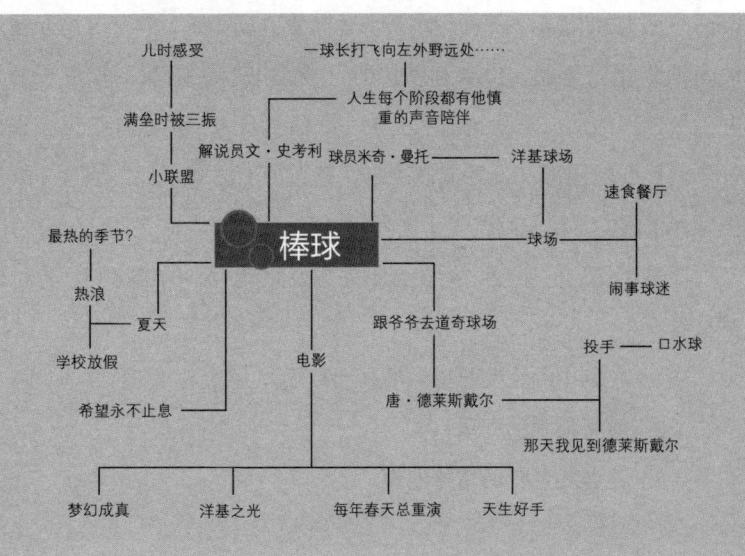

棒球
- 儿时感受
- 满垒时被三振
- 解说员文·史考利
- 小联盟
- 一球长打飞向左外野远处……
- 人生每个阶段都有他慎重的声音陪伴
- 球员米奇·曼托
- 球场
  - 洋基球场
  - 速食餐厅
  - 闹事球迷
  - 投手 —— 口水球
- 最热的季节？
  - 热浪
    - 夏天
    - 学校放假
    - 希望永不止息
- 电影
  - 跟爷爷去道奇球场
  - 唐·德莱斯戴尔
    - 那天我见到德莱斯戴尔
  - 梦幻成真
  - 洋基之光
  - 每年春天总重演
  - 天生好手

当我研究这份联想图，我发现重心集中在我的年少时代跟其中蕴含的希望。从道奇球场、小联盟、夏天晚上听史考利报球赛的回忆当中，我可以源源不绝想出几十个可用的故事点子。

我当然想得出来。

18. 感动人心的结尾

为什么《卡萨布兰卡》（*Casablanca*）不仅仅是部好电影？为什么欣赏完电影后，你还是觉得余韵绕梁，能发出满意的赞叹？我认为关键就是结尾，包括经典的结尾台词："路易，我想这是一段美好友情的开始。"

一段感动人心的结尾。

故事成败往往就靠结尾，如果结尾平淡无味，即便先前的情节极为引人入胜，观众还是会觉得不满意。导演弗兰克·卡普拉（Frank Capra）说他的电影《约翰·多伊》（*Meet John Doe*）就有这个问题。故事铺陈相当完美，但来到结尾时，卡普拉和编剧却不知道该怎么办。最合理的结局是让约翰从大楼一跃而下自杀，但这样结束会害得片子调性变得阴郁。最后他们决定让路人冲上去救了他，但这个结局感觉却很假。导演和编剧等于把自己逼进了绝境。

既然结尾这么重要，为什么不先想好感动人心的结尾呢？你可以试试看：

（1）在脑中的剧院想象一场高潮结尾。

（2）倾听搭配的配乐。

（3）让各式各样的情绪涌现。

（4）随心所欲加入角色，来增加冲突。

（5）尝试以不同方式呈现同一主题，直到想出令人难忘的点子。

然后问问自己：

（6）故事中有哪些角色？

（7）什么事情让他们聚在一起？

（8）我要如何回溯到这个故事合理的起点？

许多作家认为，先想好可能的结局是最方便的写作指南。最起码练习写结尾能让你想出不少有深度的角色。

19. 职业

我们的个人形象往往跟工作绑在一起：我们的职业是什么，做得好不好。每一项工作也有其独特的职场文化。因此研究别人的工作，本来就能找出许多题材。

试着以吸引人的工作为基础，想出一些故事点子。你可以在读书、看报纸和杂志的时候，将有趣的工作记下来。

美国劳工部出版的《职衔大辞典》（*Dictionary of Occupational Titles*）是我很珍惜的参考资料，这本庞大的百科全书分成两册，详细介绍了数千种职业。以下是其中一个条目：

378.363-010 装甲侦察专家（军人）

驾驶军用有轮或履带车辆，观察指定地区，搜集地表特征、敌营军备及所在位置信息。隶属地面装甲侦察单位：使用安全连线语音通信程序，与上级汇报信息。撰写战场记录，通报对战侦察信息。驾驶有轮及履带装甲车辆，协助战略行动，阻挠、延迟并击退敌军。引开来自攻击车辆之战火，协助掩护战友，或阻挡敌军炮火攻击。准备并协助夜间炮火攻击，辅助准确击中目标。使用侦测化学物质设备、辐射计或放射物质侦测仪，以确认并辨别周遭空气中的化学物质。驾驶车辆至指定地点，以标记路线并控制车流。要求并调整针对目标的迫击炮和火炮攻击，并回报炮击之效用。

上述内容应该可以提供不少故事点子。要是主角迷路了呢？或是开进时空隧道，回到十九世纪五十年代？如果他发疯了呢？你需要针对哪个领域继续深入研究？

20. 绝望

或许你坐在白纸或空白屏幕前，脑袋空空如也，啥都没有。你已经用尽所有方法，现在彻底绝望了。

很好。许多伟大的作家也曾和你一样苦恼，但他们都找到了解决方法。这个方法就是"写就对了"。

美国作家 E.L. 多克特罗（E.L. Doctorow）写出《拉格泰姆时代》（*Ragtime*）前，可是非常绝望。他解释道："我急着想写作。当时我盯着新罗谢尔老家书房的墙壁，于是我开始描写那面墙。偶尔作家就是会碰上这种走投无路的时候。然后我开始描写包含那面墙的房子，由于房子建于二十世纪六十年代，我就回想起那个时代，还有百老汇大街当时的样貌：有轨电车沿着大街跑过山脚下，夏天时居民都穿白色衣服乘凉，当时的总统是罗斯福。一个点子连到另一个点子，这本小说的雏型就出现了，全靠绝望时想出的这些画面。"

法国作家莫泊桑（Maupassant）曾建议："快把黑字写到白纸上。"美国作家詹姆斯·瑟伯（James Thurber）也说："别管写得好不好，先写就对了。"

你很绝望吗？

那就快把黑字写到白纸上吧！

不适合用来想点子的方法

你已经学到够多想点子的方法，写作生涯一辈子都用不完了。现在我必须警告你，避免使用历年来有些作家想点子的方法：

· 药物。现在大家都知道嗑药的危险。虽然当下你可能产生创意无限的错觉，但嗑药的负面影响实在太多，一点都不划算。

· 酒。作家形象总是不免俗地和酒精绑在一起，许多伟大的作家也都是恶名昭彰的酒鬼。无数想要成为作家的人都误以为两者之间有什么合理的关系，其实根本没有。

· 压力。为生计挣扎的作者形象也深植于许多新手作家之心，但自行施加压力只会造成焦虑。虽然绝望可能逼你产量倍增，但也可能让你过于担心自己的经济状况，因而不敢冒险，打安全牌，结果写出平淡无味的作品。

哥伦比亚作家加夫列尔·加西亚·马尔克斯（Gabriel Garcia Marquez）曾说："我很排斥对写作的浪漫幻想，反对认定写作是种牺牲，以及认为作者的经济和精神状态越差，作品就越好。我认为要写出好作品，就必须维持良好的情绪和身体状态。"

所以请照顾好身体,保持开心。最重要的是:多写。

◎ 培养你的点子

好,你已经想出一堆点子了。(还没?那赶快开工啊!)现在怎么办?请挑出你最喜欢的点子,写出它的诱因、标语和弱点。

诱因就是小说的主题,要让书店浏览的读者读了封面简介后,会感觉惊艳地说"哇"。比方说,迪恩·孔茨的作品《午夜》(*Midnight*)探究滥用生物科技如何祸及整个小镇。你的作品探讨的主要议题是什么?

接着写出你的标语,用一两句话,为你的点子写出诱人宣传。迪恩·孔茨如此介绍他的另一本小说《冬月》(*Winter Moon*):"洛杉矶的大街成了末日炼狱。在蒙大拿州寂寥的角落,神秘的存在侵入森林。随着这些事件交错并逐渐失控,活人和死人都无法幸免。"

最后,努力想出一个弱点。反向思考,有什么事可能毁掉你的点子?找出弱点不表示你要放弃这个点子(当然你要放弃也可以),反而可以帮你大幅强化这个点子。继续下一步之前,你必须先自问这些问题,并提出让你满意的答案:

(1)这种故事以前有人写过了吗?(通常答案都是有。)如果有,你能加入什么独特的元素?想出各种可能,一直想,直到你想出别人从来没看过的元素。

(2)你的设定很普通吗?如果是,你能把故事改设在什么场景?哪种背景设定还没被用到烂?

(3)你想写的角色像样板角色吗?如果是,你要怎么让他们变得有趣?你能提供什么新的切入点?随意头脑风暴一下,而且不要舍弃任何想法，直到你列出一大堆方法为止。

（4）你的故事够"壮观"，可以吸引足够的读者吗？如果没有，你要怎么扩大规模？你能怎么提高主角面临的代价？通常（实际的或心灵上的）死亡一定是很合适的选择。

（5）你能加入其他有意思的元素吗？从各个角度来看你的点子，并思考是否能加入一两个转折，让整个故事更有活力。没错，又要列更多做法了，快动手吧。

就跟饼干和爱一样，故事点子也要够新颖，才能让人满意。利用这些问题检视你的点子后，你就能避免走上错误的旅程，免得一路走去无聊小镇了。

◎贝尔金字塔

编辑和经纪人都会告诉你，他们想在过去成功的类型当中，寻找"清新独特的声音"。也就是说，他们想要左右通吃：你的作品必须独特，但又不能独特到害得营销部门不知如何是好。

所以你就用贝尔金字塔审视你最棒的点子，一次满足他们的两项需求。（从来没有哪个金字塔和我同名，所以请原谅我这次擅自用我的名字命名。）

热情

金字塔底端是对情节的热情。你必须花很长一段时间与你选择要写的情节相处。写一本小说可以花上几个月，甚至好几年，因此你最好要有奋不顾身的热情，才能长期抗战。

```
        精准
      潜能
    热情
```

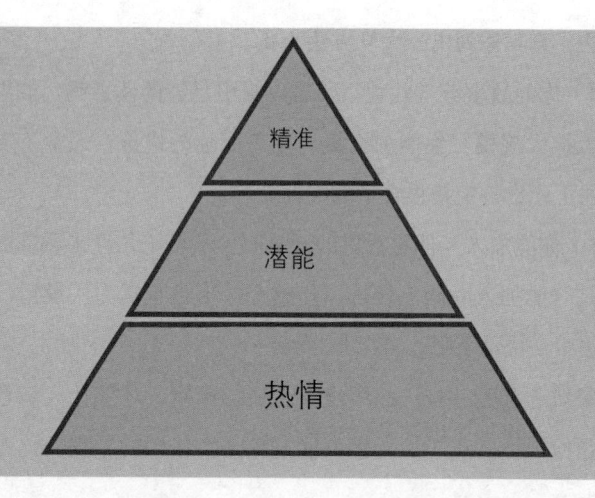

　　为什么很多小说都无法出版？其中一个原因就是内容太"制式"了。这些作品一味追寻大众的口味，因为作者往往心想："哎哟，如果我写得像那本很畅销的小说，我的作品就可以出版了。"

　　大错特错。如果你对你的情节没有热诚，不觉得非把这个故事说出来不可，你的文笔就不会有特色，也就不吸引人了。如此一来，你的作品读起来就跟其他想当作家的一大群人一样，只能猛敲机会的大门而已。

　　贝尔金字塔的三个分层中，热情不但对你身为作家的灵魂很重要，通常也与你最终的成功息息相关。当然为了钱，当小学徒模仿几次无妨（前提是你要学到技巧），但我认为作家还是必须培养自己的独特性，只有发展出自我的特性，才能超越平庸。

　　布兰达·尤兰（Brenda Ueland）曾说："将你的知识与爱投入工作中，保持自由随兴的态度，仿佛跟爱你的朋友对话。然后在脑中

（每天至少三到四次）嘲笑那些自以为是、挪揄戏弄、批评挖苦和怀疑你的人。"

你需要的话甚至可以嘲笑我，只要确定你笑我时满怀热情就好。

潜能

进入下个阶段后，你需要思考这个主题能触及多少读者。暂时脱离艺术家的角色，转换成潜在的投资人：如果你要投注大笔资金出版这本书，你有机会回收资金，甚至小赚一笔吗？

评估的时候不要手下留情。假设你把过去几年的人生写成八百页的小说，除了很熟的亲戚以外，还有多少人会感兴趣？可能有，但请解释给你心中的投资人听。

你很着迷清洗鱼内脏的艺术吗？也解释给你心中的投资人听。

做一点市场调查。你应该订阅《出版人周刊》（Publishers Weekly），追踪业界的最新动向。现在都出版哪些书？《出版人周刊》每一期都有《预告》专栏，简短评论接下来出版的新书。问问自己，为什么出版社看上这些故事？

不要抄袭。记得小说得以出版的潜能，往往来自作者独特的文风和远见。

也别忘了，评估小说出版潜能时，你的目标未必是要吸引最多的读者。类型小说的作者都知道他们的作品只针对特定读者而写，甚至在某一类型的作品中，还会再分成细类。比方说，许多科幻小说作家不写"冷硬风"的科幻小说，而是探讨一些深层的哲学论题。他们知道有些科幻小说读者喜欢这种作品，其他则不喜欢，不过没关系，因为先前已经说过，他们都是出于热情而创作。

因此潜能评估只是协助你做决定，并非硬性规定。依照你的需求来用就好。

精准

最后，你的情节要有精准的目标。如果你对这个点子充满热情，也合理推断出受读者欢迎的潜能，那就删掉所有会影响作品潜能的事物。假设你的情节是针对喜欢悬疑小说的读者所写，那就朝这个目标写，不要使用其他手法，以免偏离目标。

◎个案研究：《午夜》

我在悬疑小说写作课堂上，用过迪恩·孔茨一九八九年出版的惊悚小说《午夜》当例子，因为这是一本横扫千军的畅销书（孔茨第一本登上《纽约时报》精装书排行榜第一名的作品），而且运用了许多我讨论过的技巧。我会稍微介绍小说内容，不过如果你想真正体会这本书的妙处，我建议你去买一本，有空的时候把它读完。

由于这章谈的是想点子，你可能好奇孔茨怎么想出《午夜》的情节。我们只能推测，不过以下是几项完全不同的可能性，也许他的点子来自其中几项：

·**预测趋势**。孔茨常在书中谈到滥用新科技。一九八九年时，他预测到纳米科技的发展，并以此为蓝本创造出让人惊喜赞叹的故事。

·**反派**。反派托马斯·沙德克（Thomas Shadduck）的出场着实诡异又吓人，他是富有人性的超级反派，情节几乎可以说是绕着他打转。希区柯克曾说，悬疑故事的张力与反派能力成正比。或许孔茨从沙德克开始写起，把他的阴谋写成了情节主轴。

・**书名**。"午夜"让人联想到各种画面，通常都极为黑暗邪恶。事实上，这个故事发生在很短的时间内，几乎都在夜晚，而午夜正好是坏事即将发生的时刻。孔茨可能单从书名就想到了这些发展。

・**很棒的序章**。许多令人爱不释手的小说都从神秘、惊人或引人入胜的序章开始。《午夜》的序章介绍了一名夜跑者，在序章结尾，她被一头神秘的野兽杀了。我们再也没看到她，却一直惦记她的死因（主角群也跟我们一样）。孔茨极可能随笔写下这段序章，后来才想到可以如何运用。

・**偷前人的情节**。我个人认为孔茨最有可能是靠这个方法想出了《午夜》的情节。读这本书时，我觉得故事明显混合了两类经典情节：二十世纪五十年代的名电影《天外魔花》（*Invasion of the Body Snatcher*），以及英国小说家 H.G. 威尔斯（H.G.Wells）的经典小说《拦截人魔岛》（*The Island of Dr. Moreau*）①。果然没错，孔茨在小说后段巧妙地提到了这两部作品，仿佛在跟看出相似点的聪明读者眨眼睛！

由此可见，像迪恩·孔茨这样的说故事专家，也可以靠许多方法想出第一本《纽约时报》精装书排行榜冠军作品的雏形。你没理由做不到吧？

---

① 《午夜》是迪恩·孔茨于一九八九年出版的小说，讲述科学狂人沙德克将小镇居民改造成超级人类，却因实验出错害镇民——化为嗜人野兽，小镇警察则拼命掩盖事实。《天外魔花》为一九五六年的美国电影，讲述加州降下外星花粉，花粉长成的果实产出与当地居民一模一样的人，具备本人的记忆个性，只缺少人类情绪。《拦截人魔岛》是 H.G. 威尔斯于一八九六年出版的小说，描述莫洛博士于小岛上通过外科手术改造各式动物，将它们变成怪物。

▲练习一

本周挑两个方法来想点子,每个方法至少预留一小时写作时间,好好练习。

▲练习二

从练习一的成果中,挑出你最喜欢的点子,写出诱因、标语和弱点。

▲练习三

现在拿贝尔金字塔检视你的点子。你和你的点子有足够的热情、潜能和精准度,能让你继续写下去吗?

▲练习四

就算你决定不要把这个点子写成一整本小说,先前的练习对下次也有帮助。不过如果你喜欢这个点子,请利用本书剩余的章节,把你的点子塑造成形。

▲练习五

请下定决心每个月花几小时来想点子。随时注意周遭可能出现的点子,勤记笔记,搜集新闻简报。每个月检查一次你的点子,开始培养。

第四章

强劲的开头

> 我们第一次见到陌生人,其实头七秒内就决定了对方的评价了。
> ——策略专家罗杰·艾利斯(Roger Alles),
> 《热诚沟通》(*You Are the Message*)

第一幕是小说的开头,需要达成几项目标:

·吸引读者。

·建立读者和主角之间的联结。

·介绍故事中的世界。告诉读者这个世界的地点设定、时代和相关背景。

·奠定小说基本的调性。这是气势万钧的史诗小说,还是滑稽古怪的闹剧?动作场景连篇还是注重角色变化?步调飞快还是闲散?

·说服读者继续读到中段。为什么读者要关心你的故事,继续读下去?

·介绍对手出场。哪些人物想阻挡主角?

只要达成这些目标,你的情节就有了稳固的基础,读者会觉得碰上了很会讲故事的作者。如何,感觉不错吧?

◎ 吸引读者

小说开头的首要目标,就是吸引读者。就这么简单。

切记,你的第一位读者一定是经纪人或编辑。这群人很难攻克,因为他们每天要看的稿件太多，巴不得能挑出问题，把你的作品丢到一边。

所以别让他们挑到问题。

接着你的作品要面对书店里闲晃的客人，他们可能会（因为营销和设计部门的努力工作）翻开第一页，看看里面写了什么。

这就是你面临的挑战。因为读者除了读你的书，还有其他九十亿件事可做。而且第一印象很难摆脱。一旦留下坏印象，你就得拼命两倍，外加花两倍的时间，才能回到原点，有时对方甚至不给你重来的机会。

所以不管是做人还是写小说，留下良好的第一印象绝对值得。以下介绍几个好方法，让你从头就抓住读者的心。

开场白

我建议你偶尔读读迪恩·孔茨的小说开场白。往往他的开场白都是浓缩成一句的小段落，其中提到一个有名字的角色，还有马上要扰乱正常生活的事件：

> 凯萨琳·赛勒确信，车子随时可能在平滑结冰的路上打滑，完全失控。
> ——《与恶魔共舞》（Dance with the Devil），以迪娜·杜艾尔（Deanna Dwyer）之名出版

> 潘尼·道森从睡梦中惊醒，她听到黑暗的卧房中传来有东西鬼祟移动的声音。
> ——《黑暗之后》（Darkfall）

> 周二是加州常见的好天气,满满的阳光和希望,只可惜哈利·里昂得在中午去杀个人。

——《恐龙的眼泪》(Dragon Tears)

> 在编玛瑙墙环绕的占领塔房间里,瑙立人(Naoili)胡兰将他的外脑与控管生理机能的脑分离开来。

——《野兽之子》(Beastchild)

这些开场白的成功因素是什么?第一,其中包含了角色的名称,明确的称谓劈头就创造出小说是现实的错觉。用代名词开场也有类似的效果:她听到卧房里有东西在动。

不过我喜欢孔茨的写法,因为名字能带来额外逼真的效果,让读者更轻易"自愿暂时停止怀疑"。

第二,开场白中有事情发生,或有事即将发生。而且不是随便一件事,而是不祥或危险的事,会打乱正常生活。

利用开场白带给读者动感,预示有事发生或即将发生,让读者一开始就感到情节的移动。

如果你用长篇描述段落开头(过去人们比较能接受这种开场白),你就无法创造动感,反而会害情节停滞。

别误会了,你还是可以用描述开场——只要加入带有动感的文字就好。

而只有角色能够有所动作,所以请尽快介绍角色出场。以下的例子来自美国作家安·拉莫特(Anne Lamott)的作品《蓝鞋》(Blue Shoe):

> 窗外的世界宛如一片火海,开心果树的叶子散发着火红、橘

色的光芒。麦迪端详着晨光，躺在床上她先生应该睡的那一侧。

拉莫特以描述开场，但第三句她就加入了角色，接着又补上一句显示事有蹊跷——她先生不在应该在的地方。

读者感到有事发生，知道麦迪身处麻烦的困境，必须想办法处理。

这就是动感。动感不一定要用动作呈现（虽然也可以），只要传达有事发生的感觉就好。

如果你没有趁早打乱主角的生活，你可能就要违反希区柯克的名言了：好故事就像人生，只是删掉了无聊的部分。

所以快打乱一江春水吧。

开头发生的事未必很重大，像房子炸掉。有时反而可能是看似无害的事，譬如夜半打来的电话，或一小则意外消息。

比方说，美国作家玛格丽特·米切尔（Margaret Mitchell）的《乱世佳人》一书中，读者一开场就见到了斯佳丽：

> 斯佳丽并不漂亮，但男人臣服于她的魅力之下时，往往会忘了这件事。塔尔顿双胞胎就是好例子。

这就是斯佳丽，以及故事开始时她的世界。她可以靠魅力捕获任何男人，也乐在其中。

> 她从不撒谎，因为她无法忍受对话焦点不在她身上。不过她说话时总不忘微笑，刻意加深酒窝，眨动根根分明的黑睫毛，眨

得跟蝴蝶翅膀一样飞快。男孩们看得如痴如醉,正中她的下怀……

目前为止都很顺利,斯佳丽迷住了塔尔顿双胞胎,掌控了他们。对话转向几天后在十二橡树庄园举办的烤肉派对,双胞胎想邀斯佳丽共舞华尔兹,于是保证如果她答应,他们会告诉她一个秘密。秘密就是艾希礼和梅勒妮将在派对上宣布订婚。

斯佳丽面不改色,嘴唇却变得惨白,仿佛毫无预警地遭遇冲击,在过度惊讶的头几秒钟,还无法理解发生了什么事。

扰乱事件出现了!再隔几页,我们终于发现原因:

艾希礼要娶梅勒妮!
哦,不可能!……不,艾希礼不可能爱梅勒妮,因为——哦,她不可能弄错!——因为艾希礼爱她!她,斯佳丽,才是他爱的人,她很清楚!

斯佳丽以为她一手掌控的世界,追求者和美好婚姻组成的世界,被打乱了。

再来看看美国作家强纳森·哈尔(Jonathan Harr)的杰作《漫长的诉讼》(*A Civil Action*)开头。《漫长的诉讼》不是小说,而是一桩真实的复杂法律案件:两家大公司因粗心,污染了一个小镇的水源,造成数人死亡或生病。不过这本书读起来就像完美的小说,而且从一开头就非常成功。

整本书的第一句这么说:"七月中一个周六早晨,简·施里奇曼律师在早上八点半被电话吵醒。"

哈尔一开头就带出了主角,以及一通吵醒他的电话。我们都接过很晚或很早打来的电话,通常都不是好事,因此我们想要继续读下去,看他为什么接到电话。我们从第一句就迷上这个故事了。

第一章接着告诉读者,那通电话来自施里奇曼的债主,如果他再不还钱,他的车就得转手给人了。二十分钟后,他接到郡警局的电话,表示要过来拿车。读者得知施里奇曼正在经手一起大案子,而且经济极为拮据。他的状况已经糟到他可能失去一切:他的事业、家、所有的财产。然后我们发现陪审团已经开始讨论他的案子,施里奇曼的成败都掌握在他们手上。我们跟着没了车的施里奇曼走去法院,在走廊上等陪审团进行第二天的讨论。第一章结尾,我们看着律师独自一人,苦苦等待。

这段精彩的开场让作者能带领读者回到过去,用剩余的篇幅从头慢慢描写到开场这一刻。我们想继续读下去,因为我们看到一个有趣又令人同情的角色,在人生的战场上苦斗,我们从开头第一句就看到他的挣扎。

除此之外,还有其他方法也能劈头抓住读者的心。

行动

美国作家詹姆斯·凯恩(James M. Cain)的小说《邮差总按两遍铃》(*The Postman Always Rings Twice*)如此开始:"大概中午的时

候,他们把我从运稻草的卡车上丢下去。"

这就是所谓的"从中开始"——从事件的中间开始。

行动也可以实时通过对话呈现,其中若带有冲突的元素更好。以下是我的小说《终极目击者》(*Final Witness*)的开场:

> "你今年几岁?"
>
> "二十四岁。"
>
> "你要升大三了吗?"
>
> "对。"
>
> "你是班上第二名?"
>
> "暂时是。"
>
> "你是不是有理由撒谎?"
>
> "什么?"雷切尔·伊巴拉感到脸开始涨红。这个问题无故飞来,仿佛赏了她一巴掌。她在椅子上稍微坐挺了一些。

这段交叉诘问般的对话马上将读者抛进两个角色的冲突。

真实情感

美国小说家格雷格·艾尔斯(Greg Iles)的作品《寂静游戏》(*The Quiet Game*)一开场,读者就看到一名爸爸带着四岁女儿在迪士尼乐园排队:

> 安妮在我怀里猛然一扭,指向人群。

"爸爸！我看到妈妈了，快点！"

我没有看，也没有问她在哪里，因为安妮的妈妈七个月前就过世了。我静静站在队伍中，看起来跟一般人一样，只不过滚烫的泪水开始刺痛我的眼睛。

通过普世都懂的沉痛情感，我们能与主角产生共鸣。

回到过去

另一个从头掌握读者注意力的方法就是"回到过去"。以下以斯蒂芬·金的作品为例：

这份恐惧要持续二十八年，或甚至永远无法消去。就我所知，一切始于一艘报纸做的小船，沿着涨满暴雨的水沟向前漂去。

——《它》（It）

关于那一晚，莎拉后来只记得两件事：他在命运之轮节目上的好手气，还有那张面具。然而随着时间过去，她往往只想起那张面具，前提是她要强迫自己回想起那个恐怖的夜晚。

——《死亡禁地》（The Dead Zone）

这么写马上告诉读者，接下来即将展开的故事绝对不能错过。

态度

当你使用第一人称叙事法，尤其是写作文学小说时，你可以通过语气和态度捕捉读者的注意力。你可以学学塞林格：

> 如果你真的想听，你想知道的第一件事大概是我在哪儿出生，我糟糕的童年是什么样子，我的父母比起关心我更在意哪些事，还有许多苦儿受难记般的废话。但说实在话，我不怎么想说。
>
> ——《麦田里的守望者》

请巧妙使用上述方法捕获读者的心。想让读者一页一页翻下去，你还需要练习好一阵子，不过至少你已经赢在起跑线上了。

序章

序章是屡见不鲜的开场方式，各类作者都曾写过不同形式的序章。不过最有效的序章只要达成一个简单目标：吸引读者继续读第一章。

本章提到的规则也适用于序章，唯独只有一项差异：序章未必要介绍主角出场。不过序章终究必须和主线情节连接起来。

序章主要的运用方式有三：当作动作场景引线、外框故事和预告。

动作场景序章

动作场景序章常见于悬疑小说。序章以大场面开场，且往往牵扯到死亡，如此一来不但马上确定叙事风格，也提高了主角要付出的代价。主线情节从第一章开始，而序章发生的事件会笼罩在整个故事上。

有时主角会在序章出现。美国作家约翰·卢兹（John Lutz）和大卫·奥格斯（David August）合写的《倒数时刻》（*Final Seconds*）

中,序章描写纽约一所公立学校的炸弹危机。主角哈波是一名满头白发的纽约警局拆弹小组老鸟,他与年轻搭档赶到现场。随着哈波试图拆解炸弹,气氛也越来越紧张。最后,哈波握着一部分的炸弹,差一点就完成任务,但……砰!他的手几乎都被炸飞了。

第一章跳到两年半以后,哈波前去探望他的搭档,搭档为了当年的炸弹事故引咎辞职,哈波也已离开纽约警局。

这段序章非常紧张刺激,充满悬疑。第一章开始时,读者都很好奇哈波经历如此重大的创伤后,如何面对自己的人生。

另一个例子是美国小说家哈兰·科本(Harlan Coben)的《死者请说话》(*Tell No One*)。旁白大卫·贝克一开头就回述他和妻子伊丽莎白的结婚周年旅行,他们去了一处浪漫的湖畔,那儿有两人许多美好的回忆。最后他们在幽暗的湖中游泳、做爱,悠闲地躺卧在竹筏上。

接着伊丽莎白走回停船码头,贝克则留在竹筏上。他听到车门摔上的声音,然后伊丽莎白就消失了。

贝克游回码头,大叫妻子的名字。

他听到伊丽莎白的尖叫声。然而他爬出湖面时,有东西重重捶了他一下,害得他踉踉跄跄又跌回湖中。他又听到妻子的尖叫。"但随着我沉到湖中,她的声音,所有声音都融入水中消失了。"

序章结束在这儿。第一章开始时已经是八年之后。

通常序章都绕着不是主角的角色打转,有些角色甚至不会在主线情节出现。

比方说,在迪恩·孔茨的《午夜》中,我们先认识洁妮丝·卡博萧,通过前几章的讨论,我们知道她喜欢在晚上慢跑。她在袭卷而来的黑夜中慢跑时，孔茨告诉读者她的背景，让我们认同她，甚至同情她。

这时悬疑开始发酵，洁妮丝感觉有人，或是东西，跟踪她。她没猜错。序章结束时，她已经被某种神秘的恐怖生物杀死了。

第一章开始时，主角萨姆・布克抵达这个发生谋杀案的小镇。

由此可见小说写作的基本规则：如果你不在序章介绍主角，请一定让他在第一章出场！读者想知道他们应该跟随哪个角色。

请注意：孔茨将这篇序章标为"第一章"，情节真正开始的章节则是"第二章"。你喜欢的话，也可以这么做，因为章节名称不重要，发挥的功能才重要。

如果想写动作场景序章，请记得：

・动作场景规模要够大，足以撑满一整篇序章。

・不要写太长。

・以麻烦问题作结，也就是坏事已经发生或即将发生。

・确定你会把序章和主线情节联结起来，或至少在主线情节中解释序章发生了什么事。

外框故事

序章也可以带出角色，让他准备回首讲述这个故事。为什么要这么做？如此一来才能营造特殊氛围，仿佛接下来发生的事件影响之大，甚至波及现在和未来。

斯蒂芬・金的短篇小说《总要找到你》（*The Body*）开头，叙事者回想起"很久以前"的一九六〇年，当时他第一次看到尸体。然而他表示那起事件不仅带来视觉冲击，还"与心中埋藏秘密的地方靠得太近……"。

《麦田里的守望者》也有外框故事,不过塞林格没用序章或尾声强调,仅仅通过写作手法来呈现。

叙事者霍尔顿·考尔菲德告诉读者,他要讲"上个圣诞节左右发生在我身上的怪事,当时我又弱又病,只得到这儿来休息一下。"

这儿是哪里?我们直到最后一章才发现,霍尔顿住在精神病院。

通过外框故事,你可以:

· 奠定想要笼罩主线情节的情绪与风格。

· 序章本身必须值得一读。不能只是枯燥地叙述,必须让有趣的声音发声。

· 让读者知道,即将发生的事如何到了现在还持续影响序章中的角色。

预告

虽然这个方法十分罕见,但偶尔也会成功。美国小说家玛丽·希金斯·克拉克(Mary Higgins Clark)就试过好几次。

在预告中,你先描写稍后书中出现的场景,感觉就像试玩即将开幕的游乐设施。

为什么要这么写?因为你能通过动作场景吸引读者,却又没有呈现整个场景,反而留下谜团。这下读者会心想,这个角色是怎么把自己逼上绝境的?

等你写到小说中这个场景时,这才把故事说完,回答读者最初的问题。

有些有洁癖的作家很反对预告，因为这种序章没有增添额外的情节，只是把故事内容提早拿来用罢了。

针对这个问题，简单的回答是：那又怎样？如果预告序章能吸引读者，激起兴趣，就算是功成身退了。

如果你想写预告，请记得：

·从故事中挑选情绪激昂的场景。

·你可以用一模一样的字句，或稍微改写一下。

·不要写出结果，才能真的诱使读者读下去。

◎通过主角，建立与读者的联结

我卖出第一本小说前，角色设定一直是我最头疼的弱点。我可以想出情节或情境，却只能加入一堆样板角色，仿佛这些角色之所以出现，纯粹是因为我把他们硬塞进故事里。

后来我碰巧读到拉约什·埃格里的建议，他认为历久不衰的作品能够成功，关键就在于活跃写实的角色。埃格里认为，如果你真的了解自己，对自己内心有着深度、亲密的认识，你就能写出伟大、复杂又有趣的角色。

因为每个人或多或少都体验过各种人类的情绪，因此只要存取自己的情绪回忆，就能创造出无数的角色。

这本书不是教你如何塑造角色，虽然角色与情节结构确实有些关联。没有角色，情节就无法前进，而角色越突出，情节就越棒。如果你想学习角色塑造，我建议你参考美国小说家南希·克雷斯（Nancy Kress）写的《创造生动的角色》（*Creating Dynamic Characters*）和

《撰写精彩小说：角色、情绪和观点》（*Write Great Fiction: Characters, Emotion& Viewpoint*）。立体的角色能吸引读者深入情节，这层互动关系就称为联结。

如何建立联结

塑造出引人注目的主角后，你必须更进一步，思考如何与读者建立情感上的联结。想做到这一点，你需要掌控四种情绪：认同、同情、喜爱和内心冲突。

认同

既然读者通过主角来接触情节，那么读者越认同主角，对情节的认知也就越深刻。通过认同主角，作者能创造一种神奇的感觉，让读者觉得故事发生在自己身上。

认同的意思很简单，就是让读者认为主角与自己类似。我们觉得在特定情况下，我们也会跟主角陷入同样的处境，并做出类似的反应。

在我们看来，主角就跟真人一样。

而真人的特性是什么？只要看看自己就知道了。一般来讲，你：（1）希望能成大事；（2）有时候有点胆小；（3）并不完美。

《爱上汤姆的女孩》中，斯蒂芬·金塑造出九岁的主角崔莎·麦法兰。她跟妈妈在森林里散步，结果崔莎走失，问题就开始了。她为什么走失？因为她想摆脱妈妈，就生气地大步跑走了。她的反应很简单，也符合人性，我们轻易就能认同。斯蒂芬·金因而将我们带进主角即将面临的危机。

崔莎不完美，她也有一般人的缺点。

你应该问问自己：你的主角该如何行动思考，才会像一般人？找出这些特质，读者就会开始亲近你的主角。

这个方法对英雄作品的主角也有用（而且特别重要）。举印第安纳·琼斯为例，在电影《夺宝奇兵》（Raiders of the Lost Ark）当中，导演其实可以将他塑造成超人，轻而易举克服万难，然而制作团队却聪明地赋予他人性化的合理缺点：他很怕蛇。这个缺点让琼斯变得更像真人，也更容易亲近。

与认同类似的另一个概念是同情。

同情

相较于单单认同，同情更能加强读者对主角的情感投入。在我看来，最好的情节都能让读者稍微同情主角，即便主角带有负面特质（例如《乱世佳人》的斯佳丽），作者还是有办法激起读者的同情。

有四种简单的方法能激发读者的同情心。请小心选择，不要用过头，否则读者会觉得你在操弄他们。

（1）**危机**。让主角立刻面临恐怖的危险，他马上就变得值得同情。《爱上汤姆的女孩》中，崔莎气呼呼跑走之后，在危险的森林里迷路了。她马上面临实际的危险。

心理层面的危险也可以，迪恩·孔茨就常运用这个技巧。《午夜》中，联邦调查局探员萨姆·布克的心情已经下落到谷底，他青春期的儿子恨他，害得他必须拼命寻找活下去的意义。布克陷入了心理的危机，这本小说的深度部分便来自他寻找生存意义的过程。

（2）**困难**。如果主角必须面对不是自己造成的苦难，读者就会同情他。《赢家》（*The Winner*）一书中，美国作家大卫·鲍达奇（David Baldacci）描写一名穷困的美国南方女性，自小就没有感受过爱，也没有上过学，或体验过干净的环境（连嘴巴里都一口烂牙）。因此当她努力克服自身的困境，我们都会替她加油。

阿甘从小就面临肢体和精神的障碍，因此也从开头就赢得了观众的同情。

想用困难这一招，便不能让主角抱怨他遭逢的困难。当然他可以因为生活太苦而发泄一下情绪，但别让他一直抱怨，因为读者欣赏努力克服困难的人。

（3）**弱者**。美国人最喜欢面对巨大挑战的人。约翰·葛里逊在许多作品中都以弱者当主角，他最有名的作品《造雨人》（*The Rainmaker*）便将经典的小虾米对抗大鲸鱼的故事搬上法院舞台，主角鲁迪·贝勒与庞大的辩护律师事务所奋战时，我们都情不自禁替他加油。

西尔维斯特·史泰龙（Sylvester Stallone）在电影《洛奇》（*Rocky*）中演活了洛奇·巴尔博厄这个角色，让洛奇成为美国文化中重要的一部分。这部电影能够如此成功，不只因为讲述小拳击手挑战冠军的故事，也是因为情节反映了史泰龙力争上游的演员生涯。

（4）**脆弱**。如果感觉主角随时都可能被击倒，读者就会替他担心。《玫瑰疯狂者》（*Rose Madder*）中，斯蒂芬·金带领读者跟随一名疲惫不堪的妻子，经过一年噩梦般的婚姻，她终于鼓起勇气，逃离身为警察的神经病丈夫。然而她太不经世事，她的丈夫又很会找人，因此从她踏出家门那一刻开始，读者就替她担心。

喜爱

惹人喜爱的主角通常会做讨人喜欢的事。比方说,读者喜欢的主角会帮助别人,或者很会讲话;他们个性积极,乐于支持他人;他们不自私,而且对生命有广泛的见解。我们喜欢跟这种人相处。想想你喜欢什么样的人,然后把其中一些特质加入到主角身上。

角色如果幽默又不自傲,通常都很讨喜;默默关怀他人的角色也很不错。

美国作家乔治·麦唐纳(Gregory McDonald)写的《古灵侦探》(*Fletch*)系列小说中,主角艾文·弗莱切[1](Iriwin Fletcher)就很幽默又不自傲。美国小说家罗伯特·克莱斯(Robert Crais)笔下的私家侦探艾维斯·柯尔[2]也是如此。

但请注意,如果过度想讨人喜欢,往往会造成反效果。过度与否的界线很难判断,但如果你弄清楚了,肯定受用无穷。

你当然可以写不讨喜的角色,但同时必须强调他的其他特质。赋予主角权力通常是解法之一。斯佳丽有能力操控男人,随着故事发展,她也会善用自己的能力攻克难关。

《教父》当中,迈克·柯里昂是头野兽,他也很有权力。

请赋予不讨喜的角色其他吸引人的特色,否则读者就会失去兴趣。

---

[1] 艾文·弗莱切是乔治·麦唐纳笔下十一本《古灵侦探》小说的主角。弗莱切是一名报纸记者,因缘际会被卷入查案的工作。他玩世不恭,看似做事不认真,但对于追求真相却很执着。

[2] 艾维斯·柯尔是罗伯特·克莱斯笔下十六本侦探小说的主角。他是一名强悍又不按牌理出牌的私家侦探,却对漫画和迪士尼卡通情有独钟。柯尔奉行极高的道德标准,对于受虐妇女、小孩特别关心。

内心冲突

角色如果对自己的决定毫不怀疑，总能毫无恐惧勇往直前，那就不有趣了。一般人不会这样过活，在现实生活中，每个人都有疑虑。

将主角的疑虑摊在情节表面，就能将读者进一步拉进故事里。

詹姆斯·傅瑞在《超棒小说这样写 2》（*How to Write a Damn Good Novel II*）书中写道，内心冲突就像"角色心中两个'声音'交战：一个代表理智，另一个代表热情，或两种互相冲突的热情"。

许多时候，其中一个声音是恐惧，警告主角不要行动。然而主角听从了另一个声音，可能是职责、荣誉、原则或类似的理念，因而消除疑虑，有所行动。

◎呈现故事的世界

你的主角住在什么样的世界里？故事背景设定很重要，但并非唯一的重点。你该问的是，主角过着什么样的生活？

美国作家丹尼斯·勒翰（Dennis Lehane）在《神秘河》（*Mystic River*）的序章结束后，第一章就介绍了吉米·马库斯所在的世界：

> 那晚工作后，吉米·马库斯与姐夫凯文·萨维奇到华伦酒馆喝了杯啤酒。两人坐在窗边，看几个小孩在路上玩曲棍球。总共有六个孩子，他们在黑暗中打打闹闹，脸孔因为夜色而糊成一片。华伦酒馆位于旧牲畜场区的一条隐密小巷里……

我们由此瞥见吉米的生活习惯：他是个普通人，住在蓝领社区

（靠近旧牲畜场）。第一章解释了更多吉米的现况：他曾坐过牢，但现在已经结婚，有三个女儿，自己开了一家店。他很努力地想在世界上活下去。

有时候故事一开始，读者劈头就看到主角在做自己选择的工作，这种写法让作者有机会解释主角的状况。例如劳伦斯·布洛克写的《八百万种走法》（*Eight Million Ways to Die*）中：

她说："你以前是警察。"

"几年以前。"

"现在你是私家侦探。"

"不完全是。"她瞪大双眼，那对湛蓝的眼睛散发出罕见的颜色，我心想她是否戴了隐形眼镜，因为软镜片有时会奇妙地改变眼睛的颜色，更动某些色泽，或突显其他色彩。

"我没有执照，"我解释，"我决定不再拿警徽的时候，就决定我也不想拿执照。"也不想填表格、留记录，跟国税局报备。"我做的事都没有正式记录。"

"但这是你的工作，没错？你靠这个过活？"

"没错。"

请注意，这段对话并非只是丢出信息。布洛克让读者看到叙事者精准的观察能力，还有他对于"正式"事务的看法。

◎奠定风格

美国小说家史蒂夫·马丁尼（Steve Martini）的小说《大法官》（*The Judge*）第一章如此开始：

> "你有两个选择，"他告诉我，"要不你的人做证，要不就拉倒。"
>
> 我说："不然怎么样？你要碾碎我的指头吗？"
>
> 他盯着我，仿佛说："如果你想的话。"
>
> 阿曼多·阿柯斯塔要是生在别的时空，一定如鱼得水。看着他，我不禁联想到灯光昏暗的石穴，墙上挂满铁枷锁，以及火光闪烁的火把。空气中飘着浓浓的猪油味，满头乱发、胸膛厚实的男子身穿黑色斗篷，在他一声令下后四处跑动，对人施以剧痛酷刑。"椰子"真的生错时代了，随着西班牙宗教裁判所关闭，他也错过了命中注定的角色。
>
> 现在我们坐在他的办公室，就在第十五部门……

叙事者用强硬的口吻，描述法院的场景：一名律师必须面对强悍不公正的法官。我们知道这本书将有独特的叙事风格。

拿这个例子与美国作家汤姆·罗宾斯（Tom Robbins）的《随机吸引力》（*Another Roadside Attraction*）相比：

> 他们在迈阿密边界一座死湖中，打捞出一个厚纸板制的公文包，从里头找到了魔术师的的内裤。不管这发现有多重大——极有可能改变每个人的命运——这份报告都不会以这起事件开始。

你发现两者风格的差异了吗？我想应该不难。读者习惯沉浸于固定的风格，虽然并不是说严肃的小说就不能有诙谐的桥段，或喜剧小说不能加入正经的情节。其实有些变化反而更好，能让读者更为投入。

然而一本小说带给读者的总体印象风格应该一致。

第一页就吸引读者

美国作家杰克·比卡姆（Jack M. Bickham）在《小说写作最常见的三十八个错误》（_The 38 Most Common Fiction Writing Mistakes_**）建议，"不要花时间让引擎暖机，要让故事从第一句就开始。"**

比卡姆警告作者，有三种开头方式会劈头就拖累你的故事。

（1）过度描述。如果故事开头主要都是描述，就少了动作，少了行动中的角色。虽然开头需要稍微描述地点，但篇幅应该保持简短，并融入开头的动作当中。如果情节需要描述场景，那至少加入一个角色，推动故事前进。

（2）回首过去。小说总是向前进行，如果一开头就丢出背景故事（主线情节开始前发生在角色身上的事）感觉就像在拖时间。

（3）没有威胁。比卡姆说："好小说应该始于某人对威胁的反应，并描写他如何应对。"请马上让读者看到开头段落的扰乱事件。

◎ 说服读者继续读到中段

上述提到的第一幕元素，都是为了将读者推进第二幕。为什么他们要关心你的故事，继续读下去？

因为你在第一幕已经做到以下几点：

· 介绍引人注目的主角
· 读者已与主角建立联结
· 主角的世界已经遭到扰乱

主角穿过第一扇无法折返的门，进入第二幕时，我们必须知道他的对手是什么。

你未必这时就揭露对手的身份。留有一些悬疑感没什么不好，还能让读者期待谜底揭晓的那一刻。重点是你一定要想好对手了。

确保对手至少跟主角一样强，能比主角强更好。而且不要吝于激起读者对对手的同情心！给对手反抗主角的正当理由，替他辩护。你的小说结构会因此更扎实。

处理说明段落

如果列出拖慢情节的因素，一口气丢太多信息绝对是头号原因。说明段落指的是作者先说明他认为读者需要知道的信息，接着才进入故事。

以叙事法来说明已经很糟了，用对话更是可怕至极。

比方说，你可能读到这段说明：

> 约翰是一名来自东岸的医生，他从约翰霍普金斯医学院毕业，三十岁的时候在纽约市完成住院医师训练。他还是实习医生的时候，跟亲戚一起住在长岛。约翰很喜欢纽约。

在某些情境下，这一段可能完全没有问题。有时候说明可以当成捷径，只要段落不长，其实还颇有效的。不过请在你的稿子中找出这种说明段落，一一检视，然后自问有没有更有创意的方式，能把信息告诉读者。

我对于小说开头的说明段落写法有些基本规则。我能整理出这些规则，就是因为我写作的时候，往往倾向开头就花很长的篇幅说明。我自以为读者需要这些信息，才能了解我的故事。

事实并非如此。通常就算朝开头大刀一砍，也不会影响故事的发展，反而让小说一开始就上了轨道。

不要用无意义的说明段落慢慢开始。因此请注意这些规则：

规则一：先有动作，再解释。先带出行动中的角色，读者会紧跟着行动的角色，不会要求先了解角色的所有背景。随着故事发展，你才在必要时分批丢一点信息出来。

规则二：解释的时候请模仿冰山。不要把角色过去的故事或现在的状况全告诉读者。只要把冰山表面的百分之十告诉我们，让我们了解发生了什么事，剩余的百分之九十就继续神秘地藏在水面下。稍后你可以揭露更多信息，但等到适当的时机之前，先不要说出来。

规则三：将信息包装在冲突中。通常呈现信息的最好时机，就是气氛紧张的冲突场景。通过角色的想法或对话，你可以一把掏出重要信息，丢到读者眼前。

◎两个成功的开头案例

在《午夜》的第一章，迪恩·孔茨灵巧地在说明段落融入紧张的夜跑场景：

第一句："洁妮丝·卡博萧喜欢晚上慢跑。"他遵守规则，先带出行动中的角色，而且角色有名字。

下两句：作者解释她慢跑的相关信息，并告知读者她的年龄和外表（很健康）。

下五句：读者知道了故事的时空背景（九月二十一日周日晚上，在月光海湾）。作者描述地点，奠定氛围（很暗，没有车，没有其他人），并介绍地点背景（安静的小镇）。

下三句：通过动作（她继续跑步）呈现氛围细节。

下两句：介绍洁妮丝喜欢夜跑的背景信息。

下五句：提出更多有关洁妮丝的细节（为什么她喜欢夜晚）。

下三句：她继续跑步，带动动作。更多细节和氛围的描述。

下一句：她继续跑步，带动动作。描述她的感受。

下七句：进一步了解洁妮丝，描述她与过世丈夫的过去。

下两句：首次出现问题的迹象。

下三句：她对这些迹象的反应。

第一章便以这种方式进行。有空请你读读开头这一章，这是处理说明段落的好例子。

下个例子我们扩大范围，看大卫·奥格斯和约翰·卢兹合写的《倒数时刻》（*Final Seconds*）前六章如何进展：

序章：纽约的公立学校发生炸弹危机。白发苍苍的老鸟哈波和他年轻的搭档抵达现场。哈波试图拆除炸弹，形势越来越紧张。最后哈波手拿一部分的炸弹,差一点就成功拆弹,但……砰!他的手大部分都被炸掉了。

第一章:两年半后,哈波前去拜访他的搭档(他似乎必须为那场意外负责),他现在担任科技惊悚小说作家罗德·巴克纳的私人保镖。哈波已经离开纽约警局。

第二章:哈波无法说服搭档回到纽约警局。当他开车离开戒备森严的宅邸,却听到巨大的爆炸声。整栋房子爆炸了,也炸死了巴克纳和屋内所有的人。

第三章:哈波试图讯问前搭档死亡案件的侦查状况,但他以前的老队长不肯告诉他。情节开始越来越紧张。

第四章:读者见到哈波在家的样子。接着他接到一位联邦调查局老友的信息,找他来谈谈这个案子。

第五章:艾德曼以前是犯罪分析师,现在已经成了古怪的酒鬼。他提出一个论点,认为有连续炸弹客专挑名人下手!

第六章:读者看到炸弹客凶手在郊外跟线人拿东西,线人心情很差。交易完成后,线人拿到钱,但钱里面还被装了汽油弹跟雷管。线人被炸死了。

我们读到了第六十四页。这时情节已经铺陈好,猫捉老鼠的游戏就此展开。

◎一些很棒的开头

我们来看一些畅销小说的经典开头,研究作者怎么写。我们一样从大师迪恩·孔茨的作品《惊骇内幕》(*Sole Survivor*)开始:

洛杉矶周六凌晨两点半，乔·卡本特惊醒，他将枕头抱在胸前，在黑暗中叫着已逝妻子的名字。他声音中的苦闷和惊恐将他从睡梦中唤醒，然而梦境没有马上消散，而是如颤动的帷幕慢慢飘开，宛如地震来袭晃动屋子时，阁楼的灰尘从屋顶椽架掉落一般。

请注意，孔茨马上丢出一个名字，以及震慑人心的开场第一句。然而接着他用极其诗意的两个句子推展第一句的内容，加深描述及情感的力道深度。惊悚小说中很少看到这么棒的开场白。

接着来看斯蒂芬·金的《末日逼近》（*The Stand*）：

"莎莉。"

她咕哝一声。

"快起来，莎莉。"

她呢喃的声音更大了："别管我。"

他更用力摇着她。

"起来，你得起来。"

查理。

查理的声音在叫她。他叫多久了？

莎莉从沉睡中惊醒过来。

斯蒂芬·金用对话开场，马上带出动感氛围。有人在说话，这就是动作（对话也是动作的一种，能够引出结果或对方的反应）。随着对话进行，我们只知道查理很焦躁，而莎莉从沉睡中惊醒过来后，即将发现他焦躁的原因。

如果你写的是喜剧小说,还有另一招能写出引人注目的开场白:使用文字的形狀和声音创造古怪的感觉。以美国作家唐纳德·维斯雷克(Donald E. Westlake)写的《神圣怪物》(*Sacred Monster*)为例:

"不用太久,先生。"

喔喔喔喔喔喔,喔喔喔喔喔喔喔,喔喔喔喔喔喔喔喔喔,喔喔喔喔喔喔喔喔喔喔,喔喔喔喔喔喔喔喔喔喔喔喔,喔喔喔喔喔喔喔喔喔喔喔喔喔,哇。

我从头到脚都在痛,连骨头都疼到发酸。上帝正用巨大的拳头拧着我的内脏左扭右磨。如果这么不舒服,我干吗做啊?

"先生,你准备好回答问题了吗?"

读者会忍不住猜想叙事者做了什么事才这么痛苦,因此维斯雷克确保了读者绝对上钩。

接着我们来看一些文学小说的经典开头。应该没有作品比美国小说家赫尔曼·梅尔维尔(Herman Melville)的《白鲸记》(*Moby Dick*)更有文学气息了吧?

叫我以实玛利。许多年前,确切是多久并不重要,由于身无分文,陆地上也无事物特别令我感兴趣,我便决定出海一阵子,探究世上由水组成的部分。这是我排解心中怨气、控制身心循环的方法。每当我发现自己开始紧绷嘴巴,心灵化为阴郁湿冷的冬日,而且不自主在棺材店门口逗留,跟在我碰到的每个葬礼队伍尾端;尤其当我的疑心病战胜理智,逼得我必须祭出严格的道德标准,才不会刻意走上街头,一一拍掉路人的帽子,每到这时候,我就认为我该赶快出海了。航海是我替代射击和打球的解决方案。

以第一人称写作时,叙事者的声音必须能抓住读者的心,梅尔维尔的主角就成功了。

著名的第一句"叫我以实玛利"或许对十九世纪的美国读者更有意义,因为他们对《圣经》的了解更深。以实玛利是先知亚伯拉罕与女仆夏甲生的儿子,因此他不像正妻撒拉的儿子以撒,不是上帝宠爱的孩子。撒拉将以实玛利送走,以防他抢分以撒的遗产。靠这个名字,梅尔维尔马上就奠定了主角是圈外人的形象。

接着在这段骇人的开头段落,叙事者继续述说为了避免自杀,他必须出海。不过梅尔维尔用了非常诗意的文字——心灵化为阴郁湿冷的冬日。

他也在文中加入一丝幽默,免得气氛变得过于感伤——以实玛利说有时候他会想——拍掉路人的帽子。

而且叙事者说话很有个性,这是文学小说的关键。如果你要以第一人称视角写作,请赋予主角能吸引读者的声音。

稍早我警告过你不要以描述地点、天气等开场,这不是绝对的铁律,只是好心的建议。现今的读者很没耐心,马上就想知道他们凭什么要继续读下去。

所以假如你想以描述段落开场,请记得要达成三个目标:(1)奠定故事氛围;(2)尽早加入角色;(3)给读者继续读下去的理由!

以下这段是美国小说家珍妮特·菲奇(Janet Fitch)的《白夹竹桃》(*White Oleander*)开头:

圣塔安那的风从炎热的沙漠吹来，使最后一抹春天的绿草也枯萎成稀疏的干稻草。只有夹竹桃还屹立不倒，绽放着精巧有毒的花朵，伸展着尖如匕首的绿叶。

读者马上感到故事的氛围。作者描述的天气不只是现况，还预示了情节未来的发展。第一句让读者感到荒芜，第二句则提及唯一欣欣向荣的植物却很危险。读完这本书，你就会知道夹竹桃的意象和故事的关系！

接着菲奇介绍了叙事者，马上就加入了角色：

我和母亲在干热的夜里无法成眠。我半夜醒来，发现她的床是空的。我爬上屋顶，轻易就瞥见她的金发，在即将满月的月光下宛如白色的火焰。

"又到了夹竹桃的季节，"她说，"这个时节谋杀情人的人都会怪罪风啊。"

身为读者，我想更了解这个角色。什么人会说这种话？我们会因此继续读下去。

美国作家华莱士·斯特格纳（Wallace Stegner）在《糖果山》（*The Big Rock Candy Mountain*）中描写了一名真正不断移动的角色：

火车摇晃着驶过空旷的乡间，这时艾莎才终于放下出走的悲伤，伸手怀抱终于属于她的自由和解放。

为什么艾莎之前不自由？她获得自由后要做什么？她要去哪里？

她收起手帕，肩膀靠着肮脏的窗框，看着电报线在电线杆间垂啊、垂啊、垂啊，再看树木、四散的农场、无边无尽的各式白房和一块块麦田顺畅地从窗外向后流过。火车每跑一英里路，就表示她更自由。

车厢内很热，敞开的窗户害一阵苦涩的烟味灌入车厢。随着狂风吹袭，冒出的烟拂过她的眼睛，遮住了两侧的轨道。前方两名男子站起身，脱下外套，转过来朝排烟的车头走去。其中一人穿着亮眼的条纹吊带，直盯着她瞧。

作者提到小细节——男子盯着她看。这让女主角更显脆弱，而先前我已经提过，脆弱暗示了危机。读者马上就开始同情她了。

英国作家毛姆（W. Somerset Maugham）的小说《人生的枷锁》（*Of Human Bondage*）也以描述开场，但马上就进入重要的扰乱场景：

初亮的天空阴沉灰暗，厚重的云朵挂在天边，空气中飘散着生冷的气息，似乎下雪了。一名女子走进孩子睡觉的房间，拉开窗帘，她习惯性瞄了一眼对门那栋有门廊的灰泥房子，然后走到孩子床边。

她说："起床了，菲利浦。"

为什么她要叫菲利浦起床？故事氛围很阴郁（灰暗、阴沉、厚重的云朵、生冷的天气)。我们想知道发生什么事了。

> 她掀开棉被,抱起孩子,带他下楼。他还半睡半醒。
> 她说:"你母亲想见你。"
> 她打开楼下一间房间的门,将孩子带到床边。一名女子躺在床上,她是孩子的母亲。她伸出双手,孩子便凑到她身边躺下,他没有问为什么叫他起来。女子吻吻他的双眼,接着用细瘦的小手,隔着孩子白色的法兰绒睡袍,感受他温暖的体温。她将孩子更加拉近身边。
> 她说:"你很想睡吗,宝贝?"
> 她的声音如此虚弱,仿佛来自很远的地方。孩子没有回答,只是舒服地微笑。他很高兴能躺在这张温暖的大床上,有柔软的手抱着他。他依偎在母亲身旁,试着把身体缩得更小,并睡眼惺忪地亲她。过了一会儿,他就闭上眼睛,沉沉睡去。医生走上前来,站在床边。
> 她呻吟道:"噢,拜托还不要带他走。"
> 医生没有回答,只是凝重地看着她。女子知道无法再留着孩子太久,便又吻了他一次。她用手抚过他的身体,直到她握住孩子的右脚,摸到那五根小小的指头,接着又用手缓缓摸过他的左脚。女子啜泣了一声。

这名母亲必须和孩子分离。为什么?作者借此创造了情感上的危机。

看了这么多例子,我们学到什么?

任何一种小说都可以吸引读者,奠定风格,传达出动感,让读者与角色建立联结,并推动故事进行。

你怎么会想用其他方法开启你的故事呢?你可以不采纳上述所有的建议,但你就只能祷告读者愿意跟着你走了。

即便你的文笔能让天使流泪,单靠文笔也无法维持读者长久的兴趣。

为何不让天使和读者都读得开心呢?

从一开始就抓住他们的心吧。

▲练习一

重新审视你正在写的小说的第一章(或现在开始写)。你会使用什么技巧,从第一段开始就吸引读者的注意?你有建立动感吗?如果没有,请使用这章教你的技巧重写。

▲练习二

你的故事发生在什么世界?你对这个世界多了解?你要如何不靠一大段的描述,让读者感受到这个世界的细节?

▲练习三

你怎么介绍主角出场?你的主角为什么令人难忘?

在下列四个类别中,分别替你的主角想出五个答案。

· 认同。主角哪些地方"像我们"?

· 同情。想想主角的(实质或精神上的)危机、困难、弱者处境和脆弱感。

・喜爱。他机智吗？关心别人吗？
・内心冲突。主角脑中有哪两个对立的"声音"？

▲练习四
主角所在的日常世界遭到什么事物干扰？哪些改变会造成连带影响？

▲练习五
给对手反抗主角的正当理由。迪恩・孔茨曾写道：

最成功的反派在令人恐惧的同时，也会让人觉得可怜，甚至真心同情他。想想科学怪人可悲的身世；想想可怜的狼人，他厌恶月圆时自己的改变，却又无法摆脱体内细胞变化成为狼的冲动。

你要如何从对手的角度，合理解释他的作为？他的过去能解释他现在的为人吗？他有哪些特质很有魅力、吸引人，甚至令人着迷呢？

第五章

中段

> 美国生活没有第二幕。
> ——美国小说家菲茨杰拉德（F. Scott Fitzgerald）

菲茨杰拉德先生，现实可能如此没错，但我们都知道，小说里绝对有第二幕，那就是你必须填满的又臭又长的中间段落。

作者在中段第二幕的工作，就是写出一个又一个场景——用场景延续紧张情绪，提高角色面对的代价，让读者一直担心，并用看似命中注定的方式，将故事推向第三幕。第七章介绍场景写作时，我会再详细分析场景，这章的重点先放在中段的概要。

因此我想从死亡讲起。

◎死亡

我深信最吸引人的小说，一定会让死亡的阴影从头到尾笼罩在主角头上。

你说死吗？就是有人会翘辫子的意思？

不完全是。有一首老歌的歌词写道："他在黑暗中弹琴时，我的心又死了一些。"也就是说，有些死亡未必是真的，人也可能心死。

动作惊悚小说中，实际死亡的案例很常见，但除此之外，也还有精神跟职业生涯上的死亡。

精神上的死亡

为什么《麦田里的守望者》的魅力能历久不衰？原因之一显然是许多读者都对童年和成年之间短暂的青少年时代有所共鸣。而在这个灰色地带，许多人都在寻找活下去的理由。

如果霍尔顿找不到活着的理由，他的心就会死去，或许心死会导致他自杀，从而变成实际的死亡。

如果有人渴望的事物近在咫尺，而且得不到会害他惆怅一辈子，那假设他无法达成目标，我们便能理解，他的心也可能稍微死去。

所以主角的目标必须和他的命运息息相关（请参考第一章提到的 LOCK 系统的 O 项）。只要设定妥当，你就能塑造读者想从阅读好小说得到的刺激经历。

职业生涯上的死亡

我们的工作与我们的人生和命运密切相关。大部分的人都希望从事有意义的工作，而如果工作职责占了人生很重要的一部分，这就很适合写成小说了。

你可以设定特定情境，让工作失责可能终止角色的职业生涯，或至少造成严重伤害。

想象一名运气不好的律师，突然接到能让他咸鱼翻身的案件，或是一名警察只剩最后一次扳回一城的机会，他必须阻止凶手杀人。

让读者担心主角可能失去什么，他们才会继续读下去。

◎对手

你怎么知道要让主角面对什么困境？第一步就是想出对手。我没有用"反派"这个词,因为对手未必是坏人,他只要有足够的理由阻止主角就够了。

下列三个重点能协助你想出很棒的对手:

·将对手设定为人。(斯蒂芬·金这样的大师可以用非人类角色当对手,例如《爱上汤姆的女孩》中,崔莎碰上的对手是森林。但是除非你累积了很多经历,否则不要随便尝试。)

·如果对手是一群人(例如《造雨人》中的律师事务所),请从中挑一个人,当作对手群的领袖。

·让对手比主角还强。如果主角能轻易打倒对手,读者何必担心?

接着问问自己:"为什么我喜欢这个对手?"站在对手的立场能让你更同情他,因此创造出更好的角色。

附着元素

主角与对手的冲突还需要一项要素:附着元素。如果主角避开对手,也可以达成目标,读者就会质疑:"他为什么不避开就好?"

附着元素指的是强烈的关系或情境,将角色绑在一起。

如果主角只要放弃不行动,就可以解决问题,读者便会质疑他为何不放弃。或是主角没有充分的理由继续奋斗,读者就不会替他担心。

主角必须有充分的理由留下来,靠这个理由将角色绑在一起,一块儿走过又长又乱的中段。

假如你已经细心选好与主角命运有关的目标,又给对手同样合理的原因阻止主角,附着元素通常就会自然产生。

你一定要想出理由,解释主角和对手为何不能停止缠斗。

这时你的主要工作便是写下数个冲突场景，大部分都以主角遭逢挫败作结，借此强迫他重新分析处境，采取其他方法达成目标。

请把故事漫长的中段当作一系列越来越激烈的战斗。有时主角会暂停休息，重新准备，不过大部分的时候，他都会积极应战，朝终极目标迈进。

一来一往，闪躲后又进击。

这就是小说的核心。

以下几项建议能让你的附着元素更有力：

·生与死。如果对手有足够的理由要杀死主角，自然就会产生附着元素，毕竟想维持个人命运，就非得活着不可。

·如果双方的冲突与职责有关，也会产生附着元素。读者了解律师接了案子就不能放弃，警察被分派到案件也一样。

·道德义务也是很强的附着元素。假设一名母亲的小孩遭到绑架，我们可以理解她为何无法放手不管，因为她必须尽其所能救回孩子。

·偏执是另一种强烈的附着元素。《玫瑰疯狂者》中，神经病丈夫绝对不会停止寻找妻子，因为他偏执地想杀了她。

·有时故事发生的地点也能将双方困在一起。斯蒂芬·金的《闪灵》（*The Shining*）就是很好的例子，一对夫妻和小孩在山上开了一家旅馆，每年冬天大雪会封闭上山的路，所以他们真的无法离开。《卡萨布兰卡》是另一个例子，因为没有"通行证"就不能离开卡萨布兰卡。

为了解释附着元素的重要，我们来看看尼尔·西蒙的舞台剧《单身公寓》（*The Odd Couple*）。奥斯卡·麦迪逊是个开心的懒虫，他住在单身公寓，跟三五好友想多懒就多懒。他们成天抽雪茄，打牌，只会胡搞瞎搞。

菲利是奥斯卡的朋友，但他有洁癖。当他搬进奥斯卡的公寓，两人马上闹得不可开交，因为他们根本水火不容。这就是造成冲突的原因。

不过首先观众会问，为什么奥斯卡不把菲利赶出去？毕竟这是奥斯卡的公寓，如果他受不了菲利，为什么不叫菲利走人呢？

作者发现他需要附着元素，因此老早就精心设定好了。菲利的太太抛弃他，所以他可能会难过到自杀。奥斯卡跟其他朋友担心菲利，不敢留他一个人。因此身为菲利的朋友，奥斯卡理所当然肩负了道德上的责任，他必须看着菲利。

当然，这出剧有趣就有趣在奥斯卡实在对菲利忍无可忍，甚至想自己杀了他。

文学小说中，附着元素有时候会自行产生。主角必须改变自身，否则便会遭逢精神上的损失；或者他必须避开特定影响（对手），以防自我成长受阻。例如《白夹竹桃》中，阿斯特丽德从头到尾都挣扎着要脱离强势的母亲，试图寻找自己的定位。

举些其他的例子：

·《大白鲨》中，警长布罗迪有职责要保护小镇居民安全。

·《麦田里的守望者》中，霍尔顿在他的世界里已经逐渐心死，必须寻找另一个活下去的理由。

·迪恩·孔茨的《战栗指数》（*Intensity*）中，希娜大半时间都被困在杀手的厢型车后车厢（实际地点）。后来她又试着拯救一名遭到虐待的人质（道德义务）。

- 电影《亡命天涯》（*The Fugitive*）中，法律就是附着元素。李查德·金博尔被诬陷谋杀妻子，但他逃走不只是为了自保，也因为他还有道德义务，必须找到谋杀妻子的真凶。至于山缪·吉拉德则是美国警长，他的职责就是要抓回逃犯。观众非常了解为何两人都无法放手不管。

◎准备好冲突用的武器

我所谓的武器就是"行动、反应、继续行动"，这是故事基本的韵律。

这样想好了。如果你的主角不行动，就没有情节了。角色为了达成渴望的目标，通过行动解决眼前问题，才会产生情节。

角色必须决定好目标，并开始往目标前进，才会有所行动。同时，一定要有某样事物阻止他的行动，否则场景就会显得无聊，因此你需要挑选一项障碍，某个主角必须马上克服的问题。

那么被动的主角呢？

比方说不怎么做事的主角。我的建议还是老样子：除非你经历丰富，技巧高超，否则不要轻易尝试。美国小说家安妮·泰勒（Anne Tyler）就在《补缀的星球》（*A Patchwork Planet*）成功写过这种主角（至少有些读者认为她成功了）。主角巴纳比是一名三十岁男子，他似乎就这么默默从小说开头飘到结尾，仿佛对发生在他周围或身上的事物毫无反应。泰勒利用细节和她对角色的入微观察，让读者不致无聊。

通常最好的选择就是另一个角色。基于某种原因，他刚好挡了主

角的路，因而产生冲突。

我来举几个例子。

假设你要写一本法律惊悚小说。书中一名年轻律师刚被安排协助一个案子，案件牵扯到事务所一个最大的客户，以及美国证交委员会。年轻律师的第一项工作就是搜集资料，于是他和客户的会计主管约见面。

假如会谈内容只是简单的问答，律师提问就能得到所需的信息，那这个场景一定死气沉沉，也不怎么有趣。场景中的角色都在同一派，分享类似的利益时，就会出现这种状况。

你要如何替这个场景加料？

你必须想办法加入冲突，提升紧张情绪。

一种做法是从周遭环境下手。也许他们的会面不断被公司的其他业务打断，结果在律师能问出任何关键信息前，会计师就被叫去处理别的业务，面谈就结束了。

不过角色之间的紧绷情绪通常最能激起读者的兴趣。

会计师虽然相信律师，但他也很害怕。于是他不直接回答问题，反而不断询问接下来他会怎么样，律师只能一直想办法要他冷静。

律师就是得不到他需要的信息，冲突因而产生，阻挠他在这个场景中达成目标。

或者律师去会计师家拜访他。律师才刚开始问问题，会计师突然就拔枪指着他。这算冲突吗？当然啰。

但他为什么要拔枪？你得自己想出答案。

这就是小说家的工作：先写出行动，然后提出合理的解释。

在动作场景的结尾，角色可能已经克服沿路的障碍，达成这个场景的目标。但别忘了，小说中段最重要的任务是让读者担心，所以角色无法达成目标反而更好。如果你能把形势变得更险恶，读者反而更喜欢。

所以现在年轻律师额头上抵了一把枪，会计师说如果他再过来，他就别想活了。"给我出去。"

我们已经来到"行动"阶段的结尾，主角也受到严重警告了。现在他要怎么办？

他会做出反应。

因为一般人都会这么做，不是吗？当我们面临困境，我们会有所反应。

首先我们会产生情绪反应，反应的程度与每个人的精神状况有关。你的角色也一样。

这名年轻律师可能会生气、困惑、害怕，或感到其他类似的情绪。

然后呢？他可能直接放弃回家，离开律师事务所，去找新工作。

但这样你的故事就撞墙了。如果这个动作场景与主线情节有关，你的角色就不能放弃。因此他想过该怎么做之后，必须继续行动。他可能只要几秒钟，或需要更长的反应时间，但他终究会决定继续行动。同样的模式会不断重复。

行动，反应，继续行动。

你的故事因此才会持续前进。第七章介绍场景写作时，我再一步一步说明你该怎么做。

◎吸引读者读下去

作家有时会提到恶名昭彰的"第二幕问题",简而言之:你要如何维持读者的兴趣,让他们读完小说中间漫长的段落?没错,你要遵从行动、反应、继续行动的模式。但要写怎么样的行动?

你只要记得两项原则,便能受用无穷:(1)拉长紧张段落,(2)提高付出的代价。

学着满足这两项原则,你就不用为情节大伤脑筋,读者也会迫不及待想读下去。

拉长紧张段落

我印象最深的观影经历,是暴风雨来袭时在高中大礼堂看《惊魂记》(*Psycho*)。礼堂内挤满了人,气氛也恰到好处,经典的淋浴景才一开始,就已经传来此起彼落的尖叫声。

我很庆幸不是在电视上第一次看这部片,得以看到一刀未剪的版本。重点是,我彻底体验到片中的悬疑效果,没被广告打断。

当维拉·迈尔斯走向那栋房子,观众全都放声惊叫,大多数人都大叫别进去里面!停!不不不!我身上冒出了几百万块鸡皮疙瘩。

当然维拉没有听见我们的呼喊。而且她似乎走了一辈子,才走进房子,下到地下室,看见,嗯,贝兹太太的尸体。

整段过程中,观众的尖叫声都没停过。我简直无法压抑心中的期待,最后意外转折的高潮结尾甚至改变了我体内的化学分泌,害得我一周都睡不着。

由此可见希区柯克为何被誉为悬疑大师,因为他比其他导演会拉长紧张段落。他绝不会让骇人的一刻默默过去，反而会把场景的潜能发挥到极致。

小说家也应该如此。只要学会如何拉长紧张情绪，你就能轻易让读者一页接着一页读，期待到夜不成眠，而且一定会买你的书。

建立紧张情绪

在你开始拉任何东西之前，当然先需要可以拉长的原料。你不可能不用陶土就做出陶瓶，而对小说家来说，你的陶土就是麻烦。你必须一直自问：哪些麻烦可能对我的角色造成严重伤害？

譬如你的主角忘了裤子放在哪儿，你也可以写上几页，让他在找裤子的过程中碰上重重难关（轮滑鞋、有人打电话来、邮差来按两次铃）。然而他找裤子的过程很难吸引读者，因为最终他要付出的代价不高（当然除非主角把黑道的钱藏在睡裤口袋，得在五分钟内找到）。

所以第一条规则很简单：请确定紧张场景真的有理由让人紧张。

替角色找好他要面对的麻烦后，你就可以开始拉长紧张段落了。你可以从两个层面下手——实际和心理层面，两者都可能把平凡的故事转为引人入胜的名作。

拉长实际的紧张段落

实际遭遇危险或悬疑的段落最适合拉长了。拉长的方式很简单——放慢动作。请在脑中一格一格过这个场景，就像用慢动作看电影一样。

开始动笔的时候，请交替使用动作、内心戏、对话和叙述，每一类都花时间好好描写。

假设你写一名女子遭到男子跟踪,男子想要攻击她。这个场景可以这样开始:

(动作)玛莉退后一步。

(对话)男子说:"别害怕。"

(内心戏)他怎么进来的?每扇门明明都锁着。

(动作)他在原地微晃了一下,(叙述)她可以闻到他嘴里的啤酒味。

(对话)她说:"滚出去。"

(动作)他笑了起来,朝她滑过来。

你想要拉长这个段落吗?很好,那就试试看吧。每一段动作、内心戏、对话和叙述都可以拉长:

(动作)玛莉退后一步,撞上茶几。(描述)花瓶掉到地上摔碎了。

(对话)"别害怕,"男子说,"我不想伤害你,玛莉。我只想和你做朋友。"

(内心戏)他怎么进来的?每扇门明明都锁着。然后她想起她替强尼开着车库门。蠢死了,你活该,你每次都活该。

就算角色独自一人,把段落拉长还是可以提高情绪紧张的程度。关键当然还是在于建立紧张情绪的元素。

小说《天堂门外》(*One Door away from Heaven*)中,迪恩·孔茨一开始就描写九岁的雷兰妮穿过拖车屋,去找她吸毒过量的母亲。这段乍看没什么问题,但孔茨在场景开头就这么描述:"拖车屋笼罩在一片寂静中,却散发出令人不安的期待,仿佛有道堤防即将崩溃,让湍急的洪水将一切冲走。"

接着整整七页,只见雷兰妮一步一步持续前进,悬疑感越来越重,直到场景结尾揭露了谜底。许多作家可能只会用一段描写这个场景,但孔茨的写法大幅提升了整体的紧张感。

你能学会的最重要的技巧,便是如何安排场景的节奏,以符合故事应有的风格和感觉。在你开始写与实际动作有关的紧张场景前,先问自己三个重要问题:

·我的角色在外能碰到什么最糟的事?可能是另一个人、一样物品,或是角色无法控制的状况。

·我的角色在这个场景会碰上什么大麻烦?你可能马上就想到答案,但先等一下,继续头脑风暴,你也许会想出其他可能。

·我在场景开始前,已经替读者充分铺陈角色面临的危险了吗?请记得,读者必须知道角色要付出的代价,才会开始替他们担心。

拉长心理的紧张段落

场景中就算没有实际的危机,也会有值得拉长的紧绷情绪,因为有些麻烦可能和心理层面有关。

当角色陷入痛苦的情感纠葛,千万别让他好过。人类本来就有怀疑和焦虑等情绪,所以就尽情发挥吧!让读者看个够。

美国作家杰奎琳·米特查德(Jacquelyn Mitchard)的《海洋深处》(*The Deep End of the Ocean*)第一章中,贝丝最年幼的儿子本在人来人往的饭店失踪了。接下来四十页只讲述了几小时的故事,而非几天。随着贝丝经历惊吓、恐惧、哀痛和愧疚等不同感受,作者也丢出了一个又一个的情感高点。

比方说，当警探默利斯建议贝丝躺下休息，米察写了以下这一段：

> 贝丝心想她确实该躺一下，她喉头一直有想吐的感觉，肚子里也不断翻腾。默利斯朝她伸出手，贝丝想向她解释，如果她现在躺下来，她就等于放弃了班。默利斯警探难道认为本现在也躺着休息吗？如果贝丝吃东西，他也会吃吗？本做不到或不准做的事，她也不能做。他在哭吗？还是被塞在某个没有空气的危险地方？如果她躺下来休息，难道本不会因为感到她放松，就认为她决定停止奋力前进，不再把全心全力的奋斗当作儿子的救命符？他是否也会放松，悲伤地面向坏人的脸孔，只因为妈妈辜负他了？

注意米特查德没有解释，而是直接展示给读者贝丝的生理状态：喉头一直有想吐的感觉，肚子里不断翻腾。

她让读者进入贝丝脑中，看各种想法一个一个涌现，不断攻击她。接着米特查德回到场景中的动作，故事的节奏便持续下去。

美国小说家布雷·洛特（Bret Lott）的小说《兄弟》（*Brothers*）主要通过对话来创造节奏。叙事者和弟弟挑了一张要送人的椅子后，开车穿越沙漠，途中主角试图了解弟弟："自从我们买了那张摇椅后，蒂姆就像心头有什么事没说。"蒂姆心头的事就是故事的主题，随后他才激动地说出邻居死亡的真相。

读者会继续读下去，想知道这件事对主角有什么影响。他真的了解弟弟吗？弟弟公开这个秘密对他有什么影响？洛特将问题的解答拖到故事结尾,借此拉长紧绷的情绪。

想拉长内心的紧张段落,请先自问以下几个问题,找出需要拉长的紧张元素:

·我的角色内心能发生什么最糟的事?这包括各种精神上的压力。提示:看看你的角色畏惧什么。

·我的角色能接获什么最糟的消息?不管是过去的秘密,还是撼动世界的事实,都可以在场景中阴魂不散地跟着他。

·在这个场景前,我已经替读者奠定足够的情感基础了吗?读者必须先在乎你的主角,才会关心他的问题。

大小段落都可拉长

你可以将拉长紧张段落想象成延长糟糕时光。拉长的段落规模可以很大,比方说美国小说家杰弗里·迪弗(Jeffery Deaver)的《少女坟场》(*A Maiden's Grave*)讲述为期一天的人质危机。每一章都以时间标示(例如早上 11:02),并且排满了高潮迭起的桥段。

但小规模的段落也可以拉长。这在改稿阶段比较常见,你可能发现有个桥段太快过去,不符合你想创造的节奏。

我的小说《另类现实》(*A Certain Truth*)属于二十世纪初洛杉矶律师基特·香农系列。书中我让基特与礼仪大师凯利·那逊一起吃饭,这个场景的初稿本来如下:

> 警察局长何瑞斯·艾伦突然出现,打断了他们的谈笑。他带着一名身穿制服的警员,站在桌旁。基特马上知道他不是来打招呼的。

> "基特·香农。"局长的声音响亮如雷。
>
> "局长,晚上好。"

我觉得为了让故事更有意思,这个场景需要延长。于是我重写了这个场景,加了更多桥段:

> 警察局长何瑞斯·艾伦突然出现,打断了他们的谈笑。他带着一名身穿制服的警员,站在桌旁。基特马上知道他不是来打招呼的。
>
> "基特·香农。"局长的声音响亮如雷,让整间餐厅都静了下来。
>
> 基特感到周遭的寂静,也意识到周围基督徒常客朝她展现出的不满。毕竟他们舒适的夜晚遭到无理打断,而人们不会来皇家餐厅受这种气。"局长,晚上好。"

想拿捏小说中适当的紧张程度,最好的方法就是写初稿时尽量拉长紧张段落,事后再回来分析。

一开始先放手去写,别担心做过头,或害得读者觉得太紧绷,因为你还有美好的改稿阶段可以救你。如果你初稿写得很满,将每个场景都塞满了实际的和心理的紧张段落,你总是可以在改稿时把场景调空,以重写来降低紧张程度。这比改稿时想提升紧张情绪容易多了。

当然并非每个场景都得是大规模的悬疑大戏,一本小说只能容纳几个重大场景,而且你会希望这些场景非常突出。不过每个场景都可以稍微突破原本的正常框架,你必须习惯寻找场景中隐藏麻烦的小缝隙,然后钻进去看看里面有什么。你可能因此挖到宝,而你的读者会非常感谢你的努力。

提高代价

华纳兄弟的经典卡通《红花侠盗》(*The Scarlet Pumpernickel*)中,达菲鸭很努力向幕后的杰克·华纳推销他的剧本。达菲鸭一边讲,故事就在观众眼前上演,演员包括华纳卡通的固定班底达菲鸭、猪小弟、傻大猫和小猎手。

但我们很快就发现,达菲鸭还没想好电影的结局。华纳一直追问:"然后呢?"达菲鸭拼命乱掰,但华纳也拼命问。

最后达菲鸭逼不得已,只好说:"食物价格飙涨了!"接着我们看到银幕上的盘子里放着一个小小的三角馄饨。

可怜的达菲鸭。他虽然很投入,却忘了情节不是随便发展就能变成引人注目的故事,你必须加入对角色极有意义、不可或缺的重要元素。达菲鸭应该自问:谁会在乎这个故事?每位小说家写作时,都必须不断问这个问题。你的故事已经足以让读者关心情节发展了吗?如果主角无法解决故事的核心问题,他会失去什么?这样就够了吗?

如果你能创造一个值得关注的角色,以及一个必须解决的问题——并在过程中提高主角要付出的代价——你就掌握了让读者欲罢不能的基本元素。

主角要付出的代价有三个层面:由情节、角色和社会造成的代价。

情节造成的代价

商业小说有时归类为情节导向，其主角需要面临更高的代价。有时主角面临外来的威胁，这类威胁几乎都是另一个角色想伤害主角——不管是实际伤害，还是针对心理或职业生涯的攻击。

美国作家杰克·舍费尔（Jack Schaefer）的知名西部小说《原野奇侠》（*Shane*）里，农场老板卢克·菲契将一八八九年怀俄明州的自耕农人视为眼中钉，他认定这些农地属于他的农庄，因而想将农人赶离。然而以乔·史塔瑞为首的农民却想留下来。

故事一开始，双方面临的代价就很高。农场老板代表现有的生活方式，奠基于长年的血泪和苦干；农民则代表了新的生活方式，有机会拥有自己耕作的土地，在这里扎根养家。两套生活方式都值得奋战维护，任何一方失败，都会对不少人造成深刻的影响。

敌对阵营之间气氛剑拔弩张，尤其在史塔瑞雇用名叫西恩的神秘男子来帮忙后，冲突更日渐白热化，直到西恩和菲契的手下打了起来。乔·史塔瑞介入帮忙，打赢了这场架。

小说的叙事者是史塔瑞的儿子鲍勃，他认为这下表示菲契玩完了。但他的父亲跟他解释：

> 菲契已经陷得太深，不可能抽身了，对他来说，现在是一决胜负的时刻。如果他能把我们赶走，他就能在这里待上好一阵子；如果他失败了，过不了多久，他就会摸摸鼻子离开这座山谷了。

西恩又加了一句："菲契成天放话，手段又粗暴，已经把事情搞成非输即赢的局面了。"

果然,过了没多久,一位名叫威尔森的神枪手来到镇上,"他带着两把又大又厉害的手枪,手枪低低地挂在腰间,枪口对着前方"。

现在双方面临的代价已经提到最高,这场冲突非要死人才会结束了。

另一个在情节中提高代价的方法,就是让主角面临一系列强悍的反抗势力。

美国小说家詹姆斯·格瑞潘多(James Grippando)的小说《赦免》(The Pardon)开头,律师杰克·史威特遭到一名可能是凶手的男子威胁。接着男子谋杀了杰克的前任客户,并陷害杰克成为主要嫌疑人,提高了他面临的代价。

这下杰克不只要应付这个家伙了,因为警察和检察官也都盯上他了。

死亡的威胁当然也会提高代价,不过别忘了,职业生涯上的"死亡"也同样有效。举例来说,落魄律师接到最后一个(看来没指望的)案子,丢脸警察只有最后一次机会扳回一城——这些人都必须成功,否则就得离开他们熟悉的世界。

你在编写情节时,不管你会先列出详细大纲,还是信手拈来直接下笔,花点时间想想这些问题:

· 我的主角会遭遇哪些实际伤害?我能把这个威胁推展到什么程度?

· 哪些新势力会对抗主角?我能加入哪些角色,把状况弄得更糟?这些外来势力如何运作?他们会用哪些技巧?

· 主角需要付出职责上的代价吗?他的职业生涯能发生什么最糟的状况?

角色内心的代价

角色的内心世界与外在世界一样重要，文学小说中，紧绷的情绪往往来自角色内心。不过你要问的问题还是一样——哪些麻烦够严重，能让读者关心呢？

塞林格的《麦田里的守望者》中，主角霍尔顿·考尔菲德面临的并非实际危险，而是精神上的危机。他必须找出在这个世界活下去的理由，而他认为世上充满了"骗子"。

当他有天晚上离开了中学，展开穿越纽约市的"长征"时，他追寻的目标当然是活下去的意义。随着故事的发展，他面临的心理代价也越来越高。

单从越来越紧绷的文字，读者就能感到这趟寻找自我的旅程有多危险。霍尔顿一度说："我发誓我疯了。"等到小说结尾，他或许真的疯了。

商业小说作者也可以通过主角的内心世界，提高主角面临的心理代价，替故事增加深度。这时作家常用的手法往往是逼主角选择，只要制造进退两难的困境，就能提高主角要付出的代价。

《赦免》一书中，作者提高了副线情节中主角面临的代价。杰克那与自己关系疏离的父亲是州长，当杰克被起诉谋杀，刚正不阿的州长必须决定是否要赌上自己的政治生涯，出面赦免儿子。对他来说，这是难以抉择的困难决定。

美国小说家德博拉·雷尼（Deborah Raney）的《收获的天空下》（*Beneath a Southern Sky*）以寡妇达莉亚为主角，她才刚幸福再婚，并怀了小孩，却听说有人在哥伦比亚的丛林里，发现了她以为早已过世的挚爱的丈夫。现在她成了两个人的妻子,而两人分别是她两个女儿的父亲。她怀孕的事提升了每个人要面对的心理代价。

所以写作时请考虑下列问题:

· 怎么样才能让我的主角情绪更为纠结?
· 主角在乎的人有没有办法陷入麻烦呢?
· 主角有没有过往见不得人的秘密可以揭露?

社会造成的代价

当社会问题够严重,主角面临的困境便会变得复杂许多,因而会提升他必须付出的代价。读者会想,主角所在世界的恶劣形势是否会加剧他个人的问题。

以斯佳丽为例,她一心渴望艾希礼娶她。小说的第一段主要讲述她打算在十二橡树园的烤肉派对跟艾希礼独处,借机宣告她的心意,并等他说出求婚誓言。

斯佳丽碰到的第一个问题是梅勒妮。她发现艾希礼已经和梅勒妮订婚了,但她不相信艾希礼真的爱这个毫不起眼的女孩,便决心介入。然而她的计划失败了,艾希礼不但不愿离开梅勒妮,斯佳丽的秘密还被一旁打瞌睡的家伙偷听到了——这个人就是放荡不羁的白瑞德。

这下她该怎么办?正当斯佳丽在失败中自怨自艾,派对上传来了大消息:战争开打了。艾希礼和其他年轻人都将上前线作战。(小提示:只要爆发战争,角色面对的代价就会提高!)

虽然斯佳丽还是苦恋艾希礼,她也必须和其他留守家园的女子一样,面对各种挑战。

善用下列问题,来发展故事里的社会代价:

・你的故事中,与角色紧密相关的社会状况如何?

・你的角色需要面对什么重大社会问题吗?如果没有,你能想出一些吗?

・社会冲突的两方可以安插哪些角色?

为了提升小说中角色付出的代价,你需要训练自己真正狠下心,替主角想出更严峻的困境。利用本章提的问题,列出笔下可怜角色可能碰上的麻烦。这时候就要学着挑战自己的极限。

接着检视你列出来的答案,并依照问题的严重程度,从轻微到严重依序排列。随着故事进展,基本上你应该希望问题越来越严重。

如此一来,你手上就有了"代价概要",可以用来建立小说的场景和转折点。你当然不需要用完每个问题,但有了代价概要,必要的时候就有一大堆材料可以选用了。

话说回来,如果放对故事,食物价格飙涨极有可能变成严重的社会问题,连带拖累其他事情一起恶化。我得跟达菲鸭道歉,他其实很会写故事啊。

◎ 如何唤醒昏昏欲睡的中段

就连最厉害的作家也会面临这个问题。明明已经顺利写到第二幕,这时情节却突然慢了下来,感觉就像不受欢迎的懒叔叔,躺在你家沙发上,一直讲无边无际的小故事,害得你无聊得要死。

你要怎么替情节注入生气?我知道不少方法,以下是其中几项:

(1)**分析故事中的代价**。参考本章的建议,自问主角如果没有达成目标，会失去什么？除非这项损失会造成生理或心理的重大伤害，否则读者不会在乎后果。

（2）**加强附着元素**。什么力量将主角和对手绑在一起？如果附着元素不够强，读者会怀疑情节怎么还发展得下去。参考本章提到的各式附着元素，至少找出一项可以用在你的故事里。

（3）**提高情节的复杂程度**。罗伯特·克莱斯的惊悚小说《火线对峙》（*Hostage*）中，疲惫不堪的谈判专家杰夫·泰利突然在平静的小镇碰上紧张的警匪对峙。

这个设定本身已经够刺激了，但克里斯又加了一层：屋内人质握有对犯人不利的财务证据，因为他是犯人的会计师！犯人必须赶在警察之前找到这些证据。

为了对泰利施压，犯人绑架了他的前妻和女儿，把她们当成人质。这段附加的复杂情节让整本小说活了起来。

（4）**增加新角色**。不是随便加个角色就好，他必须让主角的日子更难过。比方说，来自主角的过去生活环境的意外角色，而且握有主角想隐藏的秘密。

或表面上看来支持主角的角色，但因为种种原因，他的支持反而会帮倒忙。

主角的恋爱对象也能增加情节的复杂程度。

（5）**增加新的副线情节**。不要常用这个方法。副线情节（请参考第八章）必须显得自然，而且和主线情节相关。请不要随便加入副线情节，可能只会占空间。

如先前所说，恋爱副线情节永远都是好选择。

你也可以考虑描写主角的家庭问题，或某种缠着主角不放的神秘事物，这就是所谓的影子副线情节。

（6）**穿墙继续勇往直前**。有时候第二幕停滞不前的问题纯粹是作者累了，一时失去信心，甚至担心写出来的东西通通是垃圾。

这就是创作的高墙。别担心，大部分小说家在写初稿的时候，总会撞上这面墙。

以我来说，通常是在写了三万字左右的时候。每次写到这儿，我突然就会看到小说所有的缺点：我的点子无聊透顶，彻底没救；我的文笔平庸，角色呆板，情节形同不存在。我写不下去了，作家这条路也走不下去了。如果这时我已经用掉一半预支的稿费，那焦虑程度只会倍增。

我自己研发出一套应对的简单处方：

· 放自己一天假，不要写作。

· 花点时间去个平静的地方，像是公园、湖边、空无一人的停车场。你可以独处的地方都好。

· 至少花三十分钟坐着，啥都不做。不要读书，也不要听音乐。深呼吸，倾听周遭世界的声音。

· 做些纯粹放松的事。去看电影，逛街好几个小时却不买东西，吃点冰激凌。

· 等到晚上，喝杯温牛奶，睡前挑本你最喜欢的小说来读吧。

· 隔天起床后，不管怎么样，第一件事就是替小说至少写三百字。不要修改，也不要慢下来，写就对了。你会再次感到写作的乐趣。

· 继续奋斗，直到写完初稿。

切记：你的初稿绝对没有你撞墙时想得那么糟。

◎ 如何删减过于庞大的中段

这和前一节正好是相反的问题。你不是担心该加什么，而是已经写太多了，你的小说开始被自身的重量拖累。

如果这是你面对的难题，你可以安心了！因为删减内容通常都能让小说变得更好（第十一章将进一步介绍改稿）。

以下三个方法能让你写出更简洁有力的第二幕：

（1）**合并或删掉角色**。如果有两个出场目的不同的角色（或目的有些重叠），你可以把他们合并吗？

先从主角的同伴下手，如果跟主角同一派的人太多，你就可以考虑合并这些角色，因为小说应该强调对立。

有些角色就只能退场了。有时候，你必须删掉你很喜欢的次要角色，因为你开始给这些有特色的配角越来越多登场时间，而他们就跟鳖脚演员一样照单全收了。

所以你可能需要客气地请他们退场。如果他们拼命挣扎，或许你就该写另一本小说，把他们当成主角。

配角最喜欢变成主角了。

（2）**合并副线情节**。同理，小说中可能也有对情节没啥帮助的副线情节。你或许觉得其中的动作场景很有趣，但大部分读者是否认为这条情节混淆视听呢？

把沉闷的副线情节的精华集结起来，合并成更强而有力的主线情节吧。

（3）**削减无聊程度**。检视你写的场景，其中的冲突够吗？是否塞了太多对话，却不够紧张？主角做出反应的场景是否太长？

　　请回想希区柯克的名言。化身编辑，不断质问自己的作品是否可以吸引编辑的兴趣与注意，当中有没有哪个段落会让编辑想把书放下，去吃午餐？

　　把那个段落删减到极致，必要时整段丢掉也行。

　　第二幕是小说家面临的终极挑战，不过如果你遵守LOCK系统，替小说奠定了稳固的基础，并善用本章介绍的原则，你应该就能享受写这一幕的过程，因为你正在创作有用的情节。

▲练习一
　　决定如果你的主角无法达成目标，会面临哪种实际、心理或职业生涯上的死亡。如果你答不出来，先自问主角的目标是否真的密切影响他的命运，然后设法提升目标的重要性，让读者了解为何主角一定要达成目标。

▲练习二
　　深入描写对手角色，自问"为什么我这么爱这个角色？"，你有替他的行为想好合理的解释吗？他有比主角强，或至少跟主角一样强吗？如果没有，请赶快让他变强。

▲练习三
　　从你的小说中挑一个充满紧张冲突的场景，将情绪最紧绷的段落

独立出来。这部分可能有几段或几页，但不论长短，都请试着拉长紧张段落的长度。使用本章建议的每个方法。一两天后，再回来读这个场景，你从头到尾都觉得很有趣吗？必要时你当然可以删掉增加的内容，不过通常你会发现这样一改，反而增添了阅读的乐趣。

▲练习四

你的小说中，角色要付出哪些代价？请考虑每个层面——情节、角色和社会，并把没有用到的类型加入故事中。同时想想在情节发展的过程中，你能如何把每种代价提升到极限。

▲练习五

重读一本你觉得失败的小说。把自己当作编辑，依照本章的内容，寻找可以改进的地方。接着写一封信给作者（你不用真的寄出去），建议他在把稿子交给出版社前，可以做哪些改变。

第六章

结尾

> "小说第一章能帮你卖出这本书,小说最后一章能帮你卖出下一本书。"
>
> ——美国小说家米奇·斯皮兰(Mickey Spillane)

疲软的结尾可以毁了一本很棒的书。

反之,强而有力的结尾可以拯救一本平庸的书。

所以请认真看待你的结尾,好好收尾,让读者拍案叫好。如此一来,你才能在写小说这一行走下去。

我最喜欢的惊悚小说作者是加拿大作家戴维·默莱尔(David Morrell),他也写了一本教小说写作技巧的好书,叫《写作一生我学到的几件事》(Lessons from a Lifetime of Writing)。他最棒的作品是《燃烧的锻赭石》(Burnt Sienna),如果把读到书不释手的程度当成惊悚小说的评价标准,这本书绝对及格。

但我个人认为,这本小说的特色就在其尖锐又不落俗套的结尾。我先卖个关子,建议你直接去读这本书,看看写作大师如何提升你的阅读体验。

很棒的结局首先能达成两个目标:第一,结局感觉完全符合这本小说所属的类型;第二,结局也让读者感到惊讶,并不会熟悉到仿佛以前在哪儿看过。

为什么结尾很难写?因为小说家必须像以前综艺节目上的转盘子

艺人一样厉害。那些家伙可以同时旋转七八个盘子，就跟小说第二幕一样混乱，但最后他们必须想出盛大的收尾，一面稍微炫技，同时把所有的盘子都安全收下来。

等你写到结尾，你的情节已经有好几个盘子在转了。你得想办法把盘子安全收下来，又需要稍微炫技一下，还不能用老套的伎俩，因为你不希望读者读完你的作品后，心想"我看过这个结局好多次了"。

这就牵扯到另一个写结尾的挑战了。随着每一年过去，市面上出现越来越多新书、电影和剧集，加入新流行文化的结局类型也就越来越多。

过去颇为新颖的写法，现在可能已经变成俗套。比方说，我们都听过"读者以为坏人死了，但他其实没死，最后又跑回来捅主角一刀"的老梗结局，但二十年前，这种电影结尾一点都不老套。现在如果导演还这样拍，观众只会想："他才没死咧，如果主角现在转身就走，他就太笨了。"

所以结局才这么难写，因此我们必须绞尽创意脑汁，好好琢磨结尾的写法。

◎ 冲击结尾

让人最热血沸腾的拳击比赛，通常都是一方感觉快输了，最后却用尽力气，一拳击倒对手。

你的小说也要这样，尽可能将情节的紧绷情绪拖到最后一刻。接近结尾时，对手必须感觉要赢了，每件事都对他有利，主角反而身陷危机。

只有等到主角挖掘出内心深藏的力量，有所行动时，你才打出最后一拳。

快到结尾时，你会希望读者问："主角会奋战到底，还是逃走？反抗主角的势力是否太强，害得他无法承受？"

为了留下来奋战，你的主角必须唤醒道德或实际的勇气。举例来说：

- 《大白鲨》中，警长布罗迪终究必须出海，在旁人协助下杀死大白鲨。他真的杀死了白鲨。
- 《造雨人》中，鲁迪虽然没有经验，却必须从头打完一场官司。他赢了官司。
- 迪恩·孔茨的《战栗指数》中，希娜必须设法杀死虐待她的人。她真的想到了办法。
- 《沉默的羔羊》中，克丽丝持续办案，就为了阻止水牛比尔。她最后成功了。

读者喜欢看主角明确地击败对手，不过未必每本成功的小说都这么结束。

我们在第四章提过强纳森·哈尔的《漫长的诉讼》，就是很好的例子。这本非小说作品记载了律师简·施里奇曼的故事，有个小镇的水源遭到两家大公司污染，他因此拼了命想替小镇居民讨回公道。当然对手财大气粗，用尽各种方法不只想毁了他的案子，还想毁了他的人生。最终大公司真的得逞，但主角面临威胁仍屹立不动的精神，仍让读者敬佩不已。

◎带出"真好"与"糟了"的感受

想让读者获得最棒的阅读体验,你还必须做到另一件事,我称之为带出"真好"和"糟了"的感受。

一旦故事的主要动作场景结束,读者就会产生"真好"的反应。引出冲击结局后,你必须写出最后一场戏,了结主角个人生活中的某些事。

《午夜》当中,萨姆·布克阻止了坏人邪恶的计划。但小说最后描写萨姆回家,试图与叛逆的儿子和解。萨姆拥抱了儿子,虽然他们之间的问题尚未解决,但至少他们决定开始尝试。"这才是事情美妙之处。"小说的最后一句写道:"他们的奋战终于开始了。"

主角人生中如此感人的结局会让读者感到"真好",仿佛听到美妙乐章的最后一个完美音符。仔细看看惊悚小说的最终场景,你会发现不少作品都采用这类结局。

狄更斯在《大卫·科波菲尔德》(*David Copperfield*)中也靠主角人生的收尾,触动读者的心:

现在当我了结我的任务,压抑内心想逗留的冲动,这些脸孔便逐渐消逝了。然而有一张脸照亮着我,宛如照亮其他物体的上天之光。这张脸超越其他脸庞,凌驾于他们之上,而她留了下来。

我转过头,看到这张沉静美丽的容颜在我身边。我的油灯将熄,因我已一路写作至深夜,但她亲爱的存在仍陪伴着我,没有她,我将不复存在。

噢,阿格尼丝,噢,我的灵魂,愿我生命终了时,你的脸庞仍伴我左右。如此一来,当现实如我现在驱离的阴影一般,从我身旁瓦解而去,我仍能在身边寻到你,指引我通往天堂的路!

小说也可以留给读者不祥的预感,甚至让他们翻到最后一页时,低喊"糟糕"。美国小说家查尔斯·威尔逊(Charles Wilson)的《胚胎》(*Embryo*)就用了这种结局。小说讲述主角追捕一名疯狂的医生,并提到医生在子宫外创造小孩的方法。这些孩子会变得邪恶,他们思考自己能变多坏的时候,甚至还会微笑。

主线情节完结时,主角和他的情人生出了他们认为正常的小孩,一切都很好。但在最后的场景中,他们的小女儿宝琳一个人在屋外,她找到几根火柴,出于好奇心点燃了一根。她把火柴丢出去,火柴落在她家小狗的背上。

它突然跳起来,转圈试图回头看什么东西弄痛它了。宝琳意识到她做了什么,一时露出难过的表情。

然后她笑了起来。

糟了!威尔逊让读者担心恐怖事件又要重演了。

◎选择结尾

从以下的图来看,基本结尾可分为三类:(1)主角达成目标,正向结尾;(2)读者不知道主角是否达成目标,模糊结尾;(3)主角没有达成目标,负面结尾。

《大白鲨》的结局很正向。布罗迪杀了大白鲨。

三种基本结局

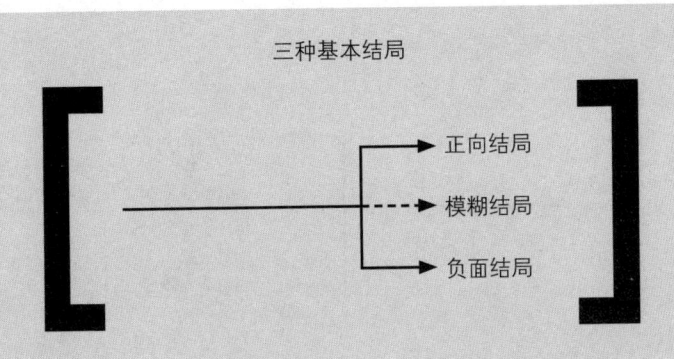

```
  ┌──→ 正向结局
──┼--→ 模糊结局
  └──→ 负面结局
```

《麦田里的守望者》则采用模糊结尾。我们不知道霍尔顿·考尔菲德离开精神病院后,到底有没有办法在世界上存活下去。

好的模糊结局必须带给读者强烈的感受,而且感觉合理,还能激起讨论。《麦田里的守望者》正是如此,看看小说令人难忘的最后一句:"什么事都别告诉别人,如果你说了,你就会开始在乎他们。"

霍尔顿会因此与社会疏离,永远不再与人深交吗?他会成为自己厌恶的"骗子"吗?还是他参透了某种禅的意念,因而对人生有了新的诠释,将通过试炼来自我疗伤?

《乱世佳人》则以负面结尾作结。斯佳丽失去了她的真爱白瑞德。(玛格丽特·米切尔聪明地留下一丝模棱两可的韵味,让斯佳丽以为她一定能赢回白瑞德的心。)

如下方图表所示,我们可以这三种结局为基础,再加入一些复杂的元素。也许主角达成了目标,却导致负面的结果;同理,主角也可能没达成目标,却得到了更好的结果。

第一类结局须付出重大代价才达到目标,很好的例子是美国作家

把基本结局变复杂

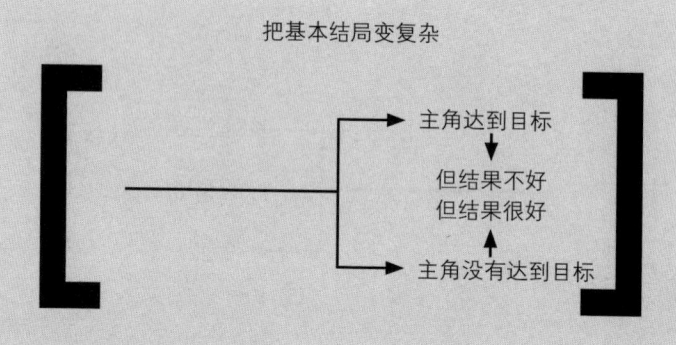

```
        ┌─→ 主角达到目标
        │       ↓
 [──────┤   但结果不好
        │   但结果很好
        │       ↑
        └─→ 主角没有达到目标 ]
```

杰克·伦敦（Jack London）的小说《马丁·伊登》（*Martin Eden*）。世间的成就以及对权力的执着无法满足伊登渴求的目标，他选择的人生反而变得"无法忍受"，于是他从船上跳入海中：

> 他将肺吸满了空气，这样的空气量足以带他沉入深海。他转过身，用尽全身力量与全副意念，头朝下往海底游去。他越游越深，睁开眼睛看流窜的鲣鱼留下鬼魅般的磷光轨迹。他一边游，一边希望鱼儿不要攻击他，否则可能打断他紧绷的意念。但鱼儿并没有朝他游来，他因而有时间感谢世界最后一丝的善意。
>
> 继续往下，继续往下，他一直游到手脚疲累，几乎无法动弹。他知道他已经游得很深，耳膜承受的压力痛苦不堪，头也嗡嗡作响。他的毅力逐渐消散，但他还是命令手脚带着他潜得更深，直到意志紧绷的线条一断，空气爆炸般从肺里涌了出来。气泡像小小的气球，环绕紧贴着他的脸颊和眼睛，向上飘去。接着剧痛及窒息的感受袭来。在他逐渐模糊的意识中，唯一来回摆荡的想法便是

疼痛不是死亡，死亡不会痛。带来痛楚的是生命，生命的折磨才造成这般糟糕的窒息感受，这是生命能给他的最后打击。

他固执的手脚开始虚弱地抽搐，四处乱踢摆动，但他骗过了手脚，以及让它们乱踢摆动的求生意念。他已经潜得太深，手脚无法带他游回海面。他仿佛在梦境般的海中悠然漂荡，各种色彩和光辉环绕着他、笼罩着他、充满了他。那是什么？看起来像座灯塔，但其实只存在他脑中：一道闪烁的刺眼白光。光线闪得越来越快，接着传来长长一声巨响。他感觉自己好像跌下一道无止尽的宽广楼梯，接近底端时，他跌入了黑暗之中。他至少知道自己跌入了黑暗之中，而那一瞬间他便知道，他不会再知道了。

那么塞翁失马焉知非福的第二类结局呢？我一定要举《卡萨布兰卡》当例子，影史上，这部片的结局大概最有名了。

主角瑞克·布莱恩的目标是什么？很简单，他想要伊莉莎，但她已经嫁给战时英雄拉塞罗。电影结尾时，瑞克其实可以带走伊莉莎，她已经同意跟他一起走了。但瑞克终究放手，坚持要她跟丈夫一起离开。

瑞克牺牲了自己的渴望，以成就更远大的理想：打赢战争，以及保住一段婚姻。如果他从拉塞罗身边抢走伊莉莎，双方都必须付出道德上的代价。

于是瑞克摆脱了心中伊莉莎的鬼魂（"我们会永远记得共游巴黎的回忆"），重返战场，回到人间冷暖的社会。而这过程中他也交了一个新朋友：矮小的法国警长路易。

牺牲

为什么《卡萨布兰卡》的结局这么有名？

答案就是牺牲。瑞克为了更远大的理想，放弃了自己渴望的目标。

为什么牺牲这个主题如此震撼人心？因为牺牲的概念深植在我们的文化意识当中。当有人为了大众利益放弃自我命运，便会触及每个人心中最深的向往。

奥地利心理学家维克多·弗兰克尔（Viktor E.Frankl）在著作《活出生命的意义》（*Man's Search for Meaning*）中声称，人类终其一生都在寻找生命的意义，而问题的答案不可能来自孤独自我，一定与社群紧密相连。

有人为了维护他人的利益牺牲时，便会深深撼动我们的心。

西方文化中，牺牲的概念深植在宗教经典和神话当中。亚伯拉罕愿意牺牲儿子以撒，为此他获得奖赏，受到上帝的祝福。

俄裔美国小说家安·兰德（Ayn Rand）虽然声称自己代表"理性自私"的无神论者，也曾在作品中提及牺牲的概念。

她的小说《源泉》（*The Fountainhead*）中，主角宁愿牺牲自己的工作和职业生涯，也不愿两者被大环境改变；《阿特拉斯耸耸肩》（*Atlas Shrugged*）中，女主角达格妮·塔格特放弃铁路带来的权力和特权，只为维护人类的尊严。

不管你相不相信安·兰德的理念，作为小说家，她确实挑中了合适的小说主题。

若是以最终抉择作结的小说，主角必然面临难以选择的难题。他可以选择执意达成目标，但必须付出道德上的代价。或者他可以"做对的选择"，可是必须放弃最重要的目标，失去他从小说开头就渴望的事物。

先前举《卡萨布兰卡》的例子中，瑞克为了远大的理想，牺牲了他对伊莉莎的爱。

若是以最终一战作结的小说，虽然主角有充分的理由不要留下来奋战，而且打输的可能性很高，他还是必须牺牲自己的安全和命运。

弗兰克·卡普拉的知名电影《史密斯先生到华盛顿》（*Mr. Smith Goes to Washington*）就是很好的例子。杰弗森·史密斯受命进入美国参议院，却要成为政府手中无脑的傀儡。这时他只是还不知情而已。

他想替童军团营区保全营地，却发现自己的梦想与政府的计划相冲，这才发现他被利用了。当史密斯试图反抗政府，政府马上铆足全力，假造一起诈欺案将他踢出参议院，打算毁了他。

他不可能打败政府。

但在一名机智的政客的协助下，史密斯决定奋战最后一次。他必须牺牲自己的恐惧，冒着生命危险才能打完这一仗。

两种牺牲

两种基本结尾中，主角做出的牺牲类型不同。请注意两者分别需要哪种勇气：

最终抉择：	最终一战：
主角牺牲他的目标	主角牺牲他的安全
需要道德勇气	需要实际的勇气

◎ 意外结局

作者到底怎么写出令人拍案叫绝的意外结局,让你猜都猜不到,却又觉得仿佛注定?要怎么写,结局才能让读者激动得无法呼吸,等不及想看作者的下一本作品?

说实在话,我也不知道。

我怀疑作家自己都不知道。可能有些作家知道,但我认为编写情节时,结局的写法无法归纳出一条公式。

但我相信你还是可以通过练习,训练心中的作家替结局想出可能的转折。

首先,你大概已经想好一个结局了,尤其假如你习惯依照大纲写作(请参考第十章对大纲的介绍),你八成一路写来都以这个结局为目标。没什么不好,请继续写吧。

但等你快写完初稿时,请暂停一下,想出十个不同的结局。没错,就是十个。

而且不要花四个星期去想,你应该三十分钟内就能想到才对。头脑风暴,想得越快越好,天马行空,别坚持每个结局都要有道理。

想好十个结局后,让你的想象力花一两天思考这些可能。

接着回来审视你的答案,列出前四名。稍微加深每段情节,再酝酿一下。

最后选出最适合当转折的结局。并非用来取代原先的结局,而是添加一点意外元素。

思考如何把这段情节加入原本的结局,接着回头检视你的小说,四处埋一些小线索,让转折结尾变得合理。

这样你就写出意外结局了。

我没办法进一步细讲明确的技巧,因为每个故事都不一样。结尾必须了结所有重要的情节议题,而每本书谈论的议题都不一样。

多参考你脑袋里跑来跑去的情节点子,这样你需要想出小转折时,就有很多资料可用。花点时间准备,然后放手去写,就像哈兰·科本在《死者请说话》①(*Tell No One*)最后一页用的手法一样。你们都上当了!

◎ 收掉四散的梗

你可能写到小说结尾,才发现有些梗没有收。以下介绍一些方法,协助你把梗收好,避免平淡无聊的糟糕结局。

首先,请判断这些四散的梗是否很重要,还是只是陪衬。某个配角的裤子到哪儿去了可能不太重要,他把偷来的钱放哪儿可能就比较重要。至于要如何判断,其实没有简单的方法,你只能凭感觉推论读者会对哪些事物比较关心,对哪些事只会略有兴趣而已。

但假设你没把梗收好,即便是读者仅略有兴趣的事物,也可能造成他们严重的不满。

如果没收好的梗很重要,你就必须加入一个主要场景,或好几个场景来处理。你可能甚至需要大幅重写,但是没关系,就重写吧,因为写出有用的情节最重要。

---

① 《死者请说话》开头时,主角大卫以为妻子伊丽莎白遭到连环杀手谋杀。然而结尾时,大卫发现伊丽莎白并未死亡,而是在父亲协助下逃到国外,躲避杀手的追击。最终伊丽莎白回到美国,重新与大卫开展新的人生。

至于较小的梗,通常让角色解释后来怎么了就够了。比方说,在我写的法律惊悚小说中,我会让一个角色提到小说中段某人做了坏事的下场:"噢,他们逮到史密瑟斯试图逃去加拿大,他的案子下个月要开庭了。"

另一个方法是以短尾声章节作结。但尾声一定要写好,不是光拿来堆积信息。

哈兰·科本在《幽灵天使》(Gone for Good)中,就以一篇简短的新闻剪报当作尾声,收掉了一个重大的梗。如此一来,读者感到真正地完结了,却又不会觉得"作者刻意插手"。

想找出没收好的梗,最好的方法就是找几个人读你的初稿。如果他们问"嘿,这家伙后来怎么了?"或是"第二章他们在缅因州海边找到的潜水艇后来怎样了?"你就知道有些梗没收好了。

◎最后一页的回响

你希望小说的最后一页能让读者不只满意结局,还让他难以忘怀,合起书页后仍感到余韵绕梁。

这就是回响的作用。依照字典上的解释,回响是一种音响效果,意指加强并拉长听来悦耳的声音。就像华丽交响曲的最后一个音,能在听众的灵魂上留下永久的痕迹。

你值得尽全力,赋予小说最后一页这样的效果。结局带来的最终印象,会产生心理学家所谓的新近效应:读者评断你的作品时,会依赖他们最新的感受,也就是对结尾的看法。只要结尾让他们留下深刻印象,你就能累积起读者群了。

请参考以下这些做法。

语言

结尾每个字都必须字斟句酌。并不是说小说其他段落的遣词用字就不重要,但在结尾特别关键。有时结尾用字言简意赅,例如塞林格的《麦田里的守望者》:"什么事都别告诉别人,如果你说了,你就会开始在乎他们。"

有时则需要赋予一点诗意。以下这一段节选自布雷·洛特的《亲亲吾女》(*Jewel*)结尾:

> 只有字母,成排的字母,她名字的第一个字母。她曾经写过这个字母不下千次,写满了一片又一片的写字板。但这个晚上,这样便已足够,早已足够了。夜色爬上厨房的窗外,火车铁轨静了下来,要直到稍晚之后,房子才会再次颤动起来。届时上帝可能会将我从梦中叫醒,领我到卧室窗边看火车行经窗外,看黑色的阴影驶向黑暗的深夜,带着我远离这儿,远离独自在隔壁房间熟睡的布兰达·凯依,远离我其余的孩子,远离我既受祝福又受诅咒的人生阴影。
>
> 只有字母,虽然看似生冷吃力,却尽她所能写得饱满。我终于听到字母尽力高歌,它们群聚在我周围,用我永远无法了解的声音唱歌,但听来仍一样美妙,宛如上帝朝我微笑、微笑、微笑。

对话

对话往往适合当作回响结局,只要别显得太刻意就好。怎么写才不会感觉刻意呢?只要在小说稍早的段落中,安插类似的对话就好。

我写的一本小说《拿非利人的种子》(*The Nephilim Seed*)中,一名赏金猎人协助一位母亲找回她遭绑架的女儿。他的工作态度非常随兴，这名母亲一度问他打算如何处理眼前的难关，他回答："随机应变。"

随着故事发展，两人对彼此都产生好感，但也各自有理由不想更进一步。然而结尾时，他们再也无法否认彼此的吸引力。故事结尾这么写：

> 他握住她的手，面对她说："我独自一人太久了。"他不需要多说，洁妮丝便知道他在问她，是否能在她的生命中挪出一个位子给他。在他的声音和眼神中，可以看到一名逃离人生多年的男子，因不太知道停止逃避的后果会如何，而显露出一身脆弱。
>
> 他说："实在太久了，我想我不知道下一步该怎么办。"
>
> 洁妮丝笑了。她伸手环住他的脖子，轻轻将他拉向自己，温柔地吻上他的脸颊。他的脸很温暖，有些胡楂，但很有弹性。然后洁妮丝对着他的耳朵悄声说了一句。
>
> 她说："那就随机应变吧。"

叙述

如果一段场景或角色的描写感觉对了，也可以成为完美的结局。

斯蒂芬·金的《爱上汤姆的女孩》中，获救的女孩崔莎拍拍鸭舌帽的帽缘，用食指指向天花板。这个动作能造成回响，因为稍早故事中已经解释了动作的意思，她不需要再开口说明[①]。

叙述段落也可以提起阴魂不散的过去，以及笼罩未来的阴影。例如英国作家达夫妮·杜穆里埃（Daphne du Maurier）的《蝴蝶梦》

[①] 这是崔莎喜爱的棒球投手汤姆·葛登投完比赛最后一球时会做的动作。

（*Rebecca*）：

> 他加快车速，越开越快。我们越过前方山丘，看见蓝杨镇坐落于脚下的山坳中。我们左手边是银缎般的河流，河道渐宽，迎向六英里外于凯利斯的河口，前方的道路则通往曼德雷。天上不见月亮，我们头顶上的天空黑如墨水。然而天际线处的天空却一点也不暗，反而满溢着腥红色，宛如一抹泼洒的血迹。海面上的咸风将灰烬吹向我们。

总结

有个方法能替角色的感受圆满作结，却不让读者觉得作者过度干预。先前已举例过，迪恩·孔茨在《午夜》的结尾就做到了。萨姆·布克与青少年儿子史考特处得不好，但经过整本小说发生的事件后，萨姆跟他在乎的人一起回家，终于鼓起勇气拥抱儿子，结果两人都哭了起来：

> 他越过史考特的肩头，看到泰莎和克莉丝一起走进房内，她们也在哭。从她们眼中，他看到与自己相同的觉悟，他们同样意识到为了史考特的奋战才刚开始。
>
> 然而至少开始了。这才是事情美妙之处，他们的奋战终于开始了。

◎不要急着结束

写小说是很辛苦的活，因此接近结尾时，作家会想抄捷径也情有可原。

有时候作家匆匆赶完结局，就是因为一本小说写了这么久，他们急着想快快写完。被截稿日追着跑的职业作家尤其经常这么做。

你该如何避免因为疲惫而匆匆写完结局？以下提供几点建议：

（1）**梦**。作家最原创的灵感都储存在梦乡里，而且你什么时候都能做梦，非常方便。你可以在睡觉时不自主地做梦，也可以刻意做白日梦。

因此在写作的过程中，记得留点时间让想象力提供你画面，即便你已经想好了结局。

养成习惯，早上起床后就把梦境记下来，集结成一本梦境日记。想想这些梦跟你的小说结局能如何联结，或许并非直接有关，但至少可以当个开头，刺激你更深入思考结局。

你可以听音乐来鼓励自己做白日梦。我喜欢听电影配乐，因为配乐蕴含了各式各样的情绪。偶尔做点白日梦，记下想到的点子，这些点子或许会成为最适合结局的完美画面或场景。

如果你在写小说的过程中定期记录梦境，就不会觉得要赶着写完结尾了。

（2）**把规模放大**。写到结尾时千万不要退缩，反而要投注全心全力。你可以在改稿时再删减结尾规模，但你得先有好的素材，才能修改。所以带着热情，发挥极致的创意来写结局吧。

（3）**别着急**。想做到这一点，纪律就很重要，别把自己逼到截稿期限的极限。如果你需要在写结局前休息一整天，就记得留给自己适当的余裕。我不建议休息超过一天，因为你需要维持灵感源源流过体内的感觉，但你也不必逼自己非得超越光速才能及时写完。

▲练习一

重读你喜欢的五本小说最后几章，并分析每个结局。结局明确吗？结果正向还是负面？有没有意外转折？为什么你觉得这个结局好？如此分析能协助你了解自己的写作偏好。

▲练习二

你为你的小说想了什么结局？试着写下结尾的高潮场景。最终你未必要用这个场景，但最起码这个练习能促使你思考结局，让你更加深入了解角色。请将得到的信息运用在作品当中。

▲练习三

想出两三种替代结局。首先列出十种可能，每种各写一行。接着挑出两三个最有潜力的选项，写出结尾场景摘要（至多两百五十字）。如果替代结尾感觉比原先的版本更有冲击，那就用吧。把原本的结局当作最后可能的转折，或保留原先的结局，将替代结局之一当成可能的转折。

▲练习四

列出你的小说中所有没收好的梗。这项练习边写就可以边做，你只要每次埋梗时，记得在另一个档案里做记录。想好策略，利用情节发展、配角或报纸报道把这些四散的梗收好。

第七章

场景

> 千页长的小说也始于一个场景。
> ——鲜为人知的格言

好的情节必须描述角色的外在、内在生活同时受到干扰。

想要描绘并夸大这些干扰元素，作家就必须依赖场景。场景是建构情节必要的砖块，而情节的扎实程度就靠砖块的强度了。

如果小说的场景能让读者的情绪像坐云霄飞车一样千回百转，那他们可能就愿意原谅作者其他的失误。反过来说，平淡的场景就像接驳客人去游乐园的小火车——很慢，很挤，而且很不值得。读者通常只会搭这种车一次。

所以每一个场景都要写得到位。

◎ 场景是什么？

场景是建构小说的单位。如果你将几个场景串起来，场景之间似乎有所关联，就表示你会写小说了。

而假如你可以让笔下每个场景都令人难忘，你就可以写一本令人难忘的小说了。

令人难忘的场景一定要有新意，还要有些意外和让人情绪紧张的元素。这种场景中要有读者关心的角色，做读者非看不可的事。只要替平淡易忘的事物注入新意，靠紧张情绪和原创性赋予场景活力，你就能创造令人难忘的场景。

尽力写好一个场景，然后隔一阵子再回来重看，改掉无聊的部分，尝试新的写法。

想写出难忘的场景，通常最好的方法就是加强冲突。两个角色彼此对抗，双方都需要极为强烈的理由。

◎ 场景的四个和弦

场景能达成四个目标，我称之为场景的四个和弦。

主要的两个和弦：（1）行动，（2）反应。

辅助的两个和弦：（1）铺陈，（2）深化。

通常这些和弦都一起弹奏。行动和反应往往演奏主旋律，辅助和弦则在背景陪衬。

这四个和弦能协助你写出任何场景，满足情节中的任何目的。

首先，我们先区别场景（scene）和桥段（beat）的差别，两者都来自剧场用语，但是场景比桥段长，一个场景通常发生在同一地点，发生时间点通常都是当下。如果你转换地点，或把时间点往前跳，可能就会惊动读者，但你也可以在场景中刻意制造这样的效果。

桥段则是场景中更小的单位。

《绿野仙踪》中，有个场景描述桃乐茜与胆小狮对峙。场景以威胁开始，最后结束在狮子决定加入桃乐茜的团队，一起前往奥兹。这个场景中明显有行动，也有冲突，但在桃乐茜赏了狮子鼻头一巴掌后，也有一小段情绪反应的桥段，让狮子角色更有深度。

现在让我们仔细分析场景的四个和弦:

行动

角色做事以达成主要目标时,就会产生行动。一个场景中,角色有这个场景内的目标。

场景目标种类繁多,只要能让主角越发接近整个故事的目标即可。

比方说,一名律师希望证明他的客户清白,于是他前往目击者家访问他。在这个场景中,律师的目的是要取得可能帮助客户的信息。

这就是行动。

然而场景需要冲突,否则会变得无聊。

于是目击者不想跟律师说话。这下场景有了冲突(LOCK 系统的必要元素),你就可以以写出行动场景了。

商业小说几乎都由行动场景组成。

以下这段行动场景取自我的小说《终极目击者》(*Final Witness*)(如果要节选其他作家的小说,我必须跟钱和法律限制斗争。相较之下,我授权给自己重印我的作品简单多了,还请各位读者见谅)。这个场景的叙事者是一名俄国移民,他靠经营毒品贩运的小生意,在美国过起平淡幸福的日子:

> 现在他坐在自家时髦的客厅里,两脚穿着袜子。只要挑一片小碟子放进录放机,他想看什么电影就看什么。
>
> 今天他要看《独立日》(*Independence Day*)。
>
> 莎拉出去参加每周的聚会了,迪米特里也为她的成就感到骄傲……她已经完全融入他们住的高级社区。更棒的是,她从来不

过问他的事业。他们真是天作之合。

迪米特里手拿一杯伏特加，按遥控器播起电影……

（先以简单的目标开始。这名男子想看电影，他在家度过平静的夜晚。）

片头名单刚播完，他就觉得车库传来声响，听起来像闷闷的撞击声，仿佛有人把软袋子掉到地上。可是车库装了两道安全系统，不可能有人在里头。除了莎拉，谁进去都会触动警铃。

或许她提早回来了。不可能，现在还太早，她才离开不过半个小时……

他隐约觉得家里还有人。在苏联铁幕下长大，每天都有人在背后虎视眈眈，就会养成这种直觉。

迪米特里·契诃夫很久没有这种直觉了，但现在他感觉到了。

（一项障碍阻止他完成目标。他感觉家里还有人。）

"莎拉？"他叫道。

没有人回答。

他从舒适的椅子起身，转身走向房子前厅。前厅笼罩在黑暗阴影中，他的脑袋再次告诉他，家里不可能有人，因为他家装了钱能买到的最好的保安系统。他需要这层保护，他涉足的事业少不了见血的激烈竞争，而且见血可不是说说而已。……可是他家很安全。他决定把房子检查一轮，好放下心中的大石头，再回去跟他会说话的玩具玩。

书房的古董书桌抽屉里有把手枪，以防万一，他先去拿了枪。他一面走过走廊，一边点亮了灯。没有不速之客突然出现，只有冷清的空荡空间……

　　他心中的恐惧逐渐被自信压下。迪米特里大步走向厨房。

（他采取行动想克服障碍——他的恐惧。）

　　他打开电灯，果然如他所料，眼前只见妻子新装潢好的厨房，地砖和松木地板闪闪发亮……

　　一只手盖住他的脸，把他的头往后拉。尖锐的痛楚从他脖子传来。迪米特里感到另一只手抓走他的枪，用力扭着他的手腕，直到他以为腕骨要碎了。那人把他往后拉，他倒了下来，被拖过厨房地板……

（场景现在进入实际的冲突了。）

　　迪米特里鼓起手臂肌肉，想用手肘撞攻去他的人。他碰到对方的身体，却施不了力。他试着挣脱束缚，但男子又把他的头用力往后拉，害得他痛得不能自己。下一秒，迪米特里感到自己被推上一张椅子，接着绳索缠上他的身体。

　　盖住脸的手短暂松了开来，但迪米特里还来不及转头，一块厚重的布就遮住他的眼睛，紧紧绑了起来。迪米特里试图移动手臂，但绳索绑得很紧。才不过短短几秒钟，他就已经动弹不得，看不见眼前的世界……

　　其中一名男子把他的椅子转过来。他听到车库那儿传来声响，好像另一名男子在挪动什么东西。

"全都给你吧,"迪米特里说,"给你们两个。我走就是,我会带我太太回纽约,再也不回来。"

他只听见某种巨大桶子轻微碰撞的声响。然后他突然完全懂了。他才大叫"别这样!"便感到汽油泼到他头上,恶心的气味传进鼻中……

接着迪米特里感到浸湿的蒙眼布被从头上解开。他眨眨眼,眼睛被汽油熏得张不开,臭气窜进他的肺,害得他咳了起来。他摇摇头,试图集中注意力。房间的灯开着,亮到几乎让人眼盲。他感觉攻击他的人应该在身后,便转过头,却看不到他们。

他转回头往前看,终于勉强看出一点东西。他看到有人坐在对面,可能是其中一名男子,终于愿意跟他好好协商了。或许他们也没这么不讲理。

然后迪米特里·契诃夫尖叫起来。他的叫声很模糊,因为声音被嘴里咬的粗绳遮住了。

迪米特里又叫了一声。

对面椅子上用绳索绑着他妻子毫无生气的身体,她的头无力地垂向一边……

他剧烈地在椅子上扭动,结果把椅子弄倒,重重跌在水泥地上。他的头重击地面,几乎害得他昏了过去。他这时反倒希望一死了之。他又叫了起来。

接着他闭上眼睛,开始哭泣。当火焰袭来,立即袭卷他的身体,他几乎感到解脱。迪米特里·契诃夫不再尖叫了。

(场景结尾让读者心想：谁策划了这场心狠手辣的谋杀案？)

反应

反应场景描写主角碰上（通常不太好的）事情时，他情绪上如何反应。

律师没有从目击者那儿问出有用的信息，目击者反而说她看到律师的客户大喇喇扣了扳机。

现在律师得仔细思考这件事。他的感受如何？他该怎么做？

等他决定好怎么做，你就可以写下一个行动场景了。

文学小说让人感觉有很多反应场景，因为这类小说通常比较注重角色的内心世界。

反应往往以小桥段呈现。以下是我的小说《终极目击者》的一个反应小桥段。雷切尔·伊巴拉是一名法律助理，在美国检察官办公室协助一桩大案子。记者斯特凡诺斯与她有一面之缘，并请她务必跟他坐下来谈谈。从以下这段，读者得以窥见雷切尔的思考过程：

> 雷切尔六点半来到码头，把车停在红龙虾餐厅附近的路上，抓起公文包，检查里面。包包里装了一本笔记本和一台手持录音机。
>
> 斯特凡诺斯邀她到他的办公室聊，但他们必须先在这家海鲜餐厅碰头。风从海上呼呼吹来，太阳逐渐西斜，在玛丽安德尔码头和整个南加州海岸铺上橘色光辉。雷切尔短暂地想到若能住在海边有多好，能看到万物之始的壮丽海洋，感受海风的洗涤，整个海岸的纯净和市中心冰冷的线条以及黑暗的角落比起来，将是

多美好的对比啊。

想到平静的环境，雷切尔突然想跳上车赶快开走。她在这里做什么？像苏佩斯基这么大的案子，她才不该搅和进侦调等级的麻烦里。

（内心自我质疑）

但她告诉自己两个该留下来的理由。第一是弄清楚为什么她有危险，第二是看斯特凡诺斯是否真的能够协助苏佩斯基的案子。在她脑中，第二个理由最重要，她想帮雷伍德把案子抢回来，她想要第二个机会。

（她的解释）

几分钟后，她的机会从餐厅旁走了过来。斯特凡诺斯身穿深红色挡风外套和蓝色牛仔裤，看起来像极了周末出海的水手。他露出笑容，挥了挥手，接着示意雷切尔过来。

"谢谢你愿意来。"他说，一面握住她的手。

摆放反应桥段

你可以将反应桥段放在行动场景的中间，让读者了解角色的感受。迪恩·孔茨的《战栗指数》几乎从头到尾都是凶手与主角猫追老鼠的游戏。以下这段中，主角希娜躲在一家店里，努力不要被发现：

她一开始看不见杀手，他身穿黑色雨衣，跟夜色融为一体。然而接着他动了起来，划过黑暗朝露营车走过去。

就算他回头看,也不可能看到她躲在灯光昏暗的店里。然而当她踏进三条走道前端和收银台之间的空地,她的心还是扑通扑通作响。

爱莉儿的照片已经不在地上,她希望自己能相信照片从来不存在。

最后一行就是反应桥段,在紧张的行动中提供短暂一瞬的反思。

写作老师德怀特·斯温(Dwight Swain)和杰克·比卡姆(Jack M. Bickham)将行动和反应这两个主要和弦称作场景和余波。这两个和弦让情节能以合理的方式进展。

角色做出行动,却因为冲突而受挫,通常距离完成目标又倒退一步。他对当下的形势有所反应,仔细思考后决定下一项行动。

你未必非得在这两个旋律间来回摆荡。如先前的例子所示,你可以将反应当作一个小桥段,放在行动场景当中。除此之外,也有其他搭配方式,可参考比卡姆写的《场景与结构》(*Scene & Structure*)。只要你掌握好行动和反应的组合,情节就能顺畅地进行。

铺陈

铺陈场景或桥段之所以存在,则是为了让随后的场景显得合理。

每本小说都需要一定程度的铺陈。

读者必须知道主角是谁,他在做什么,以及做的理由。我们需要看他如何陷入小说中主要的困境。

此外,在故事进行过程中,也需要一些铺陈桥段。

那么铺陈场景该怎么写,才不会变成无聊的解释呢?

你只要在铺陈场景中丢进一个问题就行了。不必在乎问题大小,也许只是角色感到焦虑，或与人争执，但也可以是必须立即处理的大问题。

铺陈场景仅是辅助和弦，数量应该压到最低。通常这类场景都出现在小说开头。

《乱世佳人》的头几页就是铺陈场景，其中介绍了斯佳丽，并呈现她的个性。作者怎么写？她让斯佳丽跟塔尔顿双胞胎来了一段挑逗般的争执，读者便了解接下来故事的设定和风格。

接着斯图尔特·塔尔顿宣称艾希礼要娶梅勒妮，带来以下的反应桥段：

> 斯佳丽面不改色，嘴唇却变得惨白，仿佛毫无预警遭遇冲击，在过度惊讶的头几秒钟，还无法理解发生了什么事。

深化

深化手法对小说的贡献，就像在食物中加入香料。这道辅助和弦通常不会独立成一个场景，而是融入其他场景，加深读者对角色或设定的了解。只要维持手法的新意，依照计划用在情节内，就能煮出完美的故事。

然而就跟香料一样，深化手法也不能用过头，否则会毁了故事的风味。

斯蒂芬·金的短篇小说《总要找到你》（*The Body*）中，故事就曾短暂脱离主线情节，让戈迪把他最知名的故事讲给朋友听，替小说加了点料。这个故事牵扯到胖男孩霍根、一些蓖麻油、他在比赛上吃的几块派，还有他对小镇进行的"复仇"计划。（用"香料"来譬喻这个深化段落还真不恰当。）

为什么斯蒂芬·金要偏离情节来写这一段呢？因为这些小男生就是喜欢听这种故事。有了这一段，他们继续上路时彼此的感情因而更加深厚。比起平铺直叙的故事，这个段落替情节增添了额外的深度。

这不是场景

摘要指的是作者告诉读者"场景外"发生了什么事，并没有依照时间顺序一段一段在读者眼前开展。

场景应该像这样：

约翰朝她走了一步。

"别过来。"她拿起一把榔头。

约翰笑着摇摇头："这武器也太弱了吧。"

摘要则像这样：

他试图攻击她，但她拿起一把榔头。他嘲笑她挑的武器时，她居然真的拿锤子打他。他的头疼了五个星期。

作家通常把摘要当作捷径，尽快将两个场景串联起来。以下的摘要中，情节虽然依照时间顺序发展，但作者跳过了能将这段发展成场景的桥段：

约翰捧着头，开车去医院。路上好堵，他花了两小时才开到。

接着就接回下一个场景了：

护士问："天哪，你怎么了？"

约翰说："我用头去攻击榔头。"

◎场景需要的其他元素

想成为成功的作家,你的场景一定要让读者觉得物超所值,因此你需要掌握以下三个重点:引子、紧张程度和推手。

开头就抓住读者的心

引子负责从头吸引读者注意,将他拉进故事的世界。然而许多作家也会在这儿栽个大跟头。

作者可能认为必须先好好介绍地点,再介绍角色,因而习惯慢慢导入场景。这么想非常合理,我们习惯线性思考,因此认为必须先让读者在脑中看到地点,再看到角色出现在地点中,接着才能端出好料,例如行动和对话。

千万别掉入这个陷阱。读者只要对故事感兴趣,才不会在乎事物的正常顺序。为了勾起读者的注意,你有几个选择。

以下是依序导入场景的例子:

> 我们回到他的办公室。我坐在皮斯蒂洛桌前的扶手椅上,这次我注意到,他的椅子比我的高上一些,可能是为了威吓的效果。曾到同盟之家拜访我的克劳迪娅·费雪探员站在我身后,双手抱胸。
>
> "你的鼻子怎么了?"皮斯蒂洛问我。

然而在《幽灵天使》(*Gone for Good*)中,哈兰·科本是这么写的:

> "你的鼻子怎么了?"皮斯蒂洛问我。
>
> 我们回到他的办公室。我坐在皮斯蒂洛桌前的扶手椅上。

这个场景中，对话是比较强而有力的引子，以问句开启场景，让读者想知道主角怎么回答。科本接着花一段介绍地点，又回到动作上。

另一种引子则是预告，隐晦地告知读者紧张的场景即将到来。《幽灵天使》有一章如此开始："我睡得实在太熟，以至于根本没听到他从后面袭来。"

他是谁？他偷袭主角之后发生了什么事？科本先用预告挑起读者的兴趣，才慢慢公布答案。

另一种最简单的引子就是行动。再举科本当例子："克劳迪娅·费雪冲进约瑟夫·皮斯蒂洛的办公室。"

读者会好奇为什么克劳迪娅冲进办公室，而没有先敲门，或慢慢走进来。为了知道答案，读者会继续读下去。

就连叙述也可以当作引子，不过叙述内容必须发挥双重功效。你的叙述不应该只在读者脑中建构地点或角色的样貌，还要创造适当的氛围。斯蒂芬·金的《你心所爱，终将消逝》（*All that You Love will be Carried away*）讲述一名男子生命中最黑暗的一刻，故事开头这么写：

> 那家连锁汽车旅馆位于内布拉斯加州林肯市西方的高速公路旁。一月的黄昏，日光逐渐消逝，下午开始下的雪将旅馆招牌刺眼的黄色转为较温润的粉彩色。渐强的狂风几乎带有一抹空洞的调调，只有在美国平坦的中部才可能感受得到。

虽然这段只在描述，但请注意昏黄的光线、傍晚、狂风和空洞感创造出的气氛。读者在见到主角之前，就已经准备好要体会他的内心世界了，而读者对故事有感时，就会想继续读下去。

所以请努力在每个场景开头都吸引读者。尝试以不同的段落开始，改变方法，轮流使用对话、行动、叙述和预告，很快你就会找到适合的引子。

紧抓住读者不放

一旦你吸引了读者的注意，就得专注于场景的第二项重点：紧张程度。每个场景或多或少都要有些紧张感，如果没有，场景就会像泄气的飞船瘫在地上，虽然有潜力，却无法起飞。

写作大师都了解紧张感的重要。迪恩·孔茨的小说《战栗指数》恰如其名，在描写一名女子试图逃离变态杀手的过程中，危险即将袭来的恐惧笼罩了每个场景。随着故事进展，她被坏人发现的概率就越高。在小说前半段，几乎每个场景主角都可能被发现：

> 他就站在出租车门外，懒散地伸懒腰，距离她不过九公尺。他耸耸宽阔的肩膀，仿佛要甩去身上的疲劳，然后又按摩了一下后颈。
>
> 只要他往左转头，马上就会看到她。只要她稍微动一下，就算从他的眼角，也一定会注意到些微的动作。

随着故事迈向高潮，场景紧张程度应该也要提高。《战栗指数》中，女主角希娜终究被抓了。小说后半段描述她试图带着另一名俘虏逃跑，直到两人遭到杀害。

> 希娜整个人趴下，攀进天窗里，用拖把将小凳子推向大厅后方，免得挡路。要是跌到凳子上，她们俩可能有人会摔断腿。

她们差一点就能逃走了,可不能冒任何的险。

这一段过后,马上就有一群疯狗追了上来(杜宾犬天生就让人紧张),将读者推进下一个更紧张的场景。随着故事发展,孔茨不断增加主角面临的实际危难,把读者掌握于股掌之中。

文学小说则比较关注角色情感上的风风雨雨。美国小说家约翰·芬特(John Fante)的经典小说《问尘情缘》(Ask the Dust)就有不少令人印象鲜明的场景,描述年轻作家亚图洛内心的渴望:

> 我再次向圣特蕾莎祷告。甜美亲爱的圣女啊,请给我一个灵感。但她已弃我而去,众神都已弃我而去。如法国作家胡斯曼(Huysmans)一般,我独自站着,双手握拳,双眼含泪。只要有人爱我就好,哪怕是一只虫子或老鼠也好,但这也是过往云烟了……

作者使用的强烈语言非常私密(给我一个灵感;只要有人爱我就好),展现出情绪化的画面(双手握拳;含泪)。这个场景的紧张程度,就跟实际行动的场景一样高。

所以请替场景注入紧张感。该怎么做呢?主要就靠作者的良友:冲突。当两名目标不同的角色碰头,自然就会产生紧张感。警察试着质询目击证人,证人却不愿开口;追求者试图说服心爱的女人挪点时间给他,她却不愿意;家长想弄清楚任性的青春期孩子在做什么,却查不出来。你的小说主线情节应该有无限冲突的可能——否则你就不该写这个故事了。

就连同伴——两名目标相同的角色——之间的场景也应该有点紧张，否则他们的对话就只是交换情报，非常无聊。

最好看的搭档电影就很懂这个原则。《致命武器》（Lethal Weapon）把即将退休的正直警察跟有自杀倾向的狂人配成搭档，他们之间的紧绷情绪提升了电影的格局，超越一般的警匪惊悚片。

观众也都记得电影《虎豹小霸王》（Butch Cassidy and the Sundance Kid）当中，布奇叫太阳舞小子跳进河里的场景。他们越吵，情绪就越紧绷，直到太阳舞小子终于松口说出他最大的秘密："我不会游泳！"

检查你写的场景时，请特别注意紧张感。如果感觉不够，就试着把紧张程度推升一级。就连相对平静的场景（用来调整小说的整体步调），也可以将叙述者的想法告诉读者，呈现他的担心或焦虑，创造一些情绪上的紧张感。

如果场景的紧张程度还是不够，那就使用作家的第二良友：删除键。你的读者绝对会感谢你。

让读者读下去

最后，你必须用推手替场景作结，促使读者翻到下一页。新手作家往往会让场景黯然结束，以无聊的一笔画下句点：角色走出房间，开车离开，或说出"再见"和"很高兴跟你聊聊"等平淡散场客套话。

千万别让场景的紧张程度在最后掉下来，你有很多方法能推动读者继续向前。

最好的"继续读推手"就是预告即将发生的灾难。《战栗指数》

中有一幕，希娜在便利商店躲避坏人。这个场景的结尾如下：

> 希娜踏出走道，打算躲到一排展示柜的后方时，她听见大门打开，杀手走了进来。狂啸的风声随之刮入，把门猛力甩上。

情感上的危难也可以当作预告，例如《问尘情缘》中亚图洛离开心爱女子的场景：

> 当我关上门，已经一阵子没有浮现的渴望突然袭来，用力撞击我的头骨，使我的手指刺痛。我颓然倒在床上，用手拉扯着枕头。

另一个"继续读推手"则是某种征兆，通常以难以忘怀的画面呈现。斯蒂芬·金的《必需品专卖店》（*Needful Things*）中，休·普里斯特受到利兰·冈特蛊惑，冈特是必需品商店令人着迷的恐怖店主，专门贩卖人们觉得非要不可的商品。休·普里斯特觉得他需要一根能唤起温暖回忆的狐狸尾巴。

冈特不接受现金，反而问起一名叫内蒂·柯布的女子，小镇上的人都叫她"疯女内蒂"：

> "休，听我说。你听清楚，就能带着你的狐狸尾巴回家。"
>
> 休·普里斯特很仔细地听。
>
> 门外雨越下越大，刮起了风。

以下是其他可以结束场景的"继续读推手"：

- 一句神秘的对话
- 突然揭露的秘密

・重大的决定或誓言

・公开撼动情节的事件

・逆转或意外——让故事急转弯的新消息

・尚未解答的问题

如果场景感觉结束得太赶，你又不确定该怎么办，可以尝试这个妙方：砍掉最后一两段。并非每个场景都需要写到合理的结尾为止，不要写到底通常反而比较好。截掉尾巴可以激起兴趣，创造未完的悬念——读者才会继续看下去，寻找答案。

别忘了希区柯克的名言。只要掌握以上三项重点，你就不用担心作品里出现无聊的段落了。

◎紧张程度表

情节写作最好的原则当然是"能用展示的，不要用说明"。不过这不是铁则，有时作者会把说明当成捷径，赶快进入场景的精彩部分。用展示的方式能让场景活起来，但如果你一直展示，本来该突出的部分就不突出了，读者也会感到疲累。

那什么时候该展示，什么侯该说明？只要参考"紧张程度表"就知道了。故事中每个场景都有不同的情绪紧张程度，而场景当中的紧张程度也会不断变动，这就是小说自然的情绪起伏。

你甚至可以说，想判断小说作者的功力，追根究底就是看利用紧张程度的能力。最紧张的段落是你希望读者情绪最激昂的部分，这些段落不但要安排在正确的位置，还要在整篇故事中鲜明突出。

有了紧张程度表帮忙，你可以明确测量这些段落的紧张感。简而言之,请用0到10评估你写的每个场景,0代表毫不紧张,10则是紧张过头。随着场景发展,紧张程度也会改变。

一般来讲,你的场景应该不可以掉到0,也很少会冲到10。几乎所有场景都应该落在这两个极端之间。

此外,大部分的场景结构都很自然,从较低的紧张程度开始,逐渐往上攀升。

当然也有例外。有时候你可能想从事件正中间切入,从这儿开始。另一种手法则是从紧张程度的高点开始,接着掉回低点,再重新爬升。不管你的选择如何,紧张程度表都能帮你决定要展示还是说明。

紧张程度表简图显示的是一般模式:场景从1或2开始,逐渐增强到7或8,紧张程度不会太过头(一本小说只能容忍一两个这样的场景),也不会掉到令人昏死的低点(读者完全无法容忍这种场景)。

现在检视你写好的场景,用紧张程度表测量一下。

规则很简单:当你的场景越过中线(5),你就进入"展示区",这时请尽可能用展示的方式吧。

当你的场景低于中线,进入"说明区",就表示你太偏说明了。这有什么不好?因为如果你写的没错,场景的重心应该是展示区内发生的事情。如果并非如此,那你真的应该考虑把这个场景删掉。

举例

格雷格·艾尔斯(Greg Iles)的惊悚小说《步步杀机》(*24 Hours*)中有一小段铺陈场景,提到母亲凯伦和年幼的女儿艾比,父亲威尔则刚出门远行:

艾比拍拍手，突然大笑起来。凯伦唱歌唱得有些喘，她伸手在手机输入一串号码。关于她在机场对威尔讲话的态度，她感到有些不好意思。

这部分并不紧张，也不需要紧张。这个桥段相对很短，只是为接下来的情绪冲击奠下基础。我们不需要一直展示的冗长段落，只要告知读者凯伦感到愧疚就够了。

不过不久以后，情节的紧张程度就飙升到几乎破表。艾比从家里被绑架了，一名陌生人闯进家中，告诉凯伦"艾比没事，我要你听我说"。凯伦的反应必须用展示来描写，而格雷格就这么写了：

一听到"艾比"两个字，泪水马上涌上凯伦的眼眶，一直藏在心底的恐慌扑上表面，让她在原地动弹不得。她的下巴开始颤动，她试着尖叫，但喉咙一点声音都发不出来。

格雷格通过凯伦的生理反应，展示给读者看她的感受，让读者直接体会她的情绪。

另一个类似的例子是美国小说家里德利·皮尔森（Ridley Pearson）的《吹笛人》（*The Pied Piper*）。一名女子担心将四个月大的孩子第一次交给保姆。在餐厅戏的开头，读者感到的紧张程度大概是3，皮尔森只说母亲"焦虑得快吐了"。

随后她打回家的电话都没有人接，紧张程度就提升到7左右了。这时读者便读到更鲜明的描述："她揪紧的胃肠缠得更紧了，手指变得冰冷麻木。"

雷蒙德·卡佛可说是"展示技巧大师"(他善于书写意义深厚的适当细节),他当然也懂得掌控紧张程度。他的短篇小说《邻居》(*Neighbors*)开头马上就向读者说明角色的状况:"比尔和爱伦是一对幸福的夫妻,然而偶尔他们会觉得在朋友之间,似乎只有他们虚度了光阴……"

然而等到故事结尾,卡佛则写道:"他们互相拥抱,靠在门边,仿佛逆着强风,努力站稳脚步。"故事的底蕴已含在这几行字中,继续在读者的想象中发酵。

利用紧张程度表取得平衡

想写出好的情节,就要练习取得平衡。比方说,惊悚小说也需要在行动场景之间稍作休息,让读者喘口气;文学小说除了深究角色内心,也可以通过搞笑、行动或其他场景来调整步调。

紧张程度表可以协助你取得平衡。

小说通常有几个重大场景,这些场景就是作家的指标,引领他一路走向最终的高潮。在大场景之间,作者会插入紧张程度不一的场景,以调整步调。

先决定你的小说有哪些章节或场景不可或缺。虽然没有硬性规定,不过一本十万字的小说通常会有六个重大场景。

尽全力写好这些重大场景,让情节快快进入展示区,并留在紧张程度高的区域内,大约在8到10之间。剩余的过渡场景则较有变化,有些可能平淡自省,在2到5或6之间摆荡,或者隐藏了激烈的内心冲突,对角色来说紧张程度可能达到7或8。

紧张程度表

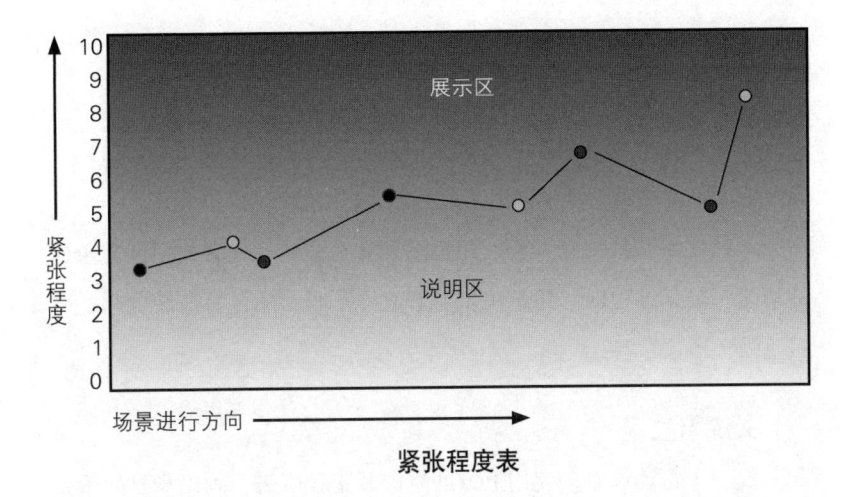

你可以在纸上把每个场景画成图,并排成一列,看看小说的整体样貌。

原则很简单:只要一直注意场景的紧张程度,并以此为根据写作,读者就会觉得你的小说清新又令人难忘。

10:破表了!请小心使用,每本小说大概只有一两个场景需要达到这个程度。

8、9:每本小说必备的转折大场景就很适合这个范围。

6、7:冲突、重要的情绪、尖锐的对话、内心煎熬。

5:很适合由此开始场景,再慢慢往上推升。

3、4:铺陈场景(短)及其他过渡场景。

1、2:如果你从这里开始,请赶快往上爬。

0:想都别想。比方说,冗长的叙述(天气、地点等)会让你的小说陷入昏迷,害编辑大打瞌睡(并拒看你的作品),用在第一章开头状况尤其明显。

▲练习一

从书柜上随便拿一本小说,翻开一个场景开始读。请分析:

·这是行动场景吗?找出你在何处得知角色在这个场景的目标,以及他面临的冲突。场景如何结束?你会想继续读吗?为什么?

·这主要是反应场景吗?角色感到什么情绪?作者如何展现角色的情绪?场景结束时,角色决定要怎么办了吗?角色有所转变吗?变得坚强?还是软弱?

▲练习二

找一个行动场景,使用上方的空白紧张程度表,画出场景的紧张程度。

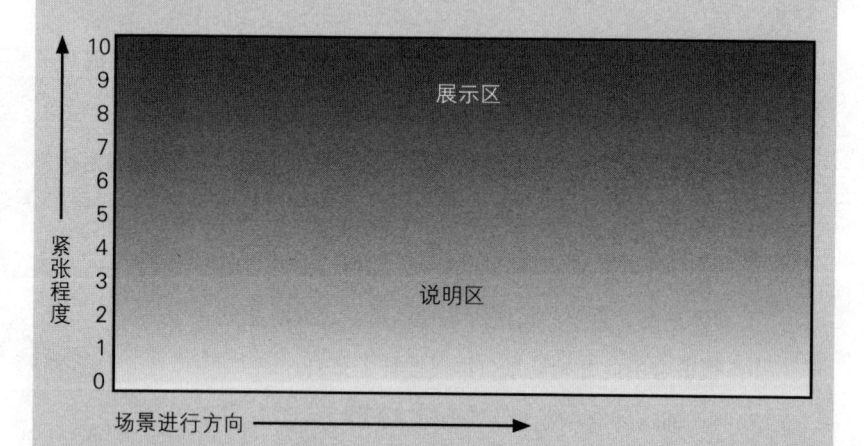

```
紧张程度
10
 9
 8          展示区
 7
 6
 5
 4
 3          说明区
 2
 1
 0
   场景进行方向 ───────▶
```

▲练习三

检视你写的一个章节,分析其中的引子、紧张程度和结尾推手。你能如何把每一项写得更好?

第八章

复杂的情节

> 写作很像建砖墙。你学着将砖块一块一块叠起来,在中间抹上厚厚的灰泥。
> ——美国运动专栏作家里德·史密斯(Red Smith)

堆砌一块块砖头的过程中，你可以替情节增添复杂程度。虽然进展快速的故事不错，但若能让读者合上书后仍久久不能忘怀，可是另一种了不起的成就。

想写出令人难忘的情节，你的写作能力就必须提升到更高的层次。增加情节复杂度的方法很多，我会在这一章介绍其中几项。

不过我们应该先问："为什么要把情节弄复杂？人生的基本原则不就是'简单就好'吗？"

只要想想复杂结构的美感，你就知道只是简单不够了。复杂情节之所以看似简单，就是因为非常有效，你的作品也应该造成这种效果。

◎发展主旨

规划情节时，问问自己希望读者从你的作品中学到什么价值，你希望读者能从中得到什么教诲或洞见，让他们用新的视野看世界？

用一行写出答案，这就是你的小说主旨。

把主旨想象成隐含的信息，是你的作品对世界的一大宣言。一本小说应该只有一个隐藏信息，不过其中可以包含许多小信息。

俄国小说家陀思妥耶夫斯基（Dostoevsky）的《卡拉马佐夫兄弟》（*The Brothers Karamazov*）宣扬了许多信息，例如纯粹知识的无用，以及自由意志带来的重担。但小说的主要信息只有一条，可以浓缩为"信仰和爱是人生在世最崇高的价值"。

主旨能增添小说的深度，但请务必注意一个常见的问题。作家往往会想挑一个主旨，然后硬加上故事。这种做法会造成许多问题，包括样板角色、说教口吻、不够含蓄，以及情节老梗。

你该如何避免这些小说地雷呢？请记住这条简单的规则：角色负责乘载主旨。

没有例外。

先发展好你的角色，再将他们放入情节的世界里，让角色间的价值观互相冲撞。若角色能自然又热情地挣扎，这时故事主旨就会不费吹灰之力地出现了。

副线情节

请将主旨穿插在情节中。就跟织壁毯一样，主旨的线段必须毫无缝隙地接在一起，才能创造出整体的效果，并且让人感觉自然。通常这种效果可通过副线情节达成。

副线情节可以主旨为主轴，专注于主角需要学习的事物。主线情节的外在行动给主角带来一堆问题时，副线情节则聚焦于个人、内在的议题。

比方说，你写一名侦探正在追查谋杀案。在主线情节中，他要去访问目击证人、追查情报、避免被杀、跟搭档吵架、与上司争执，等等。

同时，他在家里也有问题。他的太太受不了压力，开始酗酒，连带也影响到孩子。侦探的婚姻快要分崩离析，因为他还没学会如何满足妻子的需求。

这就是乘载主旨的副线情节，你的主旨可能是"学习爱人跟工作成功一样重要"。

带出主旨的副线情节不管正向或负向结束，都能传达出隐藏信息。

假如妻子最后离开侦探，那就是负面结局，但主角还是因为尝到苦头而学到了一课。他或许无法接受，然而这一课还是对他个人造成不少冲击。

或者侦探发现他必须稍微牺牲职业生涯，才能维持他的婚姻。他和妻子重修旧好，得到正面结局。他还是学到了同样一课。

主旨副线情节为故事增添了深度和意义，即便主要角色没有常常把主旨挂在嘴边，你还是可以借此倡导生命中重要的事物。

象征和主题

象征和主题只要别使用过度，也可以加深情节。与主旨同理，感觉自然最重要。

象征意指代表其他事物的东西；主题则是不断重复的画面或词汇。

美国作家诺曼·迈克林恩（Norman Maclean）的小说《大河恋》（*A River Runs through It*）中，水就是故事中心的主题。故事如此开始："在我们家，宗教和飞蝇钓之间的分界非常模糊。我们住在西蒙大拿州，刚好位于几条鳟鱼量丰富的大河交汇处……"

小说一开始，读者就看到水、宗教和家庭的联结（更别说还有钓鱼的重要象征意义)。大河成为故事中不断重复的意象,叙事者看弟弟站在大石头上飞蝇钓时,心想"整个世界都变成了水"。

小说结尾时,叙事者告诉观众:"万物合而为一,而一条河从中横越而过。大河为世上的大洪水所截断,由时间的地窖流出,越过顽石……我永远忘不了水。"水的主题在小说开头意指实物,结尾则转为象征,这个主题组成故事的框架,奠定了故事的意义。

珍妮特·菲奇也在《白夹竹桃》中穿插了象征和主题。顽强、诱人又有毒的夹竹桃代表了阿斯特丽德的母亲,即便在狱中也试图控制她。"挣扎想照到一点光"的西红柿象征了阿斯特丽德本人,以及她面临许多挑战的过程。这些象征将小说从一系列的事件升华成对人生、爱以及人类韧性的评论。

美国作家丽莎·萨姆森(Lisa Samson)的《末路记事》(*The Living End*)中,鲸鱼成为希望的象征。殇恸的叙事者波儿·洛罗对生命有所疑惑,她参加一趟赏鲸旅行,途中有人跟她说,都花这么大功夫出海了,要是没看到鲸鱼一定很糟。波儿因而陷入深思。"我深信不疑,人生绝对不只表面的价值,绝对不只。在人生的尽头,一定会有鲸鱼等着。"等到下个场景,波儿看到鲸鱼,并拍了照片,"我已经好几年没用这台相机照相了。"

以下是我的小说《毁约》(*Breach of Promise*)的开场。小女孩麦迪的爸爸正在回想过往的快乐时光:

还有那年圣诞节,我们在电视上看《生活多美好》(*It's a Wonderful Life*)。麦迪当时才四岁。演员唐娜·里德(Donna Reed)和吉米·斯图尔特(Jimmy Stewart)从高中舞会走回家的路上,开始唱起《水牛姑娘》。我瞄了麦迪一眼,她看得非常入迷。

……然后在月光下跳舞。

吉米和唐娜继续唱。

麦迪这时看向我。"我们也可以吗?"宝拉在厨房讲电话,我得独自应对。根据经历,我知道麦迪的问题偶尔会弄得我晕头转向。

"可以什么,宝贝?"

"在月框下跳舞?"

"在月光下跳舞。"

"随便啦,老爸。"

"当然可以啰。"

"现在吗?"

这时你不会停下来思考。我认为上帝在父亲脑中植入了某种直觉(因为他们的学习能力比较差),告诉他们乖乖听小孩的话,不要过问太多问题。

我说:"好啊。"她还穿着软软的兔宝宝棉睡衣,我则身穿裁短的裤子和道奇队的上衣。我将她从沙发上抱起来走到厨房,告诉宝拉我们要上去大楼屋顶。宝拉还在讲电话,她朝空中伸出手指,要我安静点。

我抱着麦迪上到屋顶。

月亮几乎满月,感觉好大。月光洒落在山丘上,山上造价数百万美元的豪宅似乎不可置信地瞅着山下的公寓大楼。我也曾想住在那样的豪宅里,跟宝拉还有麦迪一起,外加一纸演出大导演雷德利·斯科特（Ridley Scott）下部电影的两千万美元大合约。

然而今晚，我不在乎我站在公寓大楼的屋顶。麦迪温暖的双臂环着我的脖子，我抱着她，摇啊摇啊摇啊。我们在月光下跳舞，时间仿佛不存在了。

月亮和跳舞成为小说的主题，重复出现在回忆和小说最后的画面。我一开始没有刻意设定，但写了以上的段落后，便决定这是我想要的主题。这个主题串起整本小说，也让我脑中有了鲜明的画面。

只要注意观察，你就可以在作品中找到象征和主题。先写下富含感官细节的场景，再仔细研究你写的内容。

◎长篇小说

小说长度也能增添复杂性，情节跨越颇长一段时间的作品效果尤其明显。对写长篇小说（英雄史诗、历史故事等）的作者来说，一大挑战便是如何让读者有兴趣读上五百、八百或一千页。一旦拉大规模，就有许多机会出错、偷工减料，或惹恼读者。就连不少知名的小说家偶尔也会陷入冗长拖戏的泥沼。

单靠写作技巧，没办法带读者走这么远。

况且有些长篇小说明显断成许多篇章，似乎违背了 LOCK 系统和三幕结构。不过仔细分析后，我们会发现这只是假象。

举历史小说为例，假设作者想讲述十九世纪六十年代爱尔兰一名男孩的故事，最后结束在二十世纪二十年代，他成为狡诈成功的政客。故事场景横跨爱尔兰、英格兰、渡船上、波士顿，最后来到纽约。纽约段落又细分成几段，记述主角爬上政界顶端的过程。

沿途上，主角的目标可能改变。小说刚开始，他只努力想要活下来；到了中段，他想和有权有势的人做朋友；来到结尾，他则试着要获得权力。

在人生不同阶段，他也面临不同的对手。邪恶的邻居，咄咄逼人的船长，狡诈的警察，小镇的镇长。

我应该不用多说了。要处理这么多素材，就极有可能拖慢情节。作者要如何调整如此复杂的情节步调，让读者读得舒服？

答案就跟吃掉大象的方法一样：一口一口来。

以写小说来说，一口就代表一个主要段落，而负责咀嚼的下巴就是我们熟悉的好朋友——LOCK系统和三幕结构。

只要把每个段落当成一小段故事就好。

假设在这本历史小说中，爱尔兰段落讲述主角艰困的年少时期，直到他离开故乡前往伦敦。我们进一步假设，这个段落大约长两万字。

请把这个段落当成一本两万字的短篇小说。使用LOCK系统规划，但把代表主角的L（这个例子中主角不会换人）改成"地点"（Locale），再把冲击结局的K改成"临门一脚的推手（Kick-in-the-pants prompt）"——你需要迫使读者读到下个段落。写到小说结尾时，再写冲击结局就好了。

下列表格中，主角永远都是爱尔兰小子康纳（Connor）：

地点	目标	冲突对象	推手
爱尔兰	离开爱尔兰	父亲、邻居	打伤父亲后离家
英格兰	找到工作，存活下去	治安官、黑道老大	遭到诬陷，于是逃跑
船上	避免受罚	邪恶的船长	跳船
波士顿	寻找自己的利基	有偏见的警察、爱尔兰竞争对手	杀了警察
纽约一	赚钱	骗人的搭档	得到公司
纽约二	夺取权力	政界大老	冲击结局

每个段落中，你可以加入副线情节，让故事更复杂。副线角色也可以跨越段落，串联起整本小说的主线情节。

电影《阿甘正传》正是如此。电影从阿甘小时候说起，共分成许多段落。他前往越南打仗，后来成为乒乓球冠军，接着又跑去捕虾，做了很多事。

不过他和女孩珍妮的关系贯穿了每个段落。

接着请把三幕结构套在每个段落上。我们拿第一个纽约段落当例子。

这个段落的第一幕中，康纳来到纽约，跟另一名爱尔兰移民住在一起，他是康纳家人的朋友。此时康纳的"原始世界"出现改变，变成了纽约东部破旧的房子。

然而他的室友因为没付租金，被赶出公寓，康纳也跟着流落街头。这是新出现的扰乱事件,打乱了你刚建立的原始世界。

康纳的目标转为赚钱。他相信在美国,只要有钱就能拥有一切。

他认识了一名男子,那人说服他成为事业伙伴。康纳跟男子签下合约,两人建立了关系,这就是"无法折返的门"。

然而到了第二幕,康纳开始质疑公司的账目。他继续追求赚钱的目标,过程起起伏伏,他接获重大线索,或遭到严重挫败,使他直接与事业伙伴冲突,这才发现他一直被骗了。这就是第二扇门,带领读者进入第三幕。

靠着几条聪明的计策,或是律师的帮忙,康纳反将骗子伙伴一军,掌控了公司。突然他尝到了权力的滋味,他会怎么做呢?

这就是促使读者继续读下去的推手。

不管你的小说是长是短,LOCK系统和三幕结构永远不会让你失望。

◎平行情节

平行情节小说会在不同情节线之间来回跳动,假如每个段落的结尾都能让读者想继续读下去,你就可以造成神奇的效果——"我读到停不下来了!"

如字面所说,平行情节指的是两条或多条情节线同时往前进行。你可以以你想强调的角色为主角,写一条主线情节,再搭配一条或多条平行情节,或让每条情节线比重均等。

美国作家彼得·亚伯拉罕(Peter Abrahams)的惊悚小说《烈火终结者》(*The Fan*)就是一个简单的双线故事。第一条线描写业务员吉尔·雷纳,以及他的生活如何逐渐分崩离析;第二条线则聚焦于百万棒球明星巴比·雷朋，还有他经历的问题。

吉尔做了一些坏事，不过读者还是想读下去，因为发生在他身上的事也可能发生在我们身上。他的推销工作越来越不顺，孩子的表现也让他失望。他错过一场重要的销售会议，结果丢了客户。他攻击前妻再婚的对象，还遭父亲一手建立的公司解雇，而前妻对他申请了禁制令，避免吉尔接近她和儿子。

于是他回到老家，和一名儿时友人一起鬼混。这名朋友已经踏入犯罪界，吉尔也开始跟着他"闯空门"，最后终于杀了人。

这期间，作者会不时跳离吉尔的故事，转提巴比当明星篮球员碰到的问题。故事就这样来回进行，直到吉尔杀了巴比在队上的竞争者，正式闯入他的生活。最后他甚至救了巴比的小孩，没让孩子在水池里溺死，因而得以在巴比家当园艺设计师。吉尔成了史上最强的跟踪狂。这个故事会怎么结束？

斯蒂芬·金的《末日逼近》也有几条情节线同时进行，不同线的情节逐渐交错，最后结合在一起，带来震撼人心的高潮结局。

迪恩·孔茨的作品《陌生人》(*Strangers*) 也有同样的效果。如果把这本小说的情节拆解开来，其实骨干只是大约五十页长的科幻悬疑故事，但加入几条平行情节后，孔茨便将故事变成了七百页长的史诗小说。

每条情节线都要有意义

想让这么复杂的小说成功，每一条情节线当然都得负担起各自的重任。如果其中一条情节失败了，就会破坏整体的效果，读者每次读到这条情节线，就会失望地叹气。

所以你该怎么做？

请将 LOCK 系统套用在每一条情节线。确保你写出读者感兴趣的主角，他的目标与生活命运息息相关，实现目标的途中，他不断面临反抗他的力量，直到最后的冲击结局为止。

◎玩弄结构和风格以增添复杂性

有些小说和电影不用线性的叙事手法，反而在不同的时间点之间跳来跳去，以至于情节不依照我们习惯的三幕结构进展。

不过你会发现，在这类作品的杰作中，LOCK 系统的元素以及开头、中段、结尾必要的内容终究会全数出现，建构出前后呼应的故事。

身为诉讼律师及教导诉讼辩护的老师，我总跟学生强调，陪审团最先想知道的一定是事件内容。他们不在乎采证时的法律问题，只想知道发生了什么事。他们接收到的证据并不连贯，通常他们会听不同证人提及事实的不同面向，叙述方式往往也不照时间顺序。但从头到尾，陪审员都试着把每条信息拼凑成前后连贯的事件。

等到结辩时，律师——如果他够认真的话——会编织出一套说法，然后才将法律条文套到事实上。

假如你写了非线性的情节，读者就会跟陪审员做一样的事。只要你协助读者理出前后连贯的结构，这样写就没有问题。

非线性叙事的经典成功案例是奥逊·威尔斯（Orson Welles）的电影《公民凯恩》（*Citizen Kane*）。主角查尔斯·福斯特·凯恩的生平故事由多位认识他的角色倒叙回想拼凑起来，因此情节在他人生的不同阶段跳来跳去，但每段回忆都让观众进一步窥见故事的全貌。

另一个例子是约翰·迈克唐纳（John D. MacDonald）的畅销类型小说《夜的尽头》（*The End of the Night*）。这本小说讲述四名年轻人展开横越美国的杀人之旅，虽然故事可以顺着时间线发展，迈克唐纳却选择了另一种写法。

序章是一名狱卒写给朋友艾德的信，信中提到四名谋杀犯遭电击处死的过程。信以第一人称所写（"我只能说，我超庆幸他们没有每隔两星期才处死一个人，否则我恋爱都不用谈了。哈哈。"），迈克唐纳的写法非常特殊，让读者先看到了故事的结尾。

第一章以全知视角所写，作者描述李克·迪姆·欧文律师的方式宛如纪录片。文中使用的文字几乎带有维多利亚时期的仿古风格，例如"假若眼尖的读者注意到……"。接着这一章转为欧文写的备忘录，因而变成第一人称视角。备忘录提到他的新客户：一群叫狼群的凶手。

第二章以第三人称视角描写海伦·威斯特，她是狼群杀手的最后一个受害者。

第三章则是狼群其中一员柯比·史塔森在死囚狱中写下的日记。他以第一人称讲述自己的故事，以及促使他们开始杀人的种种事件。

接下来的章节在欧文的备忘录、第三人称叙述和史塔森的死囚日记之间跳来跳去。

每一章都多透露了一点故事，直到最后真相大白。由于每一章都使用不同的写作风格，作者因而创造出不同的故事基调，增添了复杂性。我非常建议你到图书馆或旧书店找出这本珍宝来读读，迈克唐纳真的是编剧高手。

戴维·默莱尔也是编剧高手。在《写作一生我学到的几件事》中，他说明了自己的小说《双重形象》（*Double Image*）的结构。小说主角科尔特兰是一名摄影师，而书中事件逐渐揭露他的生活也有"双重形象"。

小说从过去开始，科尔特兰在波士尼亚拍摄战犯尤考维奇的照片。他差点葬身战场，好不容易才逃走。接着故事跳到现在的洛杉矶，摄影师科尔特兰跟快过世的传奇老摄影师伦道夫·帕卡德见面，帕卡德提议跟科尔特兰合作一系列的作品。他们的合作计划最终导向帕卡德的老家，科尔特兰想买这栋房子，而老房子藏了一个谜：一名美丽女子的照片。她是谁？

科尔特兰的录音机开始出现奇怪的留言，仿佛有人在和他开玩笑。会是谁呢？在小说第九十五页，他发现原来尤考维奇又阴魂不散地回来纠缠他了。从这儿到两百一十五页之间，情节包括了跟踪和各式行动，直到科尔特兰杀了尤考维奇。

尤考维奇的情节线打断了原先的悬疑情节，现在作者又回到"那女人是谁"的情节线。双线情节，双重形象。

玩弄结构的手法五花八门，你只要记得，读者读到最后一页时，会想知道到底发生了什么事。

▲练习一

在纸上画三栏。第一栏记下场景中突出的丰富细节，第二栏列出主要角色，最后一栏记录重要的地点。接着开始寻找每一栏之间的联结，将某项细节跟角色和地点连在一起，或者倒过来，从地点去联想角色和细节。挑出最强的两三组联结，试着融入情节中，当作象征或主题。

▲练习二

决定你的小说要讲述的主旨价值，用一句话写出来。在编写情节的任何阶段都可以做这项练习，如果你很早就想好，那发展场景时可别忘了。千万注意别显得太刻意，你的信息一定要自然呈现。

▲练习三

听音乐也是替小说想画面的良方。先放松，深呼吸，然后播放让你感动的音乐，可能是电影配乐、古典音乐或爵士。不要选有歌词的曲子。沉浸在音乐之中，闭上眼睛，让画面甚至是场景自动出现在你的想象当中。然后停下来，把想到的画面场景记在纸上或计算机上。写作过程中，你可以不时重复这项练习。

第九章

情节中的角色弧线

> 多阅读，或者多研究自古名家的作品，你便会承认正是他们对人类角色的剖析，才让他们的作品永不过时，流传至今。
>
> ——拉约什·埃格里（Lajos Egri），《创意写作的艺术》
> (*The Art of Creative Writing*)

好情节永远需要好角色。虽然这本书并非介绍如何建构和使用角色，但谈到情节，至少就得提到角色发展中极重要的一环：角色转变。

故事令人难忘的原因不是其中发生的事件，而是事件对角色的影响。读者会对有所改变的角色产生共鸣，我们喜欢看角色熬过故事中的种种考验，结尾时脱胎换骨。角色转变可能非常明显，例如狄更斯的《圣诞颂歌》主角斯克鲁奇；转变也可能很隐讳，例如斯佳丽在《乱世佳人》的结尾终于有所成长（只是来不及留住白瑞德）。

角色成长能增添情节深度。一旦发生事件，就应该对角色有所影响。有哪部小说中的角色没发生改变吗？当然有，但这些作品通常不会被归类为"传世经典"。比方说，侦探小说系列中，主角可能从头到尾都没什么变化，每部作品只有案件内容不同。

然而就算是系列小说，若让角色随着时间稍微变动，便能让作品脱离纯娱乐小说之列。美国小说家苏·格拉夫顿（Sue Grafton）的"金西·米尔虹（Kinsey Millhone）[①]探案系列"和美国小说家罗伯特·帕

[①] 金西·米尔虹是苏·格拉夫顿二十三本小说的主角。在系列作品中，她的职业从警察转为保险公司的调查员，随后才转为私家侦探。她曾结过两次婚，并陆续与多名角色发展出恋爱关系。小说系列初始，米尔虹以为世上已没有家人，后来才找到亲戚，并逐渐学习与他们相处。

克（Robert B.Parker）的"私家侦探斯宾塞（Spencer）[1]系列"就是很好的例子。

请想办法在小说中加入角色改变，以加深情节，带出小说主旨。每当角色有所学习，或因为负面改变而受苦，其实便是作者在对更广的范畴发声——作者的批判已不限于小说当中，而是扩大到针对人生。

◎ 角色弧线

和情节线不同，角色弧线描述整个故事过程中角色的内心发展。故事一开始，他具有一定的特质，接着事件在他身边及身上发生，逐渐推他走上转变的"弧线"，直到故事结束。

你的主角走到弧线另一端时，应该要焕然一新。

比方说，电影《绿野仙踪》里，一开始桃乐茜是个梦想家，一个只会幻想的农场女孩。她总想象要在"彩虹彼端"找到更好的生活。

到了电影结尾，她发现"没有地方比家更好"。我们可以形容她的角色弧线是从不满到满足，亦可说是从爱幻想到变得实际，整整转了一百八十度。

不管怎么说，桃乐茜都成长了，因为她学到了改变人生的一课。

角色弧线有一定的结构，否则角色转变就会难以让人信服。好的角色弧线必须具备下列阶段：

· 起始点。介绍角色出场，让读者了解他的内在层次（稍后详细介绍）

---

[1] 斯宾赛是罗伯·派克四十本小说的主角。斯宾赛曾参与朝鲜战争，他本为拳击手，后来才成为私家侦探。

- 一扇角色必须穿过的门，通常角色穿越时都很不情愿
- 影响内在层次的事件
- 加深影响的扰乱事件
- 角色转变的瞬间，有时通过"顿悟"呈现
- 后果

接着我要仔细分析每一步骤。我用狄更斯的《圣诞颂歌》主角斯克鲁奇当作例子，这本小说是史上最棒的角色转变故事，当作模范再适合不过了。

起始点

读者第一次见到斯克鲁奇时，狄更斯说他是个"贪婪无度的老罪人，就算要用捏用拧用抓用刮用握的方式，也不放过一丝好处！"狄更斯接着鲜明地描写斯克鲁奇的外表，再展示给读者看斯克鲁奇的为人。例如有几个人来到他的办公室，想为穷人募款，结果斯克鲁奇朝他们大吼：

"各位先生，既然你们问我的佳节愿望是什么，我这就告诉你们。我自己不庆祝圣诞节，也无法资助好吃懒做的人快乐过节。我说过了，我出钱协助救济院，那已经就够花钱了。生活太苦的人就该去那儿。"

"很多人去不了，其他人则宁愿饿死。"

"如果他们宁愿饿死，"斯克鲁奇说，"那就快死吧，让过剩的人口减少一点。"

稍后，斯克鲁奇的助手鲍勃·克拉特基特再次请求能在圣诞节隔

天休假，毕竟圣诞佳节一年只有一天。然而克拉特基特简单的请求遭到了拒绝，进一步描绘了斯克鲁奇冷血的个性。

内在层次

每个人都有核心自我，这是多年来许多事物——我们的情绪状态、成长背景、创伤和经历等——积累而成的产物。大多时候，我们不会去想自己是怎么样的人，但核心自我确实存在。

我们会尽可能保护核心自我，因为人们往往抗拒改变，于是我们用与自我本质相符的许多层次，将核心自我层层包起来。由核心往外看，这些层次包括：（1）理念；（2）价值观；（3）主导态度；（4）看法。

离核心越远，层次就越"软"，因此外层层次越容易改变。譬如，想改变你的看法，比改变你深信的理念容易。

不过每个层次改变时，都会产生连锁效应。如果你的看法改变，所造成的影响会渗透到其他层次。一开始可能变化不明显，但看法改变够多后，你的态度、价值观和理念也就会开始转变。

反过来说，如果核心理念突然改变，自然会影响其他层次，因为这种转变太剧烈了。

《圣诞颂歌》开始时，我们如何形容斯克鲁奇的核心自我？他是个守财奴，又不爱与人来往；他爱钱又讨厌人。

他的理念包括宣称爱和善事毫无意义。

他的价值观推崇金钱胜过人。

他的态度是获利比做好事更重要。

依照他的看法，圣诞节是个骗局，而助理永远都想占他便宜。

角色转变的力场

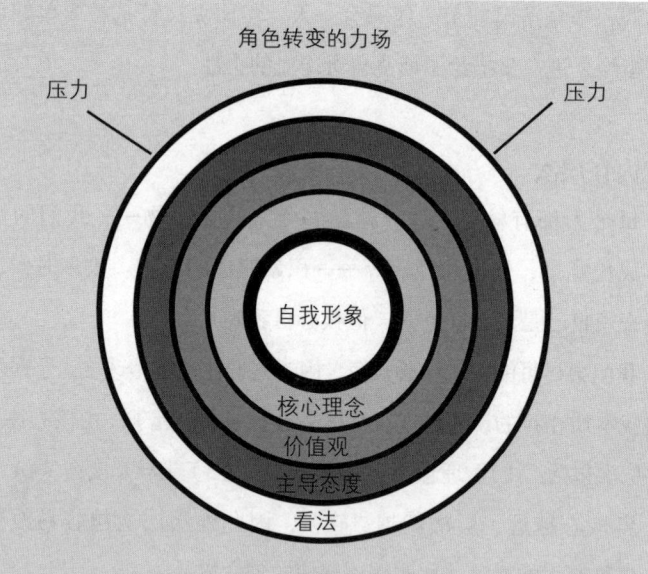

压力　　　　　　　　　　压力

自我形象

核心理念
价值观
主导态度
看法

外来压力会穿透不同层次。等到所有外围层次都彻底改变后，最核心的自我形象便会自然改变

为了让斯克鲁奇洗心革面，就必须打乱他的外在层次。该怎么做呢？当然就是找鬼帮忙啦。

斯克鲁奇将碰到三位鬼魂。第一位是过去的圣诞鬼魂，他带斯克鲁奇来到一个熟悉的场景：

"老天！"斯克鲁奇说，一面往四周张望，一面握紧了双手。"我在这里长大，我小时候住在这儿！"

鬼魂温柔地看着他，轻巧地碰了他一下，虽然又轻又短，仍触动了老人的感性。斯克鲁奇意识到空气中充满上千种气味，每一种都带出一千种想法、希望、喜乐，以及早已被忘却的关怀。

"你的嘴唇在颤抖,"鬼魂说,"还有你脸颊上那是什么?"

斯克鲁奇用意外哽咽的声音,喃喃说只是颗痘痘,赶忙要求鬼魂带他继续前进。

斯克鲁奇哭了!顽强又倔强的老人在看了童年的一景之后,重拾了忘却多年的情感,并受到影响,于是他试图转移鬼魂的注意。这是第一个小迹象,显示斯克鲁奇冰冷无情的外表下藏着的那个温柔的人,可能重新出现。

鬼魂带斯克鲁奇去看老菲茨威格的店,他年轻时曾在这儿担任学徒。斯克鲁奇记得菲茨威格对员工多么慷慨,替每个人的生活带来欢乐。这下子斯克鲁奇想起自己与员工克拉特基特的关系,让他对克拉特基特的态度开始软化,虽然稍早我们才看到他对克拉特基特大吼大叫。斯克鲁奇的部分外在层次已经受到影响。

情节继续发展。

影响事件

当今的圣诞鬼魂带斯克鲁奇去看克拉特基特家,斯克鲁奇看到穷困的家庭如何共享圣诞节的喜乐。克拉特基特的家人包括他的儿子小蒂姆:

小蒂姆最后一个说:"愿上帝保佑每个人!"

他坐在自己小小的板凳上,紧靠在父亲身边。鲍勃握住小蒂姆萎缩的小手,看得出来他深爱这个孩子,希望能把他留在身边,惧怕有人将孩子从他身旁夺走。

"鬼魂啊,"斯克鲁奇感到前所未有的同情,"告诉我小蒂姆是否能活下去。"

"我看到一张空椅子，"鬼魂回答，"放在冰冷的烟囱角落，还有一根没有主人的拐杖，被小心地收了起来。如果这些画面到未来仍未改变，这孩子就会过世。"

"不，不，"斯克鲁奇说，"噢，不，好心的鬼魂！请告诉我上天会放过他。"

我们开始深入斯克鲁奇的深层层面。他感到"前所未有"的同情，鬼魂给他看的画面奏效了。

圣诞鬼魂离开之前，斯克鲁奇看到另一个令他痛心的画面：在鬼魂的斗篷下，躲着两个深受贫穷和匮乏所苦的孩子：

斯克鲁奇叫道："世上难道没有庇护所或资源能保护他们吗？"

"世上难道没有监狱吗？"鬼魂说，用斯克鲁奇自己的话回敬他最后一次，"难道没有工厂吗？"

钟敲响了十二下。

请注意斯克鲁奇自己说过的话（监狱跟工厂的部分），现在反而让他坐立难安。

这项写作技巧能创造强烈的角色转变。假如你重复一个主题，或让角色以某种方式与"过去的自己"对峙，读者便会明显看到角色必须转变的压力。

不过这种段落请尽量用得低调，毕竟在狄更斯的年代，稍显直白的写作方式还可接受，现在可不同了。所以别玩过头，否则可能显得过于滥情。本章稍后我们再来讨论这个问题。

加深影响的扰乱事件

我们快来到斯克鲁奇试着脱胎换骨的时刻了。未来的圣诞鬼魂让斯克鲁奇看到一名受人唾弃的男子死后下场多么凄凉,这便是最终的扰乱事件。

然后斯克鲁奇又看到克拉特基特一家,这才知道小蒂姆已经过世了。

鬼魂接着带斯克鲁奇来到墓园,指向一块墓碑。遭受了巨大惊吓的斯克鲁奇终于崩溃了:

"鬼魂!"他哭喊,紧紧抓着鬼魂的斗篷,"听我说!我已不是过去的我了。由于我俩相遇,我将不会成为预言中的样子。如果我已无可救药,为什么还给我看这些?"

他第一次感到鬼魂的手似乎晃了一下。

"善良的鬼魂,"他继续说,跪在鬼魂面前的地上,"你内心其实怜悯我,想替我求情。请赐予我全新的生命,向我保证,我仍能够改变你给我看的画面!"

鬼魂善良的手颤抖着。

"我会由衷庆祝圣诞节,并尝试整年常保感恩之心。我会活在过去、现在与未来,三名圣诞鬼魂永远都将常驻我心中,我不会遗忘他们教导我的每一课。噢,请告诉我,我能抹去这墓碑上的字!"

斯克鲁奇痛苦地抓住鬼魂的手,鬼魂试图挣脱,但他恳求的力道之大,竟阻止了鬼魂。然而鬼魂的力道更大,终究推开了他。

斯克鲁奇举起双手,最后一次祈祷他的命运能改变。他看到鬼魂的兜帽和衣服开始变化,逐渐萎缩崩解,缩小变成一根床柱。

后果

斯克鲁奇已经宣称他改头换面了,然而这还不够。读者必须看到他以行动证明自己的转变,展现转变的成效。

首先,我们看到斯克鲁奇焕然一新的一面。他从床上跳起来,欢欣庆祝着自己的喜乐。接着他来到窗边,拦住一名跑过的男孩,请他帮忙买一只大火鸡:

"我要把火鸡送给鲍勃·克拉特基特!"斯克鲁奇悄声说,搓着手笑了一声。"别告诉他是谁送的。这只火鸡有小蒂姆的两倍大呢。"

这就是读者需要看到的行动。现在我们知道斯克鲁奇变了,我们已经看到了。狄更斯继续展示给读者看:斯克鲁奇找到前晚向他募款却被拒绝的两人,好好补偿他们。他和侄女共进晚餐,隔天则替鲍勃·克拉特基特加了薪,并主动表示想协助他的家人。

因此等我们读到狄更斯这本经典小说的结尾时,我们丝毫不会怀疑:

斯克鲁奇的作为超越了他对鬼魂的保证,他坚守承诺,甚至付出更多。小蒂姆活了下来,对他来说,斯克鲁奇就像第二个父亲。在这座古老的城市,以及任何其他的老城、小镇、乡里,甚至全世界,斯克鲁奇都是最好的朋友、最好的老板、最好的人……认识他的人总说,他最懂得如何庆祝圣诞节。愿我们众人也能如他一般享受佳节！那么，就如小蒂姆所说，愿上帝保佑我们每一个人！

顿悟

由于《圣诞颂歌》的主旨就是角色转变，因此每个桥段都刻意为这个目的设计。然而在其他类型的小说中，角色弧线可能较不明显，以较隐晦的方式呈现。

没关系，你还是可以参考上述的建议，不过请准备为转变的瞬间大下功夫。这个瞬间也可称为顿悟，也就是一种突来的觉悟，随之改变我们对世界的看法。

请避免将这一瞬间描写得太矫情，呈现过度的情绪。顿悟和觉悟表现得越隐晦，效果反而越好。

你甚至可以不用明说！没错，你可以用转变后发生的事来影射转变的瞬间；也就是说，角色转变的证明可以出现在加压事件后，如此一来，你便能避免把角色转变"写得太明"。

我的小说《死局》(*Deadlock*) 中，最高法院法官米莉·荷兰德是无神主义者。然而她承受着不少重大压力，以至于在飞回华盛顿特区的飞机上经历了一件大事。让我们看看：

> 飞机飞入雾中，进入灰色的亡者世界。米莉深吸口气，从窗口看出去，心中感到与机外一样迷惘。
>
> 不管怎么看，今天她都应该松口气才对。她的身体又好了，她跟妈妈共度了宝贵的几小时，她从没想过她们能如此心灵相通。而她要回到华盛顿，接受她梦寐以求的工作——首席法官。
>
> 为什么她的心如此烦乱？

稍早空服员送来耳机,她戴起耳机,按着按键直到播起古典音乐。而且这么巧,正好播到贝多芬第九号交响曲《快乐颂》的中间。贝多芬的音乐多美。

美。

她头靠椅背,沉浸在乐音之中,接着又看向窗外。飞机飞出浓雾,明亮的太阳露出脸来。突然她眼前出现了晴天,她所见过的最蓝的蓝天,加上俯瞰下的柔软云朵,感觉就像天使的游乐场。

乐声渐趋高扬。

她心中某扇门打了开来,有什么涌了进来,迫使她跟着伸展,像一张灌满风的帆。她吓得半死。

她用双手捂住耳机,把耳机压向耳朵,让音乐变得更大声,仿佛这样就能驱散所有涌现的想法跟感受。

但她做不到。在那短暂的一瞬间——却紧张得几乎让人无法承受——她感到有扇门打开了。她心想她可能要疯了。

场景结束在这里,情节接着快转,让读者看到这个瞬间造成的后果。作者没有在转变当下直接描述,而是留下悬念,稍后才带出这个场景的影响。

改变角色的理念

另一个改变角色的方法,就是让他学到新的一课,使他对世界改观。哈珀·李(Harper Lee)的《杀死一只知更鸟》结尾,叙事者斯库特终于了解父亲阿蒂克斯想教她的一切:"等你真正看透人,大部分的人都是好人。"

想想你的角色深信的主要理念。你能设计几个事件,教会他新的"人生教诲"吗?

角色弧线表

记录角色转变最简单的方法,就是做一张表,涵盖故事中的主要桥段。如此一来,在每个关键时刻,你能都描述角色的内心世界。

假设你的小说强调一名罪犯一生中的四起重大事件:犯罪、羁押、审判判刑,以及在狱中的后果。请先做一个四栏的表格。

先从第一栏"犯罪"开始,用几个字描述角色的内心。接着移到最后一栏"牢中",描述角色在结尾变得如何。他学到什么人生教诲?他变了多少?

现在你可以开始填剩下两栏,展现角色走向最终结果的渐进转

犯罪	羁押	审判及判刑	牢中
毫无怜悯心,愤世嫉俗	遭到不当对待,但为另一名罪犯所救 改变他对其他犯人的看法	必须面对他手下的受害者 目击者证词显示他过去如何浪费生命 他的内在层次受到影响	发现世上需要同情心与同理心 以他对待狱卒的方式证明他的转变

角色弧线表

变。在适当的时点施加一定的压力,来解释他的变化。

角色弧线表能协助你想出点子,写出描述角色内心的场景,因此也能帮你增添情节的深度。

扎实的角色弧线能补强任何情节,所以绝对值得你花时间,写下令人难忘的角色转变,自然融入故事当中。虽然不容易,但你的读者一定会感谢你的努力。

▲练习一

从你喜欢的小说中,挑一本主角发生重大转变的作品来分析。《圣诞颂歌》就是经典范例。以双线标出主角生命中受到严重挑战的段落,然后在上述事件影响角色转变的段落打钩。

▲练习二

写一小段简介,描述你的主角在故事刚开始时的个性。请描述他的:
- 理念
- 价值观
- 主要态度
- 看法

接着问问自己,情节中会发生什么事,能改变或挑战主角的上述特质。

▲练习三

模仿上页的表格,制作你的角色弧线表。在第一列填入改变角色内心世界的主要事件,下方的空格则描述角色发生了什么事。

第十章

情节编排手法

生动的角色、独创的情节、有趣紧张的情境都不是意外或"运气好"写出来的。名作作家总是热心学习写作的技法,才能完全释放他们想象力和经历的力道与深度。
——美国作家伦纳德·毕夏普(Leonard Bishop),《敢于做伟大作家》(*Dare to be a Great Writer*)

一一七三年，建筑师伯那诺·皮萨诺（Bonanno Pisano）开始打造他的梦幻计划：意大利比萨的大教堂钟塔。然而两年后他才发现一个可怕的问题：钟塔逐渐开始倾斜了。

钟塔的设计并没有问题，错都出在地基，因为当地的土质太软了。后来再怎么补救，都无法修正倾斜的问题。

写小说也可能发生同样的状况，如果你的基础缺了部分元素，那之后的故事就会歪七扭八。不过你只要在开始写作之前，专注想过你的故事，就能避免发生严重问题。

◎写大纲，还是不写大纲

新手小说家最常问的问题之一，就是写作前应该定好完整的大纲吗？如果要定大纲，该定得多详细呢？

从历史的观点来看，让我们先瞧瞧不大纲人跟大纲人之间长年的争斗。

不大纲人就是"不定大纲"的人。这群欢乐的作家写作时喜欢在想象的雏菊花园里嬉闹。他们毫不在意，随兴让角色和画面自动从脑中浮现，引导情节，他们则跟在后头，开心地记下角色的冒险。

雷·布莱伯利（Ray Bradbury）就是不大纲人。他在《写作艺术的禅心》中写到：

> 你的角色跑向让人惊异的结局时，会在雪地上留下脚印，这就是你的情节。情节来自事后观察，而非事前规划，因此绝不可以抢在行动前决定。这便是情节的真谛：放任人性欲望恣意奔跑，达到目标。情节绝不可显得刻意，一定要自然才行。

身为不大纲人的乐趣，就是每天都能体会恋爱的感觉。但就跟恋爱和人生一样，你同时也会体认到心痛的痛苦。

当你回首，却发现你写的东西根本不叫情节，这时你就会心痛了。虽然你写的内容很清新，但段落之间的连贯性呢？你可能创造出一些精美的文字宝石，但宝石散落在毫无情节的沙漠各处。

大纲人，也就是会定大纲的人，则最关注保障，因此会尽可能列出更多情节相关的细节。他们可能把大纲纸卡全摊在地上，或钉在软木板上，在开始动笔前重排顺序好几次。

或者他们会先写一篇情节概要，花四五十页以现在式简介他的故事。接着他们会用修订全文初稿的方式修订概要，之后才真的开始动笔。

美国作家阿尔伯特·扎克曼（Albert Zuckerman）就是大纲人，他在《写出轰动小说》（*Writing the Blockbuster Novel*）中提到：

> 假如要建摩天大楼，甚至只是要建一户人家，任何脑筋正常的人都不会没详细计划就动工。规模庞大的小说必须跟建筑一样，有稳固的横梁和托梁，才能支撑故事，从头到尾都吸引人。小说

也必须含有无数彼此接连的部分,跟任何建筑一样复杂才行。

大纲人的做法颇有价值,因为累积一定经历后,你几乎能保证写出结构稳定的情节,所有高潮和低点都在适当的时点出现,不会出现讨厌的意外。

然而大纲人面临的危机,就是缺少不大纲人拿手的独创和随性。大纲人可能在创作时,发现角色大叫着不想遵照场景大纲纸卡上写的情节。这时大纲人会对抗角色,严厉地逼他们屈服。然而他可能因此错过写出独创情节所需的切入点。

就连专家也不同

世上并没有奠定小说基础的唯一神圣方法,就连市面上最知名的作家之间也有不少不同的做法。

《火线对峙》和《最后的侦探》(The Last Detective)的作者罗伯特·克莱斯就是大纲人,他还自诩为"规划情节专家"。他喜欢在动笔之前,就对他要写的故事和场景了如指掌,然而他的作品还是充满刺激的动作场景和意外转折。

美国作家伊丽莎白·伯格(Elizabeth Berg)则是另一个极端,她的作品包括《冲撞极限》(Range of Motion)和《永不改变》(Never Change)。身为不大纲人,她总是靠感觉创作,而不是依照画好的地图。对她来说,写作的乐趣就在于每天发觉脑中竟然存在自己都不知道的事物。

无数畅销书的作者戴维·默莱尔则走中间路线。他习惯在构思主题阶段先随笔写一封信给自己，每天他会增添信的内容，让情节朝脑袋预想的方向前进。这个方法能挖掘出潜意识和想象中丰富的宝藏，创造出更有深度的情节结构。

但真正动笔时，默莱尔说："我会试着让情节带我走，揭露各种惊喜。往往场景中最棒的瞬间，都是我事前没有想到的。也就是说，我试着在写作过程中娱乐自己，就像我希望我的作品能娱乐读者一样。"

美国小说家杰里·詹金斯（Jerry Jenkins）写了史上最著名的系列小说《末世迷踪》（*Left Behind*），这套书最终有十四本，外加一部前传跟一部续集。你八成认为这个计划如此庞大，詹金斯一定先定了详细的大纲，才不会写到迷路。

你错了。"我依循的结构就是直觉，"詹金斯说，"我依照时间顺序，把整篇初稿从头写到尾，中间就凭直觉在不同角色视角间跳来跳去。我很感激读者认为这个故事看似精心设计，但其实事前我毫无规划。"

当读者问他为何选择杀掉大家最喜欢的角色，詹金斯回答："我没有杀掉他，我只是发现他死了。"

两边都来一点

我个人对于大纲人和不大纲人的建议是：忠于自己，但也稍微试试对方的手法，你可能会颇喜欢综合两者的结果。

比方说，不大纲人可以把初稿当成一篇很长的大纲！这份初稿可能是初探性的笔记，可以从中生出成功的情节。写完初稿后，不大纲人就能退后一步，观察情节的全貌，重整这份大纲，理出更扎实的情节。

做法很简单,你只要读完初稿,然后写下两三页的情节大要。接着化身编剧,开始修改大要,直到你整理出故事的蓝图。

接着你就可以用不大纲人的手法写第二份稿了。听从布莱伯利的建议,不要重写,而是重新体验。

大纲人则可以把大纲当成初稿来写。如果你习惯写文章式的大纲,那就带着热情跟一点玩心去写,让你没有计划的情节自然出现。

如果你习惯用大纲纸卡,那就尽量累积场景点子,就连疯狂的点子也好。然后把纸卡放在一起,随便打散。你能得到什么情节模式?

接着你可以依照大纲人的直觉,整理你的大纲。然而现在你手边可用的素材,单靠理性左脑可想不出来。

只要是你采用的方法,不论如何对你都有用。但我建议你在写作前先做两件事。

(1)**使用 LOCK 系统**。第一章已经解释过,LOCK 系统的元素可以奠定小说稳固的基础。如果你的小说中有明显的缺陷,通常都会出现在这儿。

反复雕琢,直到这些元素足够强健,让你能以此为本写出一整本小说。

(2)**写好封底文案**。等你满意你的 LOCK 元素后,接着就要写小说的封底文案。封底文案就是说服读者买书的营销文案,你在书的背面都会看到这种宣传。

请写下几段文字,内容必须激起你自己的兴趣,足以促使你继续看下去。你甚至可以暂停一下,把你写的封底文案给至亲好友看,听听他们的看法。如果大家都觉得故事无趣,你至少还有机会重新来过，不用浪费写大纲的时间。举例来说：

> 萨姆·琼斯是一名失宠的警察，他正努力戒酒，但他的家庭也开始分崩离析。这时他接到多年来最大的谋杀案——市长遭到残忍杀害。
>
> 案情看似明朗，所有调查都指向一名主要嫌犯——市长的政敌。这起案子或许可以让萨姆的职业生涯重见天日。
>
> 然而他越接近真相，事情却变得越没那么明了了。不仅如此，凶手开始跟踪他和他的家人。凶手的意图很明显：放弃调查，否则就准备受死。
>
> 萨姆有办法与死神搏斗，在期限内找出谁杀了市长吗？他能拯救他的家人吗？
>
> 就算他做得到，他又得付出什么代价？

在封底文案中加入情节元素，小说轮廓便越来越明显。反复推敲这几段文字，直到你自己读了都兴奋不已。

封底文案对编写情节很重要。你动笔之前，最起码要写好这篇文案，所以我在附录二附上撰写封底文案用的练习表给你参考。

现在你已经准备好踏出下一步了：挑选情节编排方法。

◎不大纲人的方法

你可能觉得如果你是纯粹的不大纲人，你根本不需要编排情节就能写作。

其实未必。如果你多用一点理性左脑来规范，稍后你让文学创意疯狂发挥时，更能获益良多。

别担心，你还是能享受你渴望的创作自由和乐趣。但长远来看，你也会庆幸在混乱的创意中加入了一点规矩。

（1）**定下写作字数目标**。每次写作时——最好是每天都写——你完成当天的字数目标前都不该离开书桌。许多作家认为恰好的字数大概是一千字，不过请自行判断最适合你的字数。说真的，这对不大纲人来说应该非常容易，因为随着情节从笔下流泻而出，你也逐步发掘出你写的故事。

其实快快写最适合不大纲人了，因为他们喜爱让美妙的意识流文字从飞舞的指间流出。

此外，你可以尝试一早起来先写作，好利用美国作家多萝西娅·布兰德（Dorothea Brande）所谓的"无意识的上升"。当你从梦境转醒，首先跳入脑海的画面都非常珍贵。

请先求达到字数目标，如果当天手感很好，便继续写下去。这么一来，你写得开心，也让笔下角色自行讲故事。

你能这样写完一整本小说吗？当然可以，但稍后你得花很大功夫重写重想。没关系，不少作家就喜欢这么写。

好棒 350

早上我总需要有东西推我一把。我的身体需要咖啡；至于写作，我需要在做其他事之前，先丢出 350 个字。

除了写作以外，每天我有不少事情可做。因此如果我不小心，这一天很快就会被小杂务、电话和各种程度的危机占满，害得我一一直被打断或分心。

但如果我早早订下"好棒350"的规定，我发现我立刻能激励自己写更多，往往我会继续写下去，离当天的目标字数又近一点。即便我一早只写了350个字，我还是觉得很畅快，因为我已经解决了350个字，要达成当天目标好像也就没那么困难了。

（2）**每次先读前一天写的内容**。我建议你把前一天写的内容印出来，用纸本读。现阶段你不需要做重大改变，只要解决小问题，或增加一点内容就好。

要怎么加呢？你读前一天写的内容时，若想在某个地方加点东西，请在那个段落旁边画个用圆圈包住的字母。从字母 A 开始，最后你可能会一路画到 C。对了，这其实是美国作家娜塔莉·戈德堡（Natalie Goldberg）的点子。

每天动笔时，先从要加的部分开始写。比方说，你的故事讲述在洛杉矶长大的经历。你决定在描写街道那一段加入住在转角的恐怖邻居。你已经在想插入新段落的地方标上字母 A。

开始描写这名恐怖邻居，放任想象力奔驰。你可以新写短短一段，或写出新的一章。等你写完，把这段剪下，贴回源文件。或许你不想替昨天写的内容添加东西。没关系，读完昨天的份之后，继续写今天的内容就好。

（3）**每周花一天记录情节走向**。使用情节表格，花点时间记下你写了什么。依照雷·布莱伯利所说，你就是在记录角色在雪地留下的脚印。这份记录稍后对你会非常有用。

你也可以用情节表格记下故事中的日期和时间，这样你一眼就能看出情节如何合理发展。

这就是不大纲人可用的情节编排方法，不会太麻烦吧？开心点，你还是不大纲人。现在你可以用本书建议的情节编排手法，加强你的情节。怎么想都不吃亏吧？

◎ 大纲人的方法

世界上有多少作家，就有多少写大纲的方法。许多现役大纲人都参考、挑选其他作家的做法，花了许多年才研发出自己的情节编排手法。

我用各种方法写过小说，不管是不大纲人还是大纲人的方法，也试过中庸路线。我相信我有资格提供你一系列可以选择的做法。你可以试一试，看哪种方法对你有用，就采用那种方法，努力去写吧。

索引卡系统

自从索引卡发明以来，作家就会用索引卡写大纲了，我猜有索引卡之前，他们则是用一张张的纸来写。十七世纪的伟大天才布莱士·帕斯卡（Blaise Pascal）曾打算写一篇长论文捍卫基督教，他将笔记写在纸上，全都绑成一小卷。他在正式动笔写这本旷世巨作前就过世了，但他的笔记以《思想录》（*Pensées*）之名出版，成为西方文学界最重要的作品之一。

索引卡可能很适合你。

现在计算机上有模拟索引卡的软件，让你在荧幕上操弄卡片，不过有些作家觉得计算机荧屏太局限了。

我个人喜欢手中能摸到卡片的感觉，我可以将索引卡带着到处走。只要扯上写作，有点复古没什么不好。

如果用实体的索引卡，你可以把卡片摊在地上或钉在一大块软木塞告示板上，或随你想怎么摆弄都行。你也可以轻易更换卡片，或把卡片丢掉。你可以把索引卡带在身上，到附近的咖啡馆，边喝早晨第一杯咖啡，边写大纲。如果你洗澡时突然想到好主意，也可以赶忙围条毛巾，匆匆在卡片上记下点子，再把卡片丢到已经成沓的其他索引卡上。

索引卡的特色就是很有弹性。如果大多时候你都使用创意右脑，索引卡就非常适合驾驭你经常爆发的突发异想。稍后你可以靠着理性左脑，编写出一段扎实的情节。

初始阶段

在规划情节的任何阶段开始使用场景索引卡都行。假如你想先处理 LOCK 元素或角色发展，也没关系。重点是写下一大堆情节点子，然后整理出结构。

我建议以下的做法。花几个小时在脑中想出生动的场景，然后把内容记在索引卡上。你不需要想马上就写，其实别马上写反而比较好。当你开始收集场景点子时，你会发现你的作家脑袋已经悄悄开始运作，这样等你拿出索引卡时，你就有源源不绝的新奇点子可以写。

场景索引卡可以很简单：

```
莫妮卡开车去约翰家。
她被骑重型摩托车的骑手追,消防员丹救了她。
```

随身用信封或小资料袋带着空白索引卡。当你有空闲时间或固定的创作时间,就拿出索引卡,写下场景点子。

这时还不用担心结构。你想到的场景不一定按照时间顺序,所以只要放纵脑袋自由发挥就好。

也别想要留下哪些场景,反正到时候再把不成的点子丢掉就好(但不要真的丢掉索引卡,只要归类到另一沓,因为将来你可能会想拿出来参考一下)。上图为简单索引卡的例子。你也可以写得正式一些,以地点当作分类指标:

```
星巴克
比尔质问斯坦有关莫妮卡的事。
打架。
前美式足球球员莱尔把比尔和斯坦从窗口摔出去。
```

先想结尾

一阵子后,你已经累积了一大沓场景,也处理好 LOCK 元素,写好了封底文案。这时你就准备好认真思考结构了。

想想你的结局,你应该已经想好一个可能的高潮结尾了。或许你只知道你希望主角能大获全胜,并且想要留下一定的回响。没问题,把你的想法写在索引卡上,这就是你的最后一张或倒数第二张场景索引卡。尽可能写得越详细越好。

写下结尾,你才有明确的写作方向。

主要场景

接下来花点时间,思考情节需要的主要场景。你应该已经想到好几个了,虽然有些可能还没成形,但你已经有了概念。现在尽可能添加细节,但不要花太多时间。

想出扣人心弦的开头场景(如果还没想到的话),写在索引卡上。然后想好扰乱事件,同样写在索引卡上。

接着写下通往第二幕的无法折返之门,以及通往第三幕的第二扇门。

布局

现在你可以第一次排列索引卡了。你可以排在地板或大桌子上,或者你愿意拿来支撑整个故事的地方。

把开头场景的索引卡放在左手边,高潮结尾场景的索引卡放在右手边,将扰乱事件索引卡放在开头附近,隔一段距离再放第一扇门索引卡，第二扇门的索引卡则放在接近结尾处。

接着填满其间的情节。依照最合理的顺序排放主要场景，通常越靠近最后一张卡，场景就会越来越紧绷。

如果你觉得场景之间出现空隙，需要填满，就在那儿放一张或几张空白索引卡。通过布局，试着感受一下故事的节奏。

这时你应该可以看到故事的全貌了，你的情节越来越连贯了。

玩一下

至少花一个星期玩玩索引卡，你可以增加场景，或拿掉场景。如果你觉得某个场景应该放在特定位置，但你还不确定场景细节是什么，那就先在那儿放一张空白索引卡。也许你想在一段紧绷的动作场景后，插入一个反应场景，你只要在索引卡写下"反应场景"，就可以先放着，继续处理下个问题。

这就是索引卡系统的妙处。

你还可以玩更多花招。如果你的情节包含多位主角，或有多条副线情节，你可以用不同颜色的索引卡来区分，或拿不同颜色的便利贴粘在索引卡上当标志。你可以将不同颜色的索引卡分别排成一直线，让每条情节线互相平行呈现，接着将不同时间点的不同色索引卡接成一条线，理出你的主线情节。

或者你可以将索引卡分为情节线和角色线，情节线记录行动，角色线则记下角色的心路历程。如此一来，你可以替故事创造很好的角色弧线。

一旦你大致确定场景顺序后，请用铅笔替索引卡编号。这样你把索引卡洗牌之后，还是可以排回原本顺序！

没错，现在你要像洗牌一样洗这沓索引卡。这是罗伯特·克南（Robert Kernan）在名作《建构更好的情节》（*Building Better Plots*）中提出的酷炫主意。请依照打乱后的顺序，每次看两张索引卡。

洗牌的目的是要寻找情节元素之间的新联结，以及看故事的新观点。稍后你可能会想以此为本修改原本的结构。

索引卡系统也有许多变体。我有一名很成功的作家朋友，总是拿一张很长的厚纸，在最上方写下三幕结构和主角旅程中的几个重要桥段，每一段下方都画出很长一栏。接着她用不同颜色的便利贴代表主要角色，把场景记在便利贴上，然后把便利贴粘在纸上，直到整张纸变成一片七彩花海。

每天收工时，她就把厚纸卷起来，收进平常用来装大地图的筒子，筒子附有背带，可以让她背在肩上。她想要修改情节结构时，只要把厚纸拿出来摊开，华丽的情节就展露在眼前了。

动笔写

你终于可以开始动笔写每个场景了。我建议每写三四个场景，你就把索引卡排列一次，因为你可能想到新的点子或转折了。如果需要，你可以写新的索引卡，更改排列顺序，增加原本写的内容。

一切都由你决定，你会发现索引卡系统非常有弹性和创意。

头灯系统

我记得是 E.L. 多克托罗（E.L. Doctorow）将编写情节的过程比拟

为晚上开着头灯开车。你大概知道前进的方向，但你只能看见头灯照射范围内的事物。随着车子往前开，你可以看到更前方的景色，直到你抵达目的地。

也就是说，你可以边写作，边定大纲。为什么不行呢？作家守则中——即便是大纲人的守则——并没有规定开始写作前一定要定好大纲。其实就算是大纲人，定完大纲才开始写也未必最好。

为什么？因为你在写作过程中能挖掘出情节和角色的另一面，所以写了不可更改的完整大纲反而不好，你可能因而抗拒沿途冒出的新点子，死守着事前想好的情节。

只要使用头灯系统，你就不会碰上这个问题。让我告诉你怎么做。

一如往常，先从整理 LOCK 系统和写封底文案开始。你需要知道故事最终的走向，也就是最后一章。你的结局想要传达什么感受？答案可能很模糊，写作过程中甚至会发生大幅转变，但旅途开始时就知道目的地总是好的。

运用场景元素（请参考第七章）和强劲开头的原则（请参考第四章），写下第一章。

等你写完这一章，请马上记下你对接下来几章的想法。

这时你脑中应该已经有不少故事点子了，现在请看头灯照亮了前方什么景色。

自问下列问题，好激荡出更多场景点子：

· 这个场景结尾时，角色的情绪状况如何？他在下个场景会如何反应？

・我的角色接下来需要采取什么行动?

・接下来有哪个重要场景需要先用转折场景铺陈?

・我需要加入新角色吗?刚写完的场景中,有哪个角色暗示了其他情节发展?

你的笔记可以很详细,也可以很粗糙,全看你的偏好。假设你在写少年成长小说,主角是少女莎莉。你写好了开头,让莎莉搬到位于新城市的新家。在这一章结尾,她偷偷从卧室窗口往外看,看到对街一个男孩盯着她看。

接着怎么办?你记下以下的笔记:

第二章:隔天莎莉去商店,她在店里又看到了那个男孩。他试图跟莎莉说话,但她跑了。

第三章:当天晚上,莎莉的爸爸教她如何交朋友。他们沟通不良,闹得不欢而散。

第四章:星期一,莎莉第一天到新学校上课。她被一个浑蛋骚扰,结果神秘男孩救了她。

这样你就写好了接下来几个场景的大纲。你也可以在动笔前,把场景发展得更详细。比方说:

第二章:隔天。雨天。莎莉去商店买上课用品。陌生的环境令她着迷,同时又有些害怕。周遭充满矛盾的画面:美丽的花园和破败的房子,清新的香味和肮脏潮湿的马路臭味。她想起在康涅狄格州的老朋友。到了商店后,她正准备拿几个笔记本,却看到那名男孩。他又盯着莎莉瞧,这次脸上挂着微笑,并朝她走来。莎莉不知为何吓了一跳,她赶忙逃出商店,沿路不小心撞到人。她很确定男孩在跟踪她。

如此一来,你就能同时发掘你的故事,又定下大纲。在你每次只开头灯照亮的距离中,好好享受这趟旅程吧!

叙事大纲

像英国小说家肯·福莱特(Ken Follett)这样成功的小说家,会先替作品写很长的叙事大纲。这类大纲又称"底稿"(treatment),大约长二十到四十页,有时可能更长。

叙事大纲的时态为现在式,内容可以包含一点攸关情节发展的对话。写叙事大纲的目的就是要定下小说整体的概要。

以下是叙事大纲的范例:

兰迪·米勒是塔夫高中的风云人物,他是足球队的明日之星,总是跟最上道的人来往。

所以为什么他会对鲍勃这样骨瘦如柴的小子感兴趣呢?因为鲍勃老是被大个头的同学无情欺负,却似乎总能平静接受。兰迪希望能了解鲍勃内心的平静。

兰迪想跟他说话,但学校的氛围却不允许——这样太酷了!学校有很明显的阶级分野,在午餐时间尤其明显。餐厅只有一张酷学生桌,兰迪和他的朋友都坐那一桌;餐厅也只有一张圈外人桌,鲍勃往往一个人坐在那儿。

有一天,兰迪站在一旁,看死党脱掉鲍勃的裤子,把他倒栽葱丢进垃圾桶。在大家的笑声中,鲍勃挣扎着爬出垃圾桶,兰迪只能朝他摇摇头。"老兄，你实在太没用了。你可不可以别这么没用？"

鲍勃说："你什么意思？"

"每个人都有潜力，你要我教你吗？"

鲍勃没有回答，兰迪只能判定他没救了。

这时，兰迪的美国文学课却上得很辛苦。他的老师是严苛的艾格尼丝老师，她之所以严格，是因为她在乎这些学生，不愿意让他们蒙混过关。她试着通过诗作和书，带出每个学生心中深藏的洞察力。鲍勃在这堂课表现得很好……

你可以修改叙事大纲很多次，直到你觉得故事够扎实为止。

戴维·默莱尔方法

光看前面几章，你应该已经知道我很喜欢戴维·默莱尔的作品，尤其是《写作一生我学到的几件事》。默莱尔的方法着重深入故事点子，了解你到底为什么想写这个故事。这个方法能带你进入潜意识，来到真正写作力量潜伏的地方。

默莱尔的方法很简单。请写一封信给自己，问自己有关情节点子的问题。最重要的问题是：为什么？请一直问这个问题。

我写小说《毁约》时，就用了这个方法。以下是我的信的前半段：

为什么我要写这个故事？因为我希望读者能体验一下一名男子如何学习成为父亲，却被社会体制逼得遍体鳞伤。即便他做了对的选择,却还是遭到歧视……哇,他该怎么办?

理由只有这样吗?嗯,我也希望读者能喜欢主角马克,跟着他踏上这趟心灵之旅。而我们会喜欢别人的原因是什么?因为他关心别人(当然是他的女儿;或许还有别的角色?),因为他很脆弱(担心、害怕、渴求——而且他是弱者)。

他的旅途目的是什么?一开始他一心想成为演员,最后却发现了人生更有价值的事物,例如他的女儿,他真的很爱女儿。

为什么?对这个人来说,女儿为什么这么重要?或许因为他曾有个妹妹?却因为悲剧死亡?或许他的女儿麦迪协助他面对丧妹之痛。(好像有点太夸张了,而且分散了主要情节的焦点。情节应该专注在他夺回麦迪的过程就好?)

马克这么依赖麦迪还有别的原因吗?或许因为过去他做什么都不成功,他因伤没能成为职业棒球员,演艺生涯也毫无起色。或许马克有一天意识到,他最好成为女儿的好爸爸。太多人搞砸这份工作了。把重点拉回他的心灵之旅吧。

每天我都会多写一些,加深我对故事题材的了解。就连不大纲人也会爱上这套有效的做法。

博格人大纲

如果你是百分之百的大纲人,在动笔前非得知道小说里会发生的每件事,我可以告诉你一个很简单的方法。我称之为博格人大纲。

《星际迷航》(*Star Trek*)的粉丝都知道,博格人是一种神经机械的生物,他们会尽可能同化所有物种,以创造更进化的统一意识体。

如果你是超级大纲人,想学会一套囊括一切的情节编排系统,用这个方法就对了。

先从概要开始,逐步朝细节下手,最后再细修所有细节,直到你准备好动笔。

请依照下列顺序来:

(1)定义 LOCK 元素。如同第一章所述,扎实的情节至少需要:

・一名主角

・主角的目标

・对手带来的冲突

・大概知道你想要什么冲击结局

花时间定义 LOCK 元素。你的答案可能很简单:萨姆·琼斯是一名警察,他想查出到底谁谋杀了市长。他的对手是凶手,真实身份原来是市长夫人。最后萨姆大获全胜,但我希望结尾苦乐参半。

以上的说明很简略,但本来就不需要太复杂。如果打算确定完整大纲,你可不会想在情节编排过程中太早做决定。留给自己转圜的余地,让想象力有发挥的空间。

(2)写好封底文案。之前也提过了,你要先理出故事的摘要。撰写摘要文案时,请参考附件二的练习表。稍后你逐渐拼凑故事大纲时,封底文案就是你遵照的总体方针。

(3)定下整体结构。运用第二章的原则,开始感受故事的整体结构。请以三幕结构为单位构思,比方说:

第一幕:萨姆接到案子。

第二幕:萨姆拼命想破案。

第三幕：萨姆成功破案。

接着想出那两扇无法折返的门。问问自己为什么萨姆非破案不可，什么事会逼他接下案子？答案可能很简单：上级把案子派给他，他必须遵守职务。这就是第一扇门。

后来萨姆接获一条重大线索，或可能遭遇挫败，这就是第二道门。一开始你想到的场景或许很模糊，但还是得把大要记在索引卡上，或是你喜欢用来记录场景内容的东西上。

想出可能的结尾场景，加入列表中。

（4）**雕琢一下角色**。如果你喜欢写长篇大论的角色自传，现在就是最好的时机。你至少该知道第四章提到的角色基本信息，以及第九章讨论过的角色弧线。花几天专门雕琢角色，让他们变得生动独特，因为角色能激发出更多场景。

我习惯做一两页的表格，记下所有角色相关信息。表格需要下列信息：

角色表格

姓名	外表描述	身份	目标和动机	秘密	激起的情绪

（5）**写每幕摘要**。你的三幕已经安排好了，现在请替每一幕写一

段摘要。写摘要能让你对情节细节越来越了解。比方说：

第一幕

萨姆·琼斯是一名纽约警察，他已经任职快二十年，最近五年更升为警探。他家中有一对妻女，但最近家里状况不太好。妻子过去几年开始严重酗酒，却又不愿寻求治疗；女儿现在十三岁，非常叛逆。萨姆只有三个兄弟，因此完全不知道如何养育女儿，与女儿沟通。家里的问题开始影响工作，他最近执勤时精神变得涣散，而且消息已经传到上级那儿去了。

当纽约市长遭到残忍杀害，萨姆接到了这起案子。这是第一扇无法折返的门，因为萨姆有义务要破案。

第二幕

萨姆和搭档阿特·洛佩斯先从案发现场查起。他们碰到一名做事马虎的法医，似乎是新人。接着他们访问了好几名目击证人，每个人的证词只让案情越发扑朔迷离。

这时萨姆的女儿开始抽烟，晚上外出不归。萨姆的妻子的情绪似乎快崩溃了。萨姆完全不知道该拿她们怎么办。

一条线索指出袭击市长的凶手可能来自市长办公室。怎么可能？随着萨姆和阿特挖出事件真相，危机也随之而来：有人企图谋杀他们。两人发现案件背后内幕颇深，难道有阴谋？这条线索就是第二扇门，萨姆被迫面对超乎想象的难题。

第三幕

萨姆开始调查市长的幕僚长，跟踪他到处跑。然而他对调查结果不太满意。萨姆接到医院打来的电话，得知妻子吃了过量的安眠药，差点死亡。

在家庭和工作的双重夹击下，萨姆几乎放弃了工作。然而这时他发现幕僚长和市长遗孀有一段情。所有线索都串在一起了。萨姆找两人对质，差点被他们雇的枪手所杀，不过他活了下来。

萨姆辞掉警局的工作，决定全心照顾家人。

（6）写每一章的单句摘要。替每一幕的每个章节写一句摘要。你依旧可以写在索引卡上，或随便列出来就好。将来你会经常反复修改这些摘要，所以留点弹性空间。第一幕的章节摘要可能如下：

序章：市长遭到谋杀。

第一章：萨姆质询另一起案子的目击证人。证人抓狂。

第二章：萨姆因为太激动而被队长痛骂。

第三章：萨姆喝醉酒，跟搭档发牢骚。他不想回家。

第四章：萨姆回家后，朝妻子和女儿大吼。妻子喝酒。

第五章：一名新闻记者堵到萨姆，质问日前证人抓狂的事件。萨姆接到新案子，与阿特·洛佩斯搭档。

第六章：凶手视角：他在看电视新闻。

如法炮制继续写。这个步骤很花时间，不用担心。请定下合理的时限，尽量于时限内写完。

把你的情节记在索引卡或其他东西上，好掌握情节的全貌。放自己几天假，再回来研究情节，修正细节。也许你想增加或删减场景，这时候再适合不过了。

（7）**写每一章的完整摘要**。把单句章节概要拉长成每个场景的短摘要。记下地点、时间和相关角色。

尽量把摘要控制在两百五十字以下。举例来说：

第一章：读者第一次见到萨姆·琼斯时，他在质询一名韩国店主。店主目击了店外发生的枪击案，犯人是黑人，受害者显然是白人，店主却分不清楚两人。这个社区长年受种族纷争所扰，萨姆因而觉得必须快刀斩乱麻。他又想到家里的妻女，不禁有点焦躁不安。家里最近状况不好，已经开始影响到他的工作，弄得萨姆很不高兴。不过他还是将注意力放在店主身上，这名中年男子满脸恐惧，萨姆知道他一定是害怕遭到报复而刻意隐瞒信息。虽然萨姆保证会保护他，店主还是不断抗拒。萨姆终于受够了，开始朝店主大吼大叫，要他想清楚要如果不配合，萨姆会怎么对付他。店主吓得抓狂，放声尖叫。他冲出店外，不小心被骑脚踏车的孩子撞到。这下他更抓狂了，开始威胁："我要告你！我要告你！"萨姆翻了个白眼。好一个身为纽约警察的美好夜晚。

（8）**小憩一下**。你值得好好休息。

（9）**动笔写小说**。一步一步跟着你定的章节摘要，开始写小说初稿。如果你写到某处，觉得非脱离大纲不可，请停下来仔细想想。假如必须更动情节，请从这里开始修改大纲。没错，你必须多做工，写新的章节摘要。但你是大纲人，这种事做起来如鱼得水吧。

（10）**修改小说**。请参考下一章。

▲练习一

快速回答下列问题，并记下你的答案：

（A）去参加派对时，你最期待：

　　1. 见到老朋友　2. 认识新朋友

（B）如果你要选音乐来听，你会选：

　　1. 古典音乐　2. 摇滚乐

（C）你在学校比较拿手的科目是：

　　1. 数学　2. 艺术

（D）你的好友认为：

　　1. 你是控制狂　2. 你有放荡不羁的灵魂

（E）你比较想花一个小时跟哪个人聊天：

　　1. 保守主义政治评论家小威廉·巴克利（William F. Buckley）

　　2. 喜剧演员杰克·布莱克（Jack Black）

（F）你最喜欢：

　　1. 保障　2. 惊喜

（G）你比较喜欢哪项工作：

　　1. 软件开发师　2. 诗人

好吧，这份问卷的可信度八成有限。不过说真的，如果你的答案大多是"1"，你大概属于大纲人；如果你的答案大多是"2"，你可能是不大纲人。挑选符合你"个性"的情节编排方法，尝试看看。

▲练习二

列出你最喜欢的小说,至少列个十本。现在看看这些书,每本书之间是否相似?这些小说着重于情节和动作场景?或者你比较喜欢角色导向的作品?还是两者都有?

文学小说/角色导向作品的作者大多是不大纲人,商业小说/情节导向作品的作者则大多是大纲人。选择情节编排方法时,请考虑这一点。你写的小说类型应该跟你喜欢阅读的类型相同。

第十一章

修改你的情节

> 让你的角色自由发展，让他们活出你的秘密人生。然后在接下来几周、几个月，甚至几年间，请放轻松，让你的故事沉淀。接着你不是重写，而是重新体验你的故事。
>
> ——雷·布莱伯利

我们都听过"写作就是重写"。没错,但要怎么重写?要先处理哪个部分?怎么决定保留和删除哪些段落?

本章会试图教你一套修改情节的原则。不管你是不大纲人还是大纲人,惯用左脑还是右脑,你都必须冷静、理性审视情节,情节才会变得稳固。

海明威有一套他描述初稿的说法。简单来说,他认为所有的初稿都像,呃,排泄物。

我想我不会说得这么绝,毕竟海明威身经百战,当然练就一口毒舌。然而他说的并没有错,初稿写来就是要重写的。

◎先写出初稿

你得先有东西修改,所以第一步就是要写完初稿!

怎么做能写出初稿呢?

请采用本书介绍的一种情节编排方法(请参考第十章),然后尽可能快快写完初稿。

也就是说，请不要学大文豪普鲁斯特，花好几个小时琢磨每个字、每一页；这些事可以晚点再做。噢，你当然可以偶尔缓下脚步，寻找正确的写作风格，但请记得继续前进。每天订下适当的字数目标，就这样一路写到结尾。这就是"故事里发生了什么事"的初稿。

为什么要一直写呢？因为你的心会急着带领想象力往前，探索各种创作的可能。如果你停下来，太关注技术细节，太担心要写得完美，你可能永远找不到故事中最原创的元素，错过一条充满可能的小径或小河！就算你是大纲人，写初稿时也请像首次远征美国大西部的探险家一样，尝试各种可能。

每天你可以在继续往下写之前，修订前一天写的内容，但仅止于此。请抗拒倒回去修改更多的冲动。

你也可以使用回头技巧（请参考第十四章），但只能用来确定你站稳了脚步——用LOCK系统分析目前为止的情节。

继续写，一路写到结尾。别放弃你的计划，一定要写完你的故事。

你可能会问，如果最后我写得一团乱怎么办？

你可以开香槟庆祝了。即便是经验老道的作家，写的初稿也是一团乱。斯蒂芬·金形容他的初稿像"在二手店或跳蚤市场买的外星遗物，而且你根本不记得买过"。

大纲人写完初稿时，可能觉得小说还在掌控之中。如果你跟着大纲、LOCK系统和三幕结构走，你的情节底盘也许真的很稳固。

不过现在你有机会把情节修得更好。以下是修改情节的步骤。

第一步：沉淀一下

你的初稿需要时间沉淀。请忘了你的小说，去做点别的事。你可以在这期间尝试不同的写作方式，继续成长。写点诗、散文或社论文章，或是开始写下一本小说。你是作家，不是刚写完一本书的人。

这期间，你的初稿会在脑袋深处沉淀，许多好事都在这儿不知不觉地发生。

大约两三周后，你就可以准备开始改稿了。

第二步：做好心理准备

作家对改稿的态度大不相同。有人说："我不喜欢重写，我喜欢写完的感觉。"

其他人则觉得重写的过程就像重考期末考，每考一次，成绩就越好。

不管你是哪种人，都请做好改稿的心理准备。我的意思是，请试着让自己兴奋起来。

在你拿手稿和红笔在书桌前坐下来之前，告诉自己下列这几件事：

·依照计划改稿会让我的小说更稳健。
·依照计划改稿很好玩，因为我知道每一步该怎么做。
·改稿才能分出真正专家和自我感觉良好的门外汉的差异。
·我不想当自我感觉良好的门外汉，我想成为专家。

请记着这几件事，开始准备修改情节。

把你的小说印出来。没错，印在纸上。你必须呈现读者阅读小说的状态。

第三步：读一遍

将印出来的初稿带到安静的地方读一遍。如果你可以一口气读完，那当然很好；如果不行，也请挪出时间尽快读完。这时候别太在意细节，只要注意故事全貌跟整体感觉就好。要的话，你可以写一些简短的笔记，但试着不要停下来很长一段时间。

读初稿可用的方法

学会一套井然有序的阅读方法很方便。你不会想花时间从头一一细修每个问题。我向来用红色签字笔和几个符号，协助我在阅读时快速标记稿子：

· 打钩表示我觉得这页的情节太拖沓。

· 用括号框住我看不懂的句子。

· 在页缘画圈，表示我觉得这段需要增加内容。

· 画问号表示我认为这段可能需要删减。

就这么简单，剩下就是尽快把初稿看完。

你应该先从大问题着手，再逐渐朝小细节下手。美国作家梭尔·史坦恩（Sol Stein）称之为"检伤分类法"。依据《美国传统词典》（*American Heritage Dictionary*）的定义，检伤分类是一种将伤者分类的程序，其分类标准为伤者对立即医疗照护的需求，以及医疗服务为伤者带来的可能助益。检伤分类一般用于战场、意外现场以及医院急诊室等必须有效分配有限医疗资源的地方。

懂了吗？请把你的初稿当成一场灾难（这样想真的很伤自尊

吧？），了解你的初稿需要特别照顾就好。使用检伤分类法，优先处理最重要的问题。

首先要问的重大问题是：我想讲什么样的故事？

等等！这时候不是早该知道我要讲什么故事了吗？有可能，但或许在小说表面之下，还有更深层的故事试着破土而出，而你在写作过程中甚至没有意识到。

斯蒂芬·金用一个很好的譬喻形容这个状况，他称之为"地下室的男孩"，也就是作家潜意识深处运作的脑袋。现在你该打开地下室的门，偷窥他们做了什么。

因此请分析你的故事，并自问下列问题：

· 读初稿的时候，有哪些地方让你感到惊讶吗？你觉得原因是什么？其中有你想进一步发展的元素吗？

· 角色到底在故事里做什么？他们身上还有尚未完全探讨的议题吗？

· 检视拖戏的段落，因为你可能在这些段落逃避处理更深层的议题。这些时候角色到底在想什么？他们当下的兴趣、挫折与欲望是什么？

· 想象另一条情节线。如果在故事中的几个时点让情节转了弯，你的故事会有何不同？你未必要照着岔路走，但这些旁支或许有些元素可以导入主线情节。

如果你对上述问题的答案有所共鸣，请试着替你的情节写一份摘要，但加入上述问题建议的额外元素。写出两三页的情节纲要，再修改纲要，加入新的想法、角色和主题。越修改，你就越接近真正想说的故事。

接着请想想故事结构：

・你的故事自然以三幕呈现吗？

・主角的世界有马上遭到扰乱吗？

・第一道无法折返的门出现在故事开始五分之一之前吗？

・主角面临的代价够高吗？

・第二道无法折返的门有带领主角走向高潮结尾吗？

・故事节奏符合你的打算吗？如果你写的是动作小说，情节有不断前进吗？如果是角色导向的小说，每个场景的深度够吗？

・角色有明确的强烈动机吗？

・所有巧合都有先铺陈吗？

・小说一开始就有事件发生吗？你有在场景中丢入问题，并放入角色让他面对改变或威胁吗？

・时间线合理吗？

・情节发展是否太容易预测了？场景顺序是否需要重新调整？

思考这些问题保证能让你的基本情节更加稳固，现在你可以进一步处理其他重要问题了。回答下列问题时，记得一定要记笔记。

关于主角的问题

・主角令人印象深刻吗？引人注意吗？能带领读者一路走到结尾吗？主角必须仿佛从纸面上活过来，你的主角是这样吗？

・主角有避开老梗设定吗？他能让读者感到惊讶吗？他有什么特别？

- 主角的目标够重要吗？
- 随着故事发展，主角如何成长？
- 主角如何展现内在力量？

关于对手的问题

- 对手角色有趣吗？
- 他的设定完整，不只是样板角色吗？
- 他的行为（至少在他心中）合理吗？
- 这个角色写实吗？
- 他至少跟主角一样强，或比主角更强吗？

关于情节附着元素的问题

- 主角和对手之间的冲突对双方都非常必要吗？
- 为什么他们不能放手离开？哪些元素将他们绑在一起？

关于场景的问题

- 重大场景的规模够大吗？让人吃惊吗？你可以把这些场景发挥到极致，写得更独创、更难以预测吗？
- 场景中的冲突够吗？
- 哪个场景最不起眼？把它删了！于是你有了新的"最不起眼场景"，请考虑也把它删了。
- 为了让故事不断前进，你还可以删掉什么？
- 高潮场景是否来得太早（因为你写累了）？你能将高潮场景发

挥到极致，写得更精彩吗？设下定时炸弹，让读者紧张不已？

· 你需要新的小副线情节，来支撑拖戏的中段吗？

关于配角的问题

· 他们在剧中的目的是什么？

· 这些角色独特又生动吗？

第四步：沉思你写了什么

四处走走，想想你的初稿。小心不要撞到墙或其他人。

花五到七天来想。每天醒来，第一件事就写点和小说相关的笔记，或在日志里记些东西。然后读所有的笔记最后一次。

第五步：写第二份稿

有些作家会从头写起第二份稿，把整个故事重写一遍。有些作家则大量使用初稿的元素，复制贴上重新拼凑。你必须自行判断哪种方法适合你，但不要因为怕麻烦，就拒绝大幅重写。

想写出杰作本来就很麻烦。虽然这么说，我也想不出来有什么麻烦事做起来这么令人满意了。

第六步：精炼

告诉你一个好消息：改稿从这里开始就简单多了。写完第二份稿后，请把稿子放一个星期，然后以全新的观点读一遍。这次你要缩减或删除场景，加深角色内涵，以及加长或修改副线情节。你已经有个扎实的故事了，第二份稿能协助你精炼情节，让小说的主要元素——角色、情节、场景、主旨——完全依照你要的方式呈现。

有些老师会建议"杀掉你的最爱"。如果你很爱某句对话，那这句对话大概就太突出了。你已经无法客观判断，所以就杀了它吧，把这一句删掉。

你可能会哀求："可是它好可怜。"

这时请用常情想一下。问问自己你的"最爱"是否有助于情节，还是会害读者暂时出戏，意识到作者的存在。如果答案是后者，你知道该怎么做：删了它吧。

第七步：润饰

终于来到这一步了。顾名思义，你要重新审视稿子，把每个元素都磨得晶莹透亮。先读一遍，专注在场景上，并自问下列问题：

- 你一开始就勾了起读者的兴趣吗？
- 悬疑场景是否拉得够长，将紧张感推到极点？
- 哪些信息可以晚点再揭露？这样读者会越读越紧张，保证有利无害。
- 故事中的惊喜够多吗？
- 角色反应场景是否有深度又有趣？
- 检查章节结尾的"继续读推手"。
- 哪些地方可以用行动取代角色感受的描述？
- 你有使用诉诸视觉、刺激感官的字眼吗？

接着再读一遍，这次专注在对话上：

・只要删掉句中几个字，通常就能加强对话。举例来说，"我不想要进到里面，因为看起来太可怕了"就会变成"我不想进去，太可怕了"。

・写对话时，请不要偏心，别把好对话都派给同一个角色。

・好对话能创造紧张情绪，让读者感到惊讶。将对话当作一场游戏，参赛者都亟欲赢过对手。

・即便是同伴之间的对话，你也能增加更多冲突元素吗？

学着爱上改稿，因为这是写作必经的过程。你每改稿一次，就能成为更好的作家，你的情节也会变得稳固许多。

▲练习一

为了体验改稿的过程，请将你正在写的两三章印成纸本。读一遍，在页缘画下下列记号：

・如果你觉得情节拖沓，就打个钩。

・用括号标出看不懂的句子。

・你觉得某一段可能需要增加内容，就在边边画个圈。也许你想拉长紧张感，或让情节别那么"断断续续"。

・你觉得某一段可能需要删减，就画个问号。这段可能是过长的解释场景，或者你"说明"太多却没有"展示"。

▲练习二

看看你手边档案的章节开头跟结尾。每章开头都能马上就吸引读者的兴趣吗？每章结尾都有促使读者读下去的推手吗？朝这个目标修改。尝试几种不同写法，挑选最好的一种。

▲练习三

还有一个方法能让你更习惯改稿：拿练习一的符号来标示你正在读的小说。如果这套改稿方式有的部分你用不惯，请试着思考为什么；如果有的部分你很喜欢，也试着去想为什么。这就是自学写作的高阶做法。

第十二章

情节模式

> 当你偷一名作家的点子,这叫抄袭;当你偷一堆作家的点子,这就叫研究了。
>
> ——美国剧作家威尔森·米茨纳(Wilson Mizner)

多年以来,许多写作老师都指出不少重复出现的情节模式,不过每个人提出的模式总数都不同。到底是三十六种呢?还是三种?

不管你认为有几种模式,看看不同的情节模式都对你很有帮助,至少能了解每个模式的结构。了解情节模式能协助你更清楚了解情节的全貌。

研究情节模式还有一个好处:这些模式或许能提供你崭新的情节点子。虽然说故事的技法是每位作家的秘方,但他们用的模式可不是,你在头脑风暴自己的情节时,大可借鉴各种情节模式。

你甚至可以结合不同模式,创造全新的情节类型。迪恩·孔茨写《午夜》时,就是结合了电影《天外魔花》(*Invasion of the Body Snatchers*)和H.G.威尔斯的小说《拦截人魔岛》(*The Island of Dr. Moreau*)。他把故事移到现代,再放入自创的角色,结果就如我们所见:一本冲上畅销排行榜的原创小说。

以下我列出一些常见的情节模式。这些并非所有的情节模式,不过本章介绍的模式似乎最常重复出现,表示具有跨越时代的价值。

◎远征

这可能是世上最古老的情节模式。英雄前往黑暗世界，寻找某样东西。他寻找的目标可能是一件圣物，例如圆桌骑士加拉哈德寻找圣杯的旅途。寻找的对象也可能是人。

寻找智慧或内心平静的旅程也可以构成远征情节。《麦田里的守望者》就用了远征模式——在大部分人都是骗子的世界中，一名少年寻找在世上活下去的理由。

远征模式的基本元素

· 主角在原始世界感到不完整。

· 他寻找的对象一定极为重要。

· 一定有重重难关阻挡主角找到目标。

· 远征旅途最后应该让主角有所改变（通常变得更好）。然而失败的远征可能让主角陷入悲剧。

远征模式的结构

第一幕介绍主角，让读者看到他内心的不足，而远征旅途能补足他的缺憾。如果主角对生活毫无不满，他踏上远征的动机就不会让人信服。

《麦田里的守望者》中，读者从许多方面发现霍尔顿活得不自在。他喜怒无常、敏感，还有些忧郁。

第一幕那扇无法折返的门出现在主角踏上远征的时候。《麦田里的守望者》中，霍尔顿跟室友斯特莱塔大打一架就是第一扇门，他因此必须离开学校，前往纽约，从此展开远征。

远征故事中，主角沿途会碰到一系列的事件，将情节分成明显的篇章。大部分的篇章中，主角都会遭受挫败，这就是他面临的冲突。但随着他拼命克服每一个挑战，他就离目标更进一步，情节也得以继续发展。

《麦田里的守望者》中，霍尔顿在饭店订了一个房间，接着他在纽约市碰到一系列不同的人。他碰到一名妓女和她的皮条客，稍后又碰到几名修女。他和名叫萨丽的女孩约会，却以失败收场，于是跑去喝个烂醉。

霍尔顿的远征非常不顺利。

第二扇门通常是重大危机或挫败，或是某种发现或重大线索，将主角带进最后一幕。《麦田里的守望者》中，霍尔顿晚上来到中央公园，冻得半死，让人差点以为他要染上肺炎死了。由于担心父母批评他，霍尔顿一直不敢回家，但现在想到死期将近，他突然想见妹妹菲比。

霍尔顿和妹妹的会面带出小说的核心议题。菲比问他想做什么，他说他想成为麦田里的守望者，一个拯救小孩不要掉下悬崖的角色。

第三幕最后，菲比坐在旋转木马上的画面令人难以忘怀，而著名的最后一章则以问题作结，读者永远不知道霍尔顿有没有找到他的目标。

远征模式容易撼动人心，因为它模拟了每个人的人生旅途。人生在世也会碰到许多挑战，经历挫折或成功，但我们总会努力前进。不管你有没有发现，其实每个人都在远征的途上。

◎复仇

复仇是另一种古老的情节原型或模式。复仇模式描述了原始部落民族的生存方式：你杀了我兄弟，我也要拿你的兄弟开刀。早年的说书人或许以此启发部落成员，并拿英雄复仇的故事训练孩童。

复仇是一种痛彻心扉的模式，因此情节情绪非常激昂。

复仇模式的基本元素

· 主角应该值得同情，因为复仇行为通常非常暴力。

· 主角或其近亲通常不是因为犯错才受难；就算是，他们受的苦也和犯的错不成比例。

· 对于复仇的渴望会影响主角的内心世界。

复仇模式的结构

第一幕介绍主角和他的原始世界。这个世界非常舒适，以至于遭到暴力扰乱时，读者能轻易理解为何主角渴望复仇。

扰乱世界的原因就是有人受难。

受难之后，紧接着会有一段煎熬期。如此一来可加强读者与主角的联结，让他们对接下来的情节保持兴趣。

受难的人可能是主角，或主角的近亲。美国作家查尔斯·波蒂斯（Charles Portis）的《大地惊雷》（*True Grit*）便描述一名少女的父亲遭到谋杀，她因而踏上复仇之路。

主角遭到朋友或同伴背叛（并往往被丢着等死），也算是受难。唐纳德·维斯雷克以笔名理查德·斯塔克（Richard Stark）出版的《猎人》(*The Hunter*)①就是很好的例子，后来也成为李·马文（Lee Marvin）主演的电影《步步惊魂》(*Point Blank*)和梅尔·吉布森主演的电影《危险人物》(*Payback*)的蓝本。

或者主角可能遭到陷害，必须为他没有犯下的罪负责，例如法国作家大仲马（Alexander Dumas）写的《基度山伯爵》(*The Count of Monte Cristo*)。

第一扇无法折返的门出现的时点，通常是主角发现谁陷害他，或想到方法如何报复害他的人。

稍早已经提过，主角的目标可能有两种：追求或逃离某件事物。在复仇情节中，主角的目标就是追求复仇，而更深层的动机则是要恢复秩序。有人伤害了主角，他希望通过复仇，可以恢复正义的平衡。

主角会面临许多阻碍，通常都由他想报复的对象一手造成。

或者对手（大仲马的作品中多达三人）可能不知道发生了什么事。主角隐藏了复仇意图，但他面临的冲突不断累积，终将揭穿他的伪装。

第二幕带出一系列的冲突，阻止主角达成目标。他可能有机会杀死对手，却因为某些阻碍无法得手。阻碍可能是特殊状况，或是另一个角色，也许是对手的同伙。

情节便来回摆荡，描述主角逐渐迈向复仇，却又不断受挫。

终于他得到了大好良机，也许有机会毁掉对手所爱之人、他的事业或他的权力宝座。这就是第二扇门，带领主角走向高潮结尾。

---

① 《猎人》为唐纳德·维斯雷克于一九六二年出版的小说。主角帕克是一名职业罪犯，擅长持枪抢劫。他加入犯罪集团，却遭到同伙背叛，不但没有拿到钱，还差点惨遭毒手。

或者对手和他的同伙使出全力，创造出史上最大的难关。主角溃不成军，差点死掉。

然而主角熬过重大难关，重新奋起达成目标；或如上面所示，他也可能放弃目标。

有时主角能顺利复仇，让读者大快人心。

但有些时候，他也可能为了更远大的理念，例如宽恕或其他高尚的理由，而放弃复仇的目标。这时只能通过牺牲的主题来满足读者：主角通过放弃目标，反而获得更有价值的东西。他放弃对血腥复仇的渴望，转而优先关怀更远大的理想，因此重建了正义的平衡。

复仇情节非常适合探讨人性，因为每个读者都可以理解复仇的写实情绪。

到底怎么写最好呢？应该让主角通过复仇，私下寻求宇宙间的正义，还是把审判权交给正式主管机关呢？主角应该有颗宽恕之心，还是在某些情境下，宽恕其实毫无意义？

对复仇的渴望会如何影响灵魂？尤其如果复仇是主角长期以来的唯一目标？

带领读者一同走上复仇之路，便能轻易让他们读得欲罢不能。当你的基础打得够稳，主角受的苦又够惨，读者便会跟主角一样渴望复仇。

提醒你一下：写复仇情节时，往往会想把对手描写成百分百的坏人。这很正常，因为作者觉得这样能激起读者的愤怒。

然而如果你这么写，读者反而会觉得遭到操弄。所以请赋予对手迫害主角的好理由，这不但不会减弱主角复仇的动机，反而会让读者觉得小说更显真实，绝对有益无害。

◎爱情

使用爱情模式时,你可以让双方其中一人当主角,或创造平行情节线,让两人分别当主角。

《罗密欧与朱丽叶》(*Romeo and Juliet*)就是平行情节线的爱情故事,莎士比亚先让读者分别看到男方跟女方,接着才让他们一起出现。

主角的目标可能是捕获心仪对象的心。

相爱双方的目标则可能是排除万难也要厮守一生。

单主角的传统爱情故事中,对手可能是不愿意回应主角感情的另一方。许多爱情喜剧都走这个模式。

或者主角可能面临情敌,那情敌就是主角主要的阻碍。

如果这对恋人想在一起,他们面临的阻碍便会来自其他方面:例如双方的家人,像《罗密欧与朱丽叶》。

爱情故事的结尾可能开心,可能难过,也可能是悲剧。

如果两人最终互通心意,他们当然很开心。

如果其中一人死了,就会让人难过。

如果两人都死了,那就是场爱情悲剧了,像《罗密欧与朱丽叶》。

爱情模式的基本元素

· 两人必须相爱。

· 必须有事情拆散他们。

· 他们可能破除万难在一起,也可能悲惨地永远分离。

· 经历这段过程后,其中一人或双方都有所成长。

爱情模式的结构

依照爱情故事的类型不同,结构也有所不同。比方说,第一幕双方可能首次见面,其中一人马上爱上对方,第二幕便描述他努力想赢得对方的心。

或者双方在第一幕就互相倾心,第二幕则带出威胁拆散他们的元素,像《罗密欧与朱丽叶》。面对外力的阻挡,这对爱侣还是努力要在一起。

另一种常见的爱情故事模式,则是让命中注定的两人第一次见面时恨死对方,例如电影《非洲女王号》(The African Queen)[1]。随着故事发展,他们共同面对许多挑战,让他们逐渐被对方吸引。

简单的爱情故事中,最老套的公式通常最好:男孩遇见女孩,男孩失去女孩,男孩得到女孩。

也就是说,两人在一起之后,又出事把他们拆开。

爱情模式也很适合当作副线情节。

弗兰克·卡普拉(Frank Capra)的经典电影《一夜风流》(It Happened One Night)就是结构完美的爱情故事,值得好好研究。克拉克·盖博(Clark Gable)饰演愤世嫉俗的记者,克劳黛·考尔白(Claudette Colbert)则饰演逃家的富家千金。他在公交车上遇到她,两人一见面就交恶。不过盖博和她达成协议,如果她让记者独家报道她的故事,他就不会通报她的行踪。

---

[1]《非洲女王号》为一九五一年上映的美国电影。女主角萝丝是在二战期间德属东非传教的英国传教士,男主角查理是替她运送物资信件的粗犷的加拿大船长。两人一开始互看不顺眼,但在行驶非洲女王号前往攻击一艘德国巡逻舰的曲折过程中,两人逐渐互有好感,结尾更共结连理。

于是两人有了待在一起的理由，而他们也逐渐爱上对方。

然而这时两人之间产生了重大误会。考尔白误以为盖博背叛她，她以为盖博只想报她的新闻，便回到她不爱的未婚夫身边。盖博则以为考尔白背叛了他。

这场误会让这对恋人在接近结尾时反目成仇。不过在千钧一发之际，他们解开了误会，两人又重修旧好。

爱情故事可以两种方式留下回响。如果结尾是喜剧，读者会感到希望，仿佛我们也能在真实世界中找到真爱。

如果结尾是悲剧，我们则会苦乐参半地意识到，轰轰烈烈爱过一场总比从未爱过好。

◎ 冒险

冒险故事也是最古老的文学类型之一。过去的读者通常一辈子待在同一个地方，只能通过冒险故事感受刺激。

这些故事也用来启发、激励读者为了群体利益进行探险。

现代读者比较不需要冒险故事吗？虽然我们可以到任何地方旅行，大部分的人仍过着一成不变的生活。并不是说稳定的生活不好，毕竟安定规律能让人安心。但偶尔我们也会猜想，如果就这么抛下生活，出外寻找冒险，会怎么样呢？

二十世纪六十年代末期有一出迈克尔·帕克斯（Michael Parks）主演的电视剧《骑士行》（*Then Came Bronson*）。主角布朗森抛下无聊人生，骑上摩托就这么开始流浪。

每集片头一开始，布朗森在红绿灯路口停在另一个人旁边，对方看起来沮丧又挫折。他问布朗森要去哪里,布朗森耸耸肩说:"走到哪儿就到哪儿吧。"

对方可怜一笑,然后说:"老兄,真希望我能跟你一样。"

然后布朗森就开始他那一周的冒险。

想写好冒险故事,就要让读者希望他们能跟你的主角一样。

冒险模式的基本元素

·主角踏上旅途。他的目的不是寻找某样事物,而是对冒险本身的渴望——他想体验"外头"的世界。

·沿途他会碰上各种有趣的角色和状况。

·主角结束冒险后,通常会对自己的内心或生活有更深的体悟。

冒险模式的结构

要开始冒险,就必须离开。因此在第一幕,作者要在主角出发寻找冒险前先介绍他,让读者短暂看到他要抛下的生活。主角对现在的世界可能有各种不满,他的不满也许来自生活命运的严重不足,例如《哈克贝利·费恩历险记》(*The Adventure of Huckleberry Finn*);或主角自认为必须到世上做一番大事,例如《堂吉诃德》(*Don Quixote*)。

让我们看看《哈克贝利·费恩历险记》的例子。虽然马克·吐温(Mark Twain)先生在前言就警告读者别想找这本书的情节,否则会被他枪毙,但书名其实就露了馅。顽童的历险记就是这本小说的情节。

故事开始时,哈克和寡妇道格拉斯住在一起。后来他的爸爸出现，把哈克掳去他的小木屋。于是哈克装死，逃到杰克逊岛，在那儿遇见了逃走的奴隶吉姆。

吉姆和哈克划着竹筏沿密西西比河而下，开启了冒险故事的河上航行段落。后来两人不幸分开，哈克与格兰杰福德一家人踏上另一段冒险。随后他和吉姆重逢，两人又划着竹筏航行，还碰到了公爵和国王，经历了各种各样的事。

哈克的冒险故事之所以吸引人，靠的是主角独特的语气，以及沿途与他互动的生动角色。在这种故事中，每段冒险都必须能独立成一小段小情节。

写冒险情节最大的挑战，就是避免情节变得过于破碎。你不能让主角从一段冒险跳到下一段，最后却毫无改变。

因此角色转变（或至少有所自省）就很重要。跟远征模式一样，完成冒险的主角应该对人生、自我或两者有全新的见解。

◎追逐

许多人都做过被追捕的梦。我们试着逃离背后的黑影，但我们越努力，跑得就越慢，眼看就要被逮到了。不过这时我们醒来了！真是松了一口气！威胁不再，我们逃走了。

这种情绪正是追逐情节模式的基础。故事先有威胁，再来一段追逐，最终结尾则令人松一口气。如果读者同情被追的人，只要知道好人成功逃跑，读者便会松一口气。

然而假如读者与追捕方同一阵线，我们在结尾之所以松一口气，则是因为该抓的人被捕，正义得以伸张。

追逐模式的基本元素

·有人必须有迫切的理由必须逃跑。

·追捕方可能是主角或对手,但他一定有义务或偏执(或两者都有)得抓到对方。

·你追我跑的形势往往源自天大的误解。

追逐模式的结构

第一幕通常先铺陈读者对主角的同情。主角因为糟糕的意外被迫逃跑(例如电影《亡命天涯》)①,或是必须逃离恶劣的环境(例如监狱),或纯粹为了正确的理由做了错事(《悲惨世界》)②。

假如主角要逃跑,那他需要一些缺点,免得读者过度同情他。追逐情节模式通常会让主角改变,促使他更加了解自己。

有时主角是负责追捕的人,例如《大白鲨》的布洛迪警长。

追逐战通常终究需要结束,读者会清楚知道谁赢了,不过模棱两可的结尾也能让人难以忘怀。华纳兄弟的经典电影《亡命者》(*I am A Fugitive from a Chain Gang*)③结尾,保罗·穆尼消逝在黑暗之中。有人问他要如何生存下去,他转身消失前说:"靠偷。"

---

① 《亡命天涯》为一九九三年上映的美国电影。男主角有天回家发现妻子惨遭杀害,但由于没有凶手闯入的证据,主角又是妻子保险的受益人,因此被当作杀妻凶手逮捕。搭乘囚车前往死刑场时,车上囚犯群起逃狱,主角便跟着逃走。

② 《悲惨世界》的主角尚万强因为姐姐的孩子挨饿受冻,而去偷了几块面包给他们吃,却因此被捕入狱。

③ 《亡命者》为一九三二年上映的美国电影。主角因抢劫而遭判刑十年,他逃狱之后,女房东发现他是逃犯,便以此要挟与他结婚。后来主角为了心爱的女人要与妻子离婚时,妻子便把他送交警局,害他再次入狱。主角再次逃狱后,决定离开爱人远走他乡。

◎永不妥协

英国作家罗德亚德·吉卜林（Rudyard Kipling）在著名诗作《如果》（If）中，称赞了不少美德，其中一项是："如果只剩你一人保持理智，周遭的人都陷入疯狂，还怪罪在你身上……"

有时即便大部分的人与我们为敌，我们还是必须为自己的信念而战。相较于大多情节模式，此模式的主角需要内心有极大的勇气。人都非常在意名声，永不妥协的故事之所以让人印象深刻，就是因为主角背负沉重的道德义务，令读者尊敬。

永不妥协模式的基本元素

- 主角代表了社群的道德准则。
- 对手比主角强上许多，并对主角的社群造成威胁。
- 主角靠着启发其他社群成员而获胜。
- 主角可能靠自我牺牲来启发他人。

永不妥协模式的结构

在第一幕，主角以英雄之姿出场，原始世界的人都很景仰他。通往第二幕的门出现时，主角的世界遭到对手威胁，或对手和主角正式宣战。

美国作家肯·克西（Ken Kesey）的小说《飞越疯人院》（One Flew over the Cukoo's Nest）中，第一幕介绍了主角麦克墨菲，他安排自己进入精神病院。精神病院被护士拉契特掌控，麦克墨菲希望患者能脱离她的魔掌，但其他人都很怕她。

第一扇门出现时,麦克墨菲成功让病患假装用电视看世界棒球锦标赛。拉契特不让患者享受真正看电视的乐趣,于是麦克墨菲运用想象的力量,让大家兴奋不已,凝聚一堂。为了病人,跋扈护士和麦克墨菲现在正式宣战,两人的拉锯战就是第二幕的主要内容。

第三幕带出结局,英雄主角成为精神病院的典范,激励患者起而反抗对手,终于打败对方。

有时主角需要牺牲自己来激励众人。《飞越疯人院》中,麦克墨菲攻击拉契特,因而激励大部分自愿入院的病人离开。麦克墨菲惨遭额叶切除手术,则感动了另一名病人"酋长"。出于怜悯,他闷死了麦克墨菲,然后拿控制盘打破窗户,逃向室外的人生。

西部片《正午》(High Noon)由卡尔·弗曼(Carl Foreman)编剧,弗雷德·金尼曼(Fred Zinnerman)导演,这也是经典的永不妥协故事。威尔·凯恩是镇上的英雄,才刚退休结婚。然而婚礼结束时,他听说州长赦免了他关进大牢的杀手弗兰克·米勒,而米勒已经搭上正午的火车前往小镇。他发誓要杀了凯恩,而且有三名枪手等着帮他。

镇民催促凯恩带着新婚妻子逃走,然而才出了镇外,他就决定他不能逃跑,因而转头回到镇上。他依然觉得他有义务保护小镇,况且他可以募集足够的人马组成警卫队,轻易打败坏人。

然而第二幕的内容却不是与杀手的冲突,而是与镇民的冲突。凯恩无法说服任何人加入他,电影扭转了永不妥协的模式,让主角的社群变成了对手。镇民希望凯恩离开,因为只要开枪就会坏了小镇与州政府的关系。每个人都有借口不想帮忙。

第三幕必须完结主角与杀手的冲突。凯恩在妻子意外的协助下,终于杀了所有的坏人。

但他和镇民的关系呢？这个故事中，英雄主角选择离开。凯恩把警徽丢在地上，一言不发跟着妻子头也不回地走了。

另一部永不妥协模式的电影佳作是《十二怒汉》(*Twelve Angry Men*)，由西德尼・吕美特（Sydney Lumet）导演，雷金纳德・罗斯（Reginald Rose）编剧。亨利・方达（Henry Fonda）饰演一名陪审员，在谋杀案审判中，他唯一不愿投下有罪票，造成他与其他十一名陪审员对立。

冲突由此而生。我非常推荐这部电影的步调与紧张感，只要看完这部片，你就知道情节不需要很多实际行动，也能让人看得欲罢不能。你只需要热情贯彻理想的角色（这部片有十二个）就够了。

◎ 遗世独立

与永不妥协模式相反，遗世独立故事的主角并不追求冲突，也不为伟大的原则挺身而出。这类主角不是英雄，他不过想静静一个人罢了，然而往往事与愿违，逼他必须有所作为。

遗世独立模式的基本元素

・主角不是英雄，并不想与周遭社会挂钩，只想依照自己的道德准则过活。

・发生某件事，将主角拉进大规模的冲突当中。

・主角必须决定要不要挺身而出。

・结尾主角可能缩回他封闭的世界，或决定进入社会。

遗世独立模式的结构

许多方法都能描写非英雄主角脱离社会,宁愿依照自己的准则而活。比方说,肯·克西的小说《永不让步》(Sometimes a Great Notion)[①]中,汉克·斯坦珀就对妥协或宽容毫无兴趣。

典型的非英雄主角就像《卡萨布兰卡》的瑞克。第一幕他就说,"我不会为别人两肋插刀"。他能在卡萨布兰加开酒吧,正是因为他对战事完全保持中立。他倒是偶尔会展现一套自己的正义准则,例如一名少女的先生把钱全赌输时,他便欣然出手帮助她。

第二幕则描述各种势力冲着主角而来,逼他踏入不想面对的冲突。瑞克并不想介入纳粹和反抗军首领维克多·拉塞罗的战争,然而拉塞罗带着妻子伊莉莎来到瑞克的酒吧,伊莉莎又是瑞克过往的爱人,这时他就无法避免冲突了。

来到第三幕,主角可能继续离群索居,坚持他有不当英雄的权利,或者他会重回社会的怀抱。

《永不让步》中,汉克·斯坦珀甚至死透了都不愿回归社会,他(比着中指)的手永远成为放荡灵魂的象征。

反之,瑞克则决定重回战场。"欢迎回来与我们并肩而战,"拉塞罗告诉他,"这次我知道我们会赢了。"

◎权力

人人都为权力着迷。大多数人永远不可能握有大权,我们无法像

[①] 《永不让步》为肯·克西于一九六四年出版的小说。斯坦珀一家经营伐木公司,汉克为家中长子,意志坚强、个性强悍,极具领袖风范。

电影《华尔街》(*Wall Street*)的戈登·盖柯一样，操控全球金融市场，也无法跟《教父》的维多·柯里昂和迈克·柯里昂一样，掌管庞大的犯罪集团。

但我们就爱体会掌权的感觉。

权力模式专注于主角的崛起与陨落，或是描述崛起需要付出的道德代价。我们普遍认为人无法应付权力，例如《魔戒》(*The Lord of the Rings*)中的至尊魔戒带有强大力量，对魔戒所有者来说却非常危险。

权力模式的基本元素

- 故事开始时，主角通常处于劣势。
- 靠着野心，主角增强能力，逐渐崛起。
- 获得权力须付出道德代价。
- 主角可能再次跌落谷底，或愿意放弃权力以重拾良心。

权力模式的结构

小说《教父》讲的是迈克·柯里昂逐渐夺权的故事（请参考第二章对这本小说结构的介绍）。

第一幕，迈克的立场是绝不涉足家庭"企业"。直到他的父亲柯里昂老大差点遭到对手暗杀，他才踏入黑帮世界。

随着迈克的影响力日渐增加，读者也看到他为了获得权力付出多少道德代价。

到了第三幕，我们看到迈克向妻子凯隐瞒谋杀妹夫的事实。他已经被权力腐蚀，而凯在小说最后一句说："为迈克·柯里昂的灵魂祷告吧。"

至理名言

美国作家菲利浦·杰拉德（Philip Gerard）在《写一本改变一切的书》（Writing a Book That Makes a Difference）提到，"一旦你想好结构模板，在模板的框架内你反而更自由轻松，能让故事自行发展带来惊喜，因为你不用成天担心情节是否前后连贯。"

所以遵循情节模式其实能让你写作的时候更自由。以后读完一本你很喜欢的小说，请花几分钟分析情节模式，或许未来你也会想试着用用看。

◎ 寓言

寓言模式比较特别。寓言的情节类型五花八门，唯一共通的模式便是剧中角色都代表特定观念，故事中的事件则要呈现这些观念造成的影响。

英国作家乔治·奥威尔（George Orwell）的《动物庄园》（Animal Farm）明显是有关极权统治的寓言，而刘易斯（C.S.Lewis）的《纳尼亚传奇》（Narnia）系列小说则在探讨基督教义。

也有人把托尔金（J.R.R.Tolkien）的《魔戒》当作寓言，认为小说内容反映善与恶的永恒竞争，以及权力的诱惑。托尔金自称他的作品是神话，我认为那就是强化版的寓言。

《白鲸记》也是一本富含寓言风格的小说，书中充满了象征意象。

杰克·伦敦的《荒野的呼唤》（The Call of the Wild）也带有浓浓

的寓言意味。表面上，故事主角是一只狗。这只过着文明生活的家犬遭到绑架，被送去加拿大西北的克朗代克，被迫学习生存。巴克回到野外后克服万难，不但成为狗群领袖，还变成传说中的"狗魔"。

然而故事背后则隐含着作者推崇的适者生存哲学，展现出他当时主要受到达尔文和尼采的学说影响。

不过请注意，这些作品都遵守三幕结构。只要分析这些小说，便会发现情节都满足了每一幕的要求，而且依照正确的顺序发展。这才是这些名作成功的原因。

《荒野的呼唤》中，第一幕发生在文明世界，第二幕则描述巴克在两个世界之间挣扎。到了第三幕，他终于完全融入野外。

《白鲸记》也以三幕呈现：以实玛利在陆上的生活，追捕白鲸，以及与白鲸搏斗的过程。

寓言不好写，因为读起来可能像用奇幻故事包装说教内容。如果你选择这种模式，请记住一定要好好处理本书提过的所有情节元素，让角色显得真实，而不只是代表某些概念的空壳。

▲练习一

分析几本你最喜欢的小说。你能从每个故事认出一个熟悉的模式，还是几个模式的综合体呢？

▲练习二

分析你选的小说结构，写下每一幕发生的事。

▲练习三

选择本章其中一个模式,以此为本写出新情节。这时还不用担心原创性,只要使用你想到的角色,写两三页的叙述。借此感受一下情节模式的结构。

▲练习四

重复练习三,但这次结合两种模式。

第十三章

常见的情节问题及解决方法

> 我告诉医生,我付不起他推荐的手术,于是他只能对我的 X 光开刀。
> ——喜剧演员汉尼·杨曼(Henny Youngman)

身为作家的好处，就是可以对自己的作品动手术。然而想要手术成功，就必须做出正确的诊断，否则稿子可能就死在手术台上了。

我很爱电影《亡命天涯》的一个桥段：理查德·金博尔医生（哈里森·福特饰演）伪装成为维修人员，混进库克郡医院。急诊室护士要他推一个孩子去动手术。孩子看起来很不舒服，金博尔压抑不住医生的本性，就看了孩子的 X 光片和病历表。

他发现孩子的诊断错了，于是改把孩子带去急诊室的开刀房，让他能马上获救。

这章的目的就是要提供正确诊断和立即协助。你连术前刷手都不需要就能动刀了呢。

◎问题：场景太平淡

永远都要确保场景有张力，不管是纯粹行动造成的紧张感（有坏事要发生），还是内心的紧张情绪（角色有担心的事）。

就连角色在相对沉静的场景休息时，也应该隐约透露出事情并非表面这般祥和。

热点

有些场景可能花太久才"起飞",结果打断了小说的步调。想解决这个问题,可以参考美国作家雷蒙德·奥布斯特菲尔德(Raymond Obstfeld)在《小说家撰写场景的必备指南》(*Novelist's Essential Guide to Crafting Scenes*)提出的"热点"建议。

每个场景都该有个中心桥段,聚焦在特定的瞬间或对话。如果场景没有这个热点,或许就该删掉。

在稿子上找到热点后,欧兹菲建议把热点这段圈起来,然后重读热点前的段落。这段非常必要吗?每一句都非常必要吗?请画底线标出非必要的句子。

继续往回读,直到你删掉场景高点前所有不必要的废话。

你当然还是需要保留一些内容,好好铺陈场景热点。但你会意外发现,许多段落都可以轻易删掉,而你的情节也会因此流动得更顺畅。

◎问题:倒叙处理不好

使用倒叙法时,无可避免会出现情节上的问题——为了回到过去,你打断了叙事的前进动感。如果用得不好,读者可能会感到挫折或不耐烦(更别提编辑了,他们通常不认为倒叙法有用)。以下提供几点小建议,让倒叙法能协助故事发展,而非阻挡情节前进。

必要性

写倒叙场景时(等一下我们再谈"回想"手法),首先请自问是否非用倒叙法不可,而且一定要想清楚。若选择用倒叙法提供读者信息，就表示没有更好的方法呈现这些信息。（倒叙法几乎都用来解释角色当下为何要如此行动。）

如果信息可以在当下的场景中呈现，就别考虑倒叙了。

功能

你确定非用倒叙法不可了，那么请确定倒叙段落能构成完整的场景——紧凑又充满冲突。用一系列高潮迭起的行动组成倒叙场景，别只是一股脑儿丢出资讯。别这么写：

> 杰克记得小时候，有次他把汽油洒到地上。当时爸爸大发雷霆，把杰克吓得半死。爸爸对他大吼大叫，还动手打他。杰克永远不会忘记这件事。

反而应该这样写：

> 杰克还是想起了那个汽油罐。当时他才八岁，一心只想拿罐子来玩。
>
> 没有人在家，车库就是他一个人的剧场。他高高举起罐子，像举着雷神索尔的锤子。"我是汽油之神！"他说，"我要烧死你们！"
>
> 杰克低头盯着脚下他幻想出来的人群。
>
> 汽油罐从他手中掉了下来。
>
> 杰克来不及伸手去抓，只能眼睁睁看罐子掉到地上，发出恐怖的碰撞声。罐子里的汽油流到新铺的水泥地上。
>
> 杰克赶忙把罐子立起来，但已经为时过晚。车库中央出现一

大摊刺鼻的汽油。

　　爸爸一定会杀了我！

　　杰克急着四处寻找抹布，或是可以把车库清理干净的东西。

　　他听到车库门打开。

　　爸爸到家了。

这样你懂了吧。如果倒叙对叙事不可或缺，又构成完整的场景，那么只要写得好，就不会拖累你的故事。

写法

要怎么开始、结束倒叙场景，感觉才自然呢？让我告诉你一个屡试不爽的方法。

你要开始倒叙时，请在当下的场景中加入一个强烈刺激感官的细节，触动倒叙开始：

　　温蒂看向墙壁，看到一只丑陋的黑蜘蛛朝它的网爬去，网上粘着一只苍蝇。蜘蛛鬼鬼祟祟动着脚，慢慢朝猎物移动，就像多年前赖斯特在温蒂身上蠕动的样子。

　　当年她十六岁，赖斯特是校内的风云人物。"嘿，"有一天他在温蒂的置物柜旁叫住她，"要不要一起去看电影？"

这样你就成功进入倒叙场景了。好好写，内容越高潮迭起越好。

写完之后，你要怎么结束倒叙场景？

请把焦点拉回蜘蛛带来的感官刺激（以这个例子来说，就是蜘蛛的样貌）。读者会想起稍早时出现的冲击细节，因此知道倒叙已经结束：

  赖斯特在后座对她出手，温蒂束手无策。整件事五分钟就结束了。

  蜘蛛已经爬到网旁了。温蒂一边看，一边感到反胃感阵阵袭来，但她无法转离视线。

小心写

写倒叙场景时，注意"曾经/当时"这个词。你可以用一两次导入倒叙段落，但一旦进入倒叙场景，就别用了。不要这么写：

  马文曾经很会打篮球。他曾参加球队甄选，教练也曾说他打得很好。

  当时甄选结束后，教练马上对他说："我想让你当先发的控球后卫。"

  当时马文感到非常兴奋。

反而应该这样写：

马文曾经很会打篮球。（用一次导入倒叙场景，接着开始倒叙。）他参加了球队甄选，教练也说他打得很好。

甄选结束后，教练马上对他说："我想让你当先发的控球后卫。"

马文感到非常兴奋。

其他倒叙写法

除了倒叙场景（因为不小心可能就变成狂丢信息的无聊段落），

你也可以尝试"回想"写法。

回想长度很短,让你可以在当下的场景丢入有关过去的信息。回想写法分为对话和思考两类。

对话

这个例子中,一连串对话呈现了切斯特的不良过去:

"嘿,我是不是见过你?"

"没有吧。"

"有,有。你上过报纸,呃,大概十年前?就是在小木屋杀了父母的那个小孩。"

"你认错人了。"

"切斯特·亚瑟!你父母用总统的名字替你命名,我记得报道中有写。"

思考

这次读者进入切斯特脑中,看他回想自己的过去:

"嘿,我是不是见过你?"

"没有吧。"真的吗?这家伙认出他了吗?全镇的人都会发现他是父母杀手切斯特·亚瑟吗?

"有,有。你上过报纸,呃,大概十年前?"

其实是十二年前,但这家伙已经逮到他了。该死的报纸,说什么他嗑药太嗨才杀了父母。没人在乎父母虐待他这回事吧?这家伙也一样。

能巧妙使用倒叙场景，表示你是好作家；懂得转而使用回想手法，通常表示你是聪明的作家。

◎问题：岔路

你以为一切都计划好了，你开始动笔，故事如顶级香槟一般源源不绝畅流而出。写头几章的时候，作家往往都有这种感觉，毕竟开头总是比较简单。

也许你是大纲人，你已经确实掌握整个故事。然而写到大约一万字的时候，你却突然停了下来。你感到心神不宁，于是你离开桌前，心想可能需要喝一瓶红牛或激浪，才能重回正轨。

然而等你回到书桌前，你发现问题还在。对于故事大纲和计划要写的内容，你突然没那么有信心了。

你可能碰到岔路的问题了。

岔路是原先不在情节地图上的分岔，这是你的作家脑袋暗中提出的建议。

你该怎么办？

你有几个选择。你可以忽略这条岔路，咬紧牙关继续前进，像电影《大逃亡》（*The Great Escape*）的查尔斯·布朗森一样勇往直前，深信跟着计划终究能重见天日。

或者你可以跟着岔路走一会儿，因为岔路可能带你走向真正自由之处。

我建议你在计算机上开启一个新档案，或拿出空白笔记本，或一沓餐巾纸，随笔写下接下来几个场景的大纲，假装你完全不知道会发生什么事。

首先这么做：闭上眼睛，让脑中的电影播放器播出鲜明的场景。你不用刻意努力，脑中的导播就会自行召唤角色出现。

看这段情节发展一阵子，然后停下来，记录场景中发生的事。你不需要记得很细，只要像摘要一样写下短短几行。

然后问问自己："假如这个场景出现在我的小说中，接下来会如何发展？"

这时新的场景点子会自动出现，请用摘要记下来。你可以使用索引卡，或其他你习惯用来记点子的方法。

休息一下，出去散个步，喝了那瓶激浪。

休息完之后，请回来研究你的场景索引卡和笔记，理性分析。这条岔路建议的故事线，是否比原先的设定更新鲜、更有创意？如果是的话，请准备修改你的大纲，改道前进。

如果岔路情节有点太极端了，你可以把记下来的点子当作备案，未来自然地用进情节当中。

只要靠这个方法，应该就能解决情节停滞的问题。你的脑袋暂时走岔路去休息了一下，现在已经准备回来好好写故事了。

做重大决定之前，好好睡一觉也是不错的方法。

◎问题：为了情节抵抗角色

你一定听过作家说："我笔下的角色就自己演了起来。"他们通常边说边带着满意的微笑。

我曾经需要暂停写作，好多了解笔下一名女律师。以下是我为她写的随笔笔记：

> 我是一名三十二岁的法律事务所律师。只要我抓住的东西，就不会轻易放手。我不会放弃，我不能放弃，因为我曾经输掉一个该赢的案子！我就是为了不再输另一个案子而努力！
>
> 我对人生的看法如何？我认为你必须拼死拼活奋斗，否则就会被背后的阴影吞噬。你必须不断前进，赶在阴影前面。我之所以这么想，是因为我已经顿悟了：亲爱的，人生在世只能靠自己，就这么简单。我无法忍受蠢蛋和骗子，而且我会当你的面直接告诉你。

写下这些内容，并听到角色的声音，实在助我良多。我更能掌握这个角色，因而能把小说写下去。

也别忘了作家的好朋友：脑内电影院。你心中的导播早就等不及想播一部片或一个场景给你看了，而他播的内容可能正是你需要的关键。

我不记得谁建议以下的练习了，不过这个练习很适合教你了解自己的角色，进而创造创新的情节内容。

请闭上眼睛，让角色鲜明地出现在眼前。替他盛装打扮，让他出席一场社交盛会，在那儿他会碰到一些老朋友，也会见到他的世界中最有权势的一群人。他打开门，走进宴会，然后发生了什么事？请在脑中观赏这个场景，聆听现场的声音，闻现场的味道，让场景越真实越好。

到了某个阶段，找一个人走到主角面前，把饮料泼在他脸上。

他会怎么反应？他周围的人会怎么说、怎么做？

让场景自行发展。

然后带你的角色回家,让他准备上床睡觉。他跟家里的人或他的狗讲述宴会上发生的事。他的感受如何?请深入探讨他的情绪。

写作过程中,你随时可以做这个脑中电影院练习,没在创作的时候也可以。在家准备睡觉时,问问自己你的角色现在正在做什么吧。

或许你会梦到一个场景,或隔天醒来时已经想到一些点子,可以记在床头柜上的笔记本里。

你应该早就准备了笔记本吧?

◎问题:陷入苦战

你已经写到小说中段,却越写越辛苦,你觉得你仿佛在泥巴地跑马拉松。

即便对列好大纲的作家来说,这种状况也稀松平常。有时就算做好了万全准备也不够——你放眼最近的天际,却只看到毫无生气的场景记录卡躺在那儿。

这个问题当然也会发生在不大纲人身上。没关系,这只是写作必经的过程,重点是你要怎么克服?

总共有三种解决方案。

(1)**回头**。首先你可以掉头。前几页的内容是否有些地方显得枯燥呢?还是没有切入重点?你是否忘了主角的目标?有些很长的对话是否只是角色在讲话,没有其他功能?

不断回溯,直到找到感觉不错的段落,回到情节还在正轨上的阶段。

接着自问这段之后的内容是否有些可以删掉,并想出比现有内容更好的场景。也许主角可以从不同的角度切入问题，或跟新角色对话，或碰上天外飞来一笔的遭遇，例如发现新东西，或接到负面消息。

花点时间头脑风暴可用的场景，好让你从现在暂停的地方继续前进。或许你会想出新点子，重新发动写作引擎；就算没有，只要休息一下，头脑也会比较清晰，能尽快回到原先的正轨上。

你也可以考虑来个一百八十度大转弯，朝相反的方向去。

我在写小说《死局》时就用过这招。当时情节出现非常枯燥的段落，怎么写感觉都不对，而我事前想好的场景都大叫着要我不要写。

我试着想象更好的场景，但脑中丝毫没有浮现任何值得记录的画面。

最后我有点急了，便回头去研究一个角色。这个角色先前濒死被送进医院，现在已经奇迹般康复。

我看着她想了一下——她躺在病床上，状况很好，然后决定她非死不可。

这就是一百八十度大转弯。我知道她可能不喜欢这个结果，但她不是作者，我才是，而我的故事正需要来个大转弯。修改这段情节后，我就一路顺利写到结尾了。

（2）**跳转**。在电影中，跳转指的是跳过一段时间往前。有时跳转后还在同个场景，但至少角色一定一致。

试着将场景中你写的角色顺着时间往前挪。你可以把他们移到不同地点，与不同的人接触，但一定要让他们面临某些问题，尤其是主角。

有时你可以先快转，想出一个场景，再思考怎么把现在的情节连到那个场景。先想出一个充满冲突或非常吸引人的场景，这样你的文思就会再度涌现。

等你写好未来的场景后,再回头把中间过程填满。未来场景中有些元素可以拿来用,而中间过程的元素也能纳入未来场景当中。

这就是写作的奥妙之处。

(3) **随便翻阅字典**。从你翻开的那一页,挑一个力道强劲的单字,再翻到另一页,挑出第二个力道强劲的单字。

接着开始写,把这两个字符串起来,活动活动你的创作脑袋。你写的东西对小说内容有什么帮助吗?

至理名言

写作技巧大多与解决问题有关,你先写出问题,稍后再来解决。

写初稿时,不要太在意你学到的技巧和建议,因为等你回头修改时,你就会注意到哪些段落可行,哪些不可行。你学到的技巧会帮你修正不可行的部分。

持续记下你学到的东西,归档在计算机中,可以随时增添。定期检视这个档案,才能真正掌握写作的技巧。

◎问题:脑袋短路

要是你的想象力突然挂掉怎么办?脑袋一片空白,系统彻底报销。你的脑内电影院闹罢工,导播宣告失踪,只能一直重播烂片。

不要绝望!每个作家或多或少都碰过这个问题,而且这个状况并非无解。以下提供几项解决方案,我保证总有一项对你有效。

(1) **充电**。有时候写小说就像在地狱烈火中转叉子一样痛苦,更惨的时候,你甚至觉得你连叉子都转不动了,或觉得自己就是被烤的叉子。这时你就需要充电了。

害你写不下去的原因可能是脑中的编辑，在你写作时一直嫌东嫌西。请叫他闭嘴，准许自己写烂没关系。先把东西写出来，稍后再润饰，这才是写作的黄金准则。

另一种比较讨厌的原因则是失去自信，害你觉得写在纸上的每个字都是垃圾。美国作家拉尔夫·凯伊斯（Ralph Keyes）在《写作的勇气》（*The Courage to Write*）中解释，这是因为你害怕"被拆穿自己是个骗子，骗出版社以为你会写书"。

不过有出版作品的职业作家当中，98% 每次坐下来写新书都有这种感觉，而我从没看过剩下的 2% 接受采访。

这样你应该感觉好多了吧。

"没有哪个作家写作时不吓个半死，"西蒙 & 舒斯特出版社（*Simon & Schuster*）的创始人迪克·西蒙（Dick Simon）曾说，"只是有些人装得比其他人好罢了。"

先休息一天，然后依照第五章的建议，突破写作的障碍。

（2）**重新体验你的场景**。不是重写，而是重新体验。你曾想象身为书中角色的感觉吗？试着体会他们的感受？

现在试试看吧。其实不难，只要化身演员就行了。

通常我写完一个场景后，我会回头尝试体验角色的情绪，演出我创造的角色。几乎每次我"扮演"角色时感到的情绪，都会促使我加长或改变场景。

你也可以在脑中一段一段鲜明地想象场景。像电影一样播放每个场景，但你不是坐在剧院的椅子上看，而是身在场景中，其他角色看不见你，但你可以看到他们，听见他们说话。

加强体验的过程。让事件发生，让角色自由发挥。如果你不喜欢他们的反应，就把场景倒带，让他们换个方法重来。

看看场景的开头。你怎么吸引读者？你是否花太多时间描述场景设定？通常较好的方法是从事件中间开启场景，稍后再慢慢描述设定。

看看场景的结尾。你用什么方法诱使读者读下去？下列选项都适合当作场景结尾：

· 做重大决定的瞬间。
· 糟糕的事刚发生。
· 预感有坏事快要发生。
· 展现强烈情绪的时候。
· 提出无法马上解答的问题。

继续改善每个场景，你的小说很快就会发展出令人难以抗拒的特质了。

（3）**想起你的愿景**。你的小说到底想表达什么？超越情节的框架后，这个故事对人生有何批判？小说如何呈现你对人生的愿景？每个故事都有意义，每个作者也有想说的话。

美国小说家约翰·加德纳（John Gardner）于《论道德小说》（*On Moral Fiction*）写道："我认为现在好坏艺术之差，就在于优展示艺术家都深深秉持真诚的心，在作品中创造值得追求的生活愿景。"

所以你创作的目的是什么？如果只是为了钱或名声，你就错失了创作重要的火花，反而达不到这两个目标。多想一些。

我不是要你改变世界。假如你的小说能将读者传送到另一个世界,也是不错的目标。毕竟每个人都需要放松,而好的娱乐作品能让读者发泄压力。不过请先自问哪些事物让你感动,然后把这些元素放进小说,作品的娱乐价值就会大幅提升。

想想你身为作家的愿景是什么,你的愿景必须让你感到兴奋。你可以把愿景写成宣言,用一段话总结你当作家的希望和梦想。定期重读你的愿景,偶尔修改一下,好反映你的成长。请必定写下一些能启发你的话语。

你的启发必须与世界紧密相连——你对世界的观察,世界对你的影响。"我真的认为要当作家,"作家安·拉莫特曾说,"你必须学着尊敬世界。否则你要写什么?你生在世上做什么?让我们把尊敬当成对世界的敬畏,对我们所在的世界抱持开放的态度。"

如果你能忠于对世界的敬畏,你的书必然就充满了意义。这不仅是写作的良方,也是生活的良方。

▲练习一

列出你碰到的主要情节问题,请读过你作品的朋友给你一些意见。将最严重的问题摆在前头。利用你从本书和其他地方学到的技巧,确定练习计划,加强你在这些方面的写作能力。

▲练习二

从你的书架或图书馆找出一本你觉得不成功的小说,重读一次,记下到底为什么不成功。你会怎么改进?如果你不确定,请参考写作教学的书,直到找到答案为止。作家就是要这样磨炼才会成长。

第十四章

关于情节和结构的建议与工具

> 只要给我们工具,我们就能把工作做好。
> ——丘吉尔对罗斯福,一九四一年

我的邻居约翰热爱改装车辆。整整四年，每个周末我就看他顶开一辆小古董车的引擎盖，在那儿敲敲打打，希望有天能去参加赛车比赛。我老觉得改装车子很辛苦，但约翰就是很爱。他说："我喜欢研究车子怎么运作，怎么样能跑得更好。"

终于，命运中的那一天到了。约翰把古董车挂到拖车上，开去加州索格斯，准备第一次试驾。那天晚上他回来时，我问他开得怎么样。他说："引擎报销了。"

"噢，真可惜。"

"不会啊，这下我可以研究为什么引擎坏了。"

于是他又敲敲打打了一年。然而约翰清楚知道他在做什么，他的工具堆满整个车库，而他知道每样工具怎么用。等到他第二次开古董车进赛车场时，车子表现棒极了。现在他比赛还有厂商赞助呢。

这期间，约翰一直都在做他热爱的事。

我们都热爱写作吧？因此我要提供你一些工具和建议，让你能用来强化情节。请把我的建议变成你的资产，开始建立自己的工具库。

然后开始敲敲打打吧。

◎展示和说明

史前时代伟大的故事家"山顶洞人欧葛"八成第一个提出了小说致胜的黄金准则：只展示，别说明。

至少这条规矩感觉老早就存在了，几乎在每个小说写作工作坊、每本小说写作教材中，都会出现这句话。因为欧葛说得没错，这条准则很有用。然而新手作家最常面临的问题之一，就是不了解这项写作技巧。假如你希望作品能在读者心中异军突起，你就必须掌握展示和说明之间的差异。

两者的差别很简单："展示"就像看电影中的场景。你只看到银幕上的画面，角色通过动作或对话，来展现他们的个性和感受。

反过来说，"说明"则直接告诉你场景或角色心中发生了什么事，感觉就像重述电影内容给朋友听。

还记得电影《侏罗纪公园》（*Jurassic Park*）当中，新到公园的角色第一眼看到恐龙的场景吗？观众亲眼看到恐龙前，我们先看到他们瞪大眼睛，张着嘴巴，呆站在原地看着眼前不可思议的生物。

我们只需要看到他们的表情，就能了解他们当下的情绪。观众并没有听到他们脑中的声音，因为看他们的表情就懂了。

写小说时，你也可以描写："马克瞪大眼睛，嘴巴张得老大。他试图呼吸，却吸不到气……"读者马上可以感受到角色的情绪。

这样比平铺直叙说明"马克既震惊又害怕"好多了。

哈米特最懂

史上最棒的"展示"小说就是达希尔·哈米特写的《马耳他之

鹰》。靠这本作品,哈米特新创了名为"冷硬派"的推理小说形式。哈米特的写作风格便是将情节描写得宛如银幕上播放的电影(所以他的小说非常适合翻拍成电影)。

书中有一段,主角萨姆·斯佩德的搭档迈尔斯·阿切尔刚遭到枪杀,他必须安慰搭档的遗孀。她冲进萨姆的办公室,扑到他怀里。萨姆受不了她哭,因为他知道她八成在装。

哈米特大可这样写:"女子哭着扑进斯佩德怀里。他受不了她哭,他受不了她这个人,他只想逃出去。"

这就是在说明了。但看看大师哈米特选择怎么写:

他问道:"你通知迈尔斯的弟弟了吗?"

"有,他今天早上来过了。"她的嘴抵着他的外套,加上她抽抽噎噎的声音,话都糊成了一团。

他又皱起眉头,低头不着痕迹地看了手腕上的手表一眼。他用左手环着她,手掌搭着她的左肩,袖口往上卷到完全露出表面。已经十点十分了。

这不是好看多了吗!读者看到斯佩德偷瞄手表,因而知道他对女子展现的悲痛情绪一点也不同情。这画面能给读者带来更强力的冲击。

这一小段过后,寡妇问道:"噢,萨姆,你杀了他吗?"

哈米特没有说明斯佩德的感受,而是这么写:

斯佩德直瞪着她,眼睛都要凸出来了,他消瘦的下巴掉了下来。他抽回手臂,退到她够不到的地方。他怒目瞪着她,然后清清喉咙。……斯佩德尖锐地笑了一声:"哈!"接着走到拉上厚重窗帘的窗边。他背对着她，透过窗帘看向中庭，直到她开始走过来。然后他猛然转身，走到桌边坐下，手肘撑着桌面，双手握拳托着脸，直直看着她。他泛黄的眼睛在眯起的眼睑下闪闪发亮。

避开要命的条列法

我不打算批评卖了数百万本书的畅销作家，但有时我觉得美国小说家厄尔·斯坦利·加德纳（Erle Stanley Gardner）写某几本派瑞·梅森系列小说时，写得有点太急了。（他当然写得很急，他大部分的作品都用口述的。）以下是《闪光的手指》（*The Case of the Fiery Fingers*）第五章的开头：

> 这起小小的偷窃案居然需要陪审团审问，显然害得地方副检察官哈利·塞布克非常不悦。他每句话、每个动作都展现出他的不满。
>
> 派瑞·梅森则完全相反，面对陪审团表现得彬彬有礼、公正、论理清晰又开朗坦白。

只因为作者这么写，读者就能真的感到梅森彬彬有礼、公正、论理清晰又开朗坦白吗？当然不可能。我们不只需要条列式的形容，还要看到这些特质通过行为展现在纸面上。在梅森著名的交叉诘问场景，贾德纳确实会详细描写，只是他时不时就会偷懒一下。

◎ 连续剧技巧

大学时我曾经病了好几个星期，几乎只能成天待在我和另外三人共租的公寓里。为了"杀"时间，我开始看连续剧。当时住对面公寓的几个女孩刚好迷上《我的孩子们》（*All My Children*），她们开心地告诉我所有角色的背景故事，让我可以马上跟上进度。

我真的马上开始看，而且很快就看到无法自拔。

我发现我不想回去上课，因为我不想错过任何一条情节线。

然而等我不只看了几个星期，而是看了几个月后，我开始深深感到有些挫败。虽然我还是离不开电视，我却渐渐意识到一件事：剧中没有一件事会完结！每条故事线总是一直持续，不断加上转折、灾难、新发现和冲突！这样下去永远演不完了！哈哈哈哈！

而且每出连续剧都能同时发展多条故事线，先用吊人胃口的画面或大发现暂停一条情节，跳到另一条情节线，而这条情节稍早也是用同样方法暂停。接着在进广告前，留下超大的悬念画面，再跳去别的情节线。

成千百万的观众就这样看得欲罢不能。

所以你要怎么编自己的情节？请记得几件事：

（1）不要太快完结事件。通过问问题和延后提供答案，你可以维持过程中读者的兴趣。

（2）如果情节允许，请在读者意犹未尽的时候切去另一个场景，再用同样的方式跳离这个场景。

◎ 情节笔记

这是我从苏·格拉夫顿那儿学到的点子。她每天开始写作前，都会先写笔记，以随笔的方式，一边打字一边跟自己"对话"。

以下是我替《更好的荣耀》（*A Greater Glory*）这本小说写的笔

记。这个故事发生在十九世纪末的洛杉矶,是以年轻律师基特·香农为主角的系列小说之一。书中出现的人物包括名叫麦洪尼的强力对手、灵媒、不讨喜的惠特尼夫妇。基特的客户名叫楚门·哈克。

好,阿詹,基特要跟麦洪尼对质了。会发生什么事?

这栋房子很恐怖,让人备感威胁。麦洪尼看起来像美国老牌演员查尔斯·德恩(Charles Durning)。现在是一九〇五年,他五十五岁,所以他在一八五〇年出生。等到一八六七年,他十七岁的时候来到美国纽约,开始累积势力。他这次的威胁跟以往有何不同?他先展现爱尔兰人的魅力,接着又变得冷酷如铁。他提到自己的爱尔兰背景,基特则谈起自己的父亲。

他叫保镖进来。或许惠特尼夫妇买通了保镖,要他去找灵媒?

要是麦洪尼死了,结果在降灵会上,灵媒告诉麦洪尼的寡妇说凶手是楚门·哈克?原来灵媒替惠特尼夫妇做事,他们只希望儿子不要娶楚门的女儿。

最后我在故事中用了一些笔记的内容,但没有全用。写作过程中,情节当然会持续进展改变,但每天记下的笔记几乎都能提供给我新的素材。

◎雷蒙德·钱德勒之持枪男子绝招

美国小说家雷蒙德·钱德勒(Raymond Chandler)是冷硬派推理小说大师,他有一招可以克服"废话情节"。假如他写的故事开始拖戏,他就会把一名持枪男子丢进那个场景。每个角色都会很意外,而且大家都必须反应，因而创造必要的助力，推动情节前进。

这个方法很棒，因为通常作家规划太详细或太努力控制故事流向时，就会卡住写不出来。这时只要加入一点惊喜，就能逼出新的想法和联结。最后你可能还是删了持枪男子的部分，但至少他促使你用全新的眼光去想情节。

你当然不用真的增加持枪男子的角色，只要加入意外元素即可：邮差送来一封电报、警铃突然大响、狗狗咬人、主角被开除。

一旦发生意料之外的事，就能协助你突破当前的困境。

下次你写到卡住的时候，请快快列出接下来可能发生的事。这些点子一定要出乎意料，不可事前想好，必须自然浮现在脑中。

选择最有创意的点子，然后开始重写，边写边让情节自行开展。不要马上解释意外的内容，稍后再解释。

◎第二章大翻转

有次我在作家论坛开小说写作课程，我读了一名学生的稿子开头，她的文笔不错，但故事开头只在刻画一名摇滚巨星的内心世界，简直无聊透顶。终于过了十页，情节进展到摇滚巨星开始戒毒，因此深受折磨。故事终于有了动感，而且让人目不转睛。

我说："小说应该从这儿开始。"全班同学也都同意。然而这位学生表示，她的写作评论小组说开头一定要先提供那堆信息。

请记得：有时候评论小组的建议未必正确。

先前已经提过，有时候小说从第二章开始比较好。

没错，直接砍掉第一章，从第二章开始。稍后必要的时候，再丢入第一章的信息就好。

劳伦斯·布洛克在《文学写作》（*Writing the Novel*）一书中，提及他写《死神反间计》（*Death Pulls a Doublecross*）时得到的启发。"若从第二章开始，小说开头就能直接切入进行中的事件。故事因此有了动感，有事情发生。"除此之外，读者也会对剧中立体角色的背景感兴趣，作者便能稍后慢慢解释。

为什么这个方法有效？因为小说头一章通常包含太多解释段落。作者这时还不知道情节要如何发展，便习惯用描述和铺陈塞满小说开头。

然而第二章通常是行动场景，充满动感，马上能吸引读者的兴趣。第二章鲜少解释，因此也替事件增添了一抹神秘感。

· 随便挑一本小说，翻到第二章。你会感兴趣吗？
· 把你的小说头两章颠倒过来。
· 必要时修改新的第一章，让情节维持合理。
· 考虑把原先的第一章完全删掉，在稍后的情节中自然提供解释。搞不好你会发现根本不需要解释。

◎ 回头检查技巧

小说最好的段落往往写于满腔热情的时候，当你把心中的书评踢到一边去，放任想象力奔驰，你就能写出令人兴奋的创新内容。然而到了一个段落，你还是必须回头看看你写了什么。

以我的经历来说，最好的回头时机是写完第一幕的时候。如果是剧本，大约在三十页前后；如果是小说，则大概在二到十章左右。当你感觉已经写到故事的主要冲突，那第一幕就写完了。

这时你就该回头检查,因为第一章奠定的基础将负责推动整个故事。如果基本元素不够稳固,可能就没有足够的动力撑完整本小说,所以花点时间写好第一章绝对值得。

回头检查技巧要点

以下简单介绍本技巧的基本要点:

· 凭着热情写完第一幕。

· 把稿子晾在一边几天,再回来检查。

· 回头重读第一幕,看看你写了什么。把自己当作第一次读的读者。

分析你写的内容,自问下列问题:

· 这样够了吗?

· 我还需要什么?

· 我能预期接下来的故事都充满冲突吗?

· 我喜欢主角吗?

· 我会迫不及待想继续写剩下的部分吗?

· 如果不会,为什么呢?我能更改哪些部分,以让我提起兴趣呢?

做出决定,然后一口气把剩余的初稿写完。

◎反预测

我们已经累积了好几个世纪的故事,而二十世纪以来的故事产量更是迅速暴增——书、广播剧、电影和电视剧都有所贡献——以至于现在读者对情节发展越来越有概念。他们大老远就可以预见陈年烂梗出现。

你的目标就是要骗到他们。

但是该怎么做呢？

你要写跟读者预测相反的情节，也就是"反预测"。

让我解释给你听。首先，你先想好场景或情节，写下首先浮上脑海的点子。这个点子八成早就有人用过，因为你跟你想讨好的这群读者没什么不同。

我们的脑袋自然会先想到老梗，所以你最先想到的点子大概都很老套。

接着请再列出三、四或五种其他点子，花时间头脑风暴一下。

比方说，你现在写的场景中，丈夫冲进家里，发现妻子与他的好友在滚床单。他会怎么做？

你的答案可能是：他走进卧房，拿枪把他们两人都杀了。

这种发展我们早看过了，很老套，读者一定会猜到。你要怎么加入一些反预测元素？

头脑风暴一下丈夫的反应吧。除了老梗，他也可能：

·跟好友打招呼："嘿，好久不见。"

·一句话不说转头又走出去。

·冲刺从窗口跳出去。

我脑中闪过的是第三个选项。我把这个主意写下来，边写还边想是不是太夸张了，况且要是他摔死了怎么办？

这时我才意识到，这可能正是读者不会想到的反预测事件。你居然让看似主角的角色突然死掉？

真有意思。

而且他真的死了吗？

太有意思了。

每次写到主要转折点时，请提醒自己列出各种可能发展。你可以在定大纲时就开始列，或边写边列。不管怎么样，你都能让情节焕然一新。

◎如何显著改善情节编排技巧

国际象棋选手为了增进技艺和排名，每天都会花一定时间练习，练习内容都经过特别设计来增强注意力和技巧。

舞者会花无数小时练习舞步，好加强表现。

精英部队更是会拼命训练，直到每个指令都变成反射动作。

我还可以举出许多类似的例子。所以写作怎么会是例外呢？

有一套写作练习你可以独自进行，而且练完可以大幅提升情节编排能力。然而跟所有有效的练习一样，做起来非常耗功夫。

不过投入八到十二个星期的练习后，对于写作一定会有显著的贡献，我可以保证。

请依照下列步骤训练：

步骤一：挑选六本与你的作品类型相同的小说，不管读过或没读过都可以。我刚出道开始做这套练习时，我会去二手书店，横扫惊悚小说区的平装书。

步骤二：定好这八到十二个星期的练习时程表，才能按表操练。你必须留时间先把六本小说读一遍，接着依照以下的说明，花大约十二小时分析这些作品、做笔记，最后你还需要六个多小时来反思。

步骤三：读第一本书。放轻松去读，并站在读者的角度来看。等你读完，请花一天想想这本书。你喜欢吗？你觉得感动吗？角色让人印象深刻吗？情节紧凑吗？你觉得有些情节拖沓吗？思考这类问题，并简单记下答案。

步骤四：接着读第二本书。读完后，同样花一天想一想，跟步骤三一样自问这些问题。

步骤五：用同样的方法把每本书读完。

步骤六：回到第一本书。这个步骤需要用到索引卡。一一读过小说的每个场景，每一章可能有超过一个场景，请以场景为单位来练习。在第一张索引卡右上角记下"第一张"，这样如果不小心把卡片打散了，还能排回正确的顺序。请用索引卡记下每个场景的信息：场景设定、叙事角色、两行的场景摘要，以及场景类型（行动、反应、铺陈、深化等）。场景结尾让你想继续读吗？为什么？

步骤七：每本书都重复同样的步骤。现在你应该有六沓索引卡，分别列出六本小说的每个场景。收好这些索引卡，因为它们很珍贵。未来写作时，你要不时重新检视这些卡片，详细做法请看下一步。

步骤八：随便挑一沓索引卡。快速翻阅卡片，阅读所写的信息，想起那个场景，然后换下一张。你几乎等于在脑中快转播放一部电影。用这个方法读完这本小说的情节，将之深深刻在记忆里。

步骤九：如法炮制读完其他五沓索引卡，这时你脑中应该对情节有了全新的澎湃感受。现在只剩最后一步了。

步骤十：挑一沓索引卡依顺序排在地上，将卡片分成三幕。利用本书第三章的内容，找出开头、中段和结尾必要的几个桥段，以及构成两扇无法折返之门的场景。有空的时候,也拿其他几本小说的索引卡练习。

现在你可以大肆庆祝了。假如你依照这十个步骤练习,你就能超越其他百分之九十九的新手作家。他们大多需要通过实际尝试和失败,才能了解情节编排的技巧。当然,实战经历若能增进技艺,那也没什么不好,但是你花十二个星期学到的能力,同样的新手可能要花好几年才能累积起来。

◎反转"来复枪原则"

俄国剧作家安东·契诃夫(Anton Chekhov)提过一条著名的情节编排原则:如果第一幕开始时,墙上挂了一把来复枪,那剧中某处一定要用到这把枪。他的意思其实就是:如果你铺了梗,稍后梗一定要收。

我觉得把这条原则翻转过来,对作家反而比较有用。也就是说,如果稍后在故事中,你要用来复枪当作推动情节的重要元素,那你最好在第一幕就把枪挂在墙上。

这就叫埋梗,你在写作的任何阶段都可以开始埋梗。

或许写到高潮结尾时,你决定要让主角能从手表里变出喷火器,一路烧出重围。假如你想这么写,你就必须在稍早的情节中把梗埋好。

每部007系列电影当中,Q的功能就是负责埋梗,他会给邦德看下次出任务可用的各式玩意儿。通常观众会忘记其中几样,直到邦德被绑着脚踝倒挂在一池食人鱼上面,这时他会变出必要的玩意儿,顺利脱身。观众可以接受这样的发展,因为他们会想起稍早Q和邦德的场景。

当然梗未必要埋得这么明显,你也可以很早就埋好梗,再慢慢计划稍后怎么利用。

我的基特·香农系列小说设定在二十世纪九十年代早期的洛杉矶。我研究时代背景时,发现柔道一度非常盛行,尤其女性常练柔道当作运动。于是我让基特报名柔道课,但没有刻意强调。不过稍后她用了柔道技巧对付一名想吓阻她的高大拳击手,如果事先没有埋梗,这段就不合理了。

◎水牛奔腾技巧

你无法控制一群奔腾的水牛,它们一旦出发就不听指挥了。你只能骑上马,拼老命快马追着它们跑。

然而你可以影响疯狂水牛群大致的前进方向。只要跟在牛群旁边,一面挥鞭一面大喊,就可以掌控牛群要往哪儿跑。你不用计划它们的步伐、确切的行进路线,只要让它们差不多往得州跑就好了(假如那是你的目标终点)。

所以每天你坐下来写作时,就放任思绪奔腾,让想象力尽情嬉闹,别妨碍它们。你只要偶尔轻轻挥鞭,让它们朝你的目标方向前进。大部分的时候,你就看它们跑就好。

◎你的作家笔记本

创作小说时,你可以将手边小说的信息依序整理在作家笔记本里。有了这本笔记本的好处,就是你"没在写作时也可以写作"。开始动笔到写出完稿的过程中,你都可以在作家笔记本中记笔记或增加信息。

你可以自行替笔记本分区，将笔记本调整成符合你的风格。以下是我自己分的五大类：

（1）**情节点子**。我用这区记录有关情节的笔记。正式动笔前，我会在这区随意记下情节发展、转折还有重大场景的点子。

我们想到点子的时间往往很怪。不过当你想到的时候，请赶快记在这区，稍后再来思考怎么用。这样就算你手边没有计算机（或稿纸），也可以继续写小说。

（2）**角色**。我用这区记录主要角色的描述，以及每个人的基本信息。我想知道他们的动机是什么，在故事中希望得到什么，最关心什么，过去有哪些事件影响他们。

我也会列出所有主要、次要角色可用的名字。取"听起来像真的"的名字很重要。创造名字其实很简单，只要随便挑一份报纸，逐一阅读报道找名字就行了。记得将姓与名分开列表，很快你就能列出一堆可用的名字，将来可以省下很多时间。

写作碰到瓶颈时，请翻开笔记本这一区，检视主要角色的资料。问问自己："这些角色真的想要什么？为什么他们达不到目标呢？"想通了就能继续写下去。

（3）**研究**。作家做研究的方法各不相同，有人喜欢等到写完初稿，再看哪些段落需要进一步研究，有人则在开始动笔前，就花大量的时间研究。（据说詹姆斯·米切纳每写一本小说，平均都会先读两百本书。）至于我呢，则是这两种方法都用。

不管你怎么研究，都需要有地方记录研究结果。近来有了网络和电子邮件，你可以快速搜集资料，请养成习惯把研究结果归档到作家笔记本中。做研究的附加好处是能提供情节点子，你可以将新想法写到点子或情节区，真正活用这本笔记本。

（4）**情节摘要**。把你真正写的内容记录在情节摘要区。每写完一章，就用一两句话摘要内容，然后在下方复制贴上那章的头一二段，接着空一行，再贴上最后几段。每一章都记得记录，并定期印成纸本，归档到作家笔记本中。

情节摘要能协助你检视一路走来的轨迹，促使你思考每天的写作方向。有时候你可能迷失了情节走向，这时你可以重读整个故事的摘要，通常就能聚焦思绪，想出重回正轨的点子。

等你终于写完初稿，情节摘要就会成为故事的完整大要，引导你开始写重要的第二份稿。

（5）**问题**。好作家总是不断问小说相关的问题。这些问题可能针对情节（这里能发生什么意外事件？）、角色（莱尔需要什么技能，才会做建筑模型？）、研究（美国联合服务组织的女服务员在一九四三年穿什么衣服？），或其他你能想到的主题。把问题都记在笔记本里，随着你找出问题的答案，你的故事质量也会越来越高。别忘了，好作品靠细节，而问问题能让你想出必要的细节。

再说一次，作家笔记本的好处是让你没动笔时也可以"写"小说。如果睡前把笔记读一遍，你甚至睡觉时也可以写小说。除了从政以外，还有哪份工作可以边睡边做？

◎基本情节建议

以下提供一些特殊类型情节的建议。创作时，请先了解所选类型的传统，再加入一点新意。

推理小说

虽然不少知名推理小说作家都宣称写完初稿才知道凶手是谁，但我怀疑有更多作者从案发场景开始编排情节，一路倒回去慢慢铺陈。

你可能先从情节编排的基本功开始，例如规划场景或角色。你也可能想到一个模糊的情境，因而激发了想象。

但摸索一阵子后，请试试看：想出你的凶手是谁，他的动机可能是什么，然后建构出他犯下的复杂谋杀或重案。把案子设计得生动、复杂又真实，在脑中清楚看到画面。有些作家甚至会制作小布景或画图，真实呈现场景的样貌。

这时你就可以思考情节中要丢入哪些线索，要把哪些角色当成嫌犯了。

或者你想蒙着头直接写也可以，那就相信劳伦斯·布洛克吧，他曾说如果他写作时都不知道凶手是谁，他很确定读者读的时候也猜不出来。（但别忘了他有好多本小说起了头却从来没写完。）

惊悚小说

推理小说和惊悚小说有什么不同？基本上，读推理小说就像走迷宫，读者串联起一条条线索，试图拼凑发生了什么事。

惊悚小说则比较像有把虎头钳逐渐掐紧主角的脖子，剧中的事件越来越紧迫，将主角逼进绝境，而虎头钳正握在对手手上。

故事发展到一个段落，主角便必须击败对手。为何不从这个场景开始编排情节呢？先建构出主角和对手之间的最终高潮战役，尽可能写得充满创意。

这样你就有写作的目标了。最后等你写到结尾时，你可能决定更动场景细节，但至少先想好结尾能指引你写作的方向。

也别忘了动机。赋予对手反抗主角的动机，解释他为何要与主角决一死战。

文学小说

创作文学小说时，作者通常最在意氛围和质感。何不先想想你希望给读者最后留下什么印象？想想作品的余韵。也许可以通过最后的画面、叙述或对话，来创造你想留下的感觉。

你甚至可以替感觉谱上音乐。找一首歌或一段电影配乐，这音乐在你心中激起的感受，跟你希望读者获得的感受类似。一边编排情节，一边播这音乐当背景；如果你是不大纲人，就边听音乐边写吧。

爱情小说

爱情小说的目标就是要撮合恋人，所有情节都绕着这个目标打转。爱情小说除了描述恋人在一起，其实两人分离的时刻也很重要，尽量拆散两人才能制造紧张和挫折感。

我所谓的在一起，指的是永远在一起。如果你笔下的恋人在故事中段就在一起，那就必须发生事件再把他们分开。

因此编排情节时，你可以想想有多少方法能阻碍男女主角在一起的欲望。

写爱情小说很容易陷入窠臼，所以请努力加入新鲜的元素。角色背景很适合插入原创内容，你可以赋予角色独一无二的黑暗秘密。限制往往是最浪漫的选择。想在一起的角色被迫分开的时间越长，最后的浪漫结尾就越甜蜜。

切记，露骨的性爱描写已经过时了。

实验性小说

实验的本质就是要尝试新事物。当你凭着实验冲动写完初稿，请先把稿子搁一个月。一个月后回来读初稿时，请假装你是一名穷学生，只有一点钱能买一本书。从头读起，看你会不会想买这本书。或许你可以增添一些情节，让小说的结构更稳固，情节更好看。

不过这是你的实验，如果失败了，至少你知道这个写法行不通。所有成功的发明都是由失败累积而来的。

稍早我说过，实验性小说顾名思义会违背情节常规和结构。然而你还是可以自订一套写作规范，协助你写出最独创的内容。

如果你想写实验性小说，我可以提供你的疯狂脑袋一个建议——雷·布莱伯利说："每天早上我一起床就会踩到地雷，这颗地雷就是我自己，接下来我得花一整天捡起炸碎的碎片。"

他的意思是，你的故事元素就卡在脑中，晚上会脱离你的控制到处乱飘。你早上起来时，越快开始动笔，就越可能在完全清醒时捕捉到睡梦中飘走的点子，就像抓到逆流而上的鳟鱼。

最好的办法是一起床就先写上十到二十分钟，不要停下来思考你在写什么，写就对了。这些就是炸碎的碎片，等一下再捡起来就好了。

科幻和奇幻小说

创作科幻小说及奇幻小说的有趣之处，就是什么事都可能发生，但这也是这类小说的陷阱。你必须同时努力证明书中世界的"规则"，又要将这些规则自然融入情节。

当背景设定感觉只是作者天外飞来一笔，结果非常突兀，小说就不好看了。

写出好情节的原则在这儿也适用。请强调 LOCK 元素，一项一项好好发展。

也就是说，主角有魔法或可以使用先进科技还不够，他本身必须是完整的角色。请在科幻元素以外，赋予主角一段丰富的人生。

此外，科幻和奇幻小说最适合用来阐述作者的想法。你可以创造一个不存在的世界，来表达你对当今世界的看法。正因如此，很多作家习惯把陈述自我想法当作故事中心，而忽略了情节，这就大错特错了。

不要迷失在自己想象的宏大愿景中。回归基本，规划好情节，你的故事才会受惠。

我试着学习小说写作技巧时，最开始读的一本书是布兰达·尤兰写的《如果你想写作》(*If You Want to Write*)。这本激励人心的作品中，尤兰提出惊人的主张："每个人都有天分，都很独特，也都有重要的话要说……只要说实话，只要每句话都发自肺腑，人人都很独特。但说的话一定要发自真正的自我，不是他认为应该伪装成的自我。"

我当时相信这番话，现在也还是相信。有了规划情节和结构用的工具，你就能将自己独特的声音注入小说，真正感动读者的心。

祝你的写作生涯一帆风顺。现在开始吐露真心吧。

▲练习一

随机挑选本章介绍的两个方法,马上用在你的作品上,并评估成效。

▲练习二

挑一个(你不熟悉的)小说类型,写一段这类小说的情节摘要。这个练习可以加强你的情节编排能力。

▲练习三

随着你学会越多新技巧,请建立自己的写作工具和技巧档案,尽可能累积记录学到的内容。每隔一阵子,请替你收集的技巧写一句短大纲。什么是短大纲?就读法学院时,我习惯把上课内容整理成大纲,再依照大纲列出短大纲。准备期末考时,我大多依赖短大纲,因为能在最短时间内读完要考的内容。

假设你在读格雷格·艾尔斯的《寂静游戏》,一开头就会读得欲罢不能。于是你随手记下你注意到的写作技巧,例如你可能记了:第一人称视角小说可用主角的情绪吸引读者,例如格雷格·艾尔斯的《寂静游戏》开头——

> 安妮在我怀里猛然一扭,指向人群。
> "爸爸!我看到妈妈了,快点!"
> 我没有看,也没有问她在哪里,因为安妮的妈妈七个月前就过世了。我静静站在队伍中,看起来跟一般人一样,只不过滚烫的泪水开始刺痛我的眼睛。

等你收集足够的写作工具，请开始依照情节编排、角色、描述、对话等类别分类。这时你就可以开始列短大纲了。上述的例子我会归在"情节编排类"，放在子标题"开头"下面。我的短大纲如下：

·情节编排

·开头

·第一人称叙述时，用情绪吸引读者

对我来说这就够了。如果我忘了短大纲的意思，我就会去翻主要大纲来提醒自己。

附录一
清单：全文重点

◎情节

·情节会自然产生。你最好了解情节的重要元素，并学会如何掌握。如果你决定为了创作自由，要忽略这些元素，至少你也知道你在做什么。

·情节的基本元素可简称为 LOCK，代表主角、目标、冲突和冲击结局。

·读者通常通过主角才会对故事产生兴趣。

·你可以利用认同、同情、喜爱和内心冲突等手法，创造读者关心的主角。

·主角要有目标，才有出现在故事里的理由。目标可分为两类：取得事物（信息、爱，等等）或逃离事物（法律、杀手，等等）。主角的目标一定与他的生活命运息息相关。

·冲突意指主角和对手之间的对战，负责推动情节的主要段落前进。对手应该跟主角一样强，甚至比主角更强更好。

·商业小说的冲击结局会解答所有主要问题，且多半主角会攻克难关，因而让读者心满意足。文学小说的结尾则较模棱两可，但读者一定要被结尾带来的感受慑服。

◎ 结构

· 三幕结构非常稳固,永远不会害你走错路。三幕指的是故事开头、中段和结尾。只要故事以三幕结构展开,读者就能较快进入状况。

· 故事中的角色是开头的重心。开头的切入点是主角,作者应该尽快让读者与主角之间产生联结。

· 开头也要介绍故事中的世界,奠定小说的风格、带出对手,并说服读者读到中段。

· 中段的重点是冲突,描述一系列主角和对手的战斗。中段必须加深角色之间的关系,让读者持续关心主角,并铺陈结尾的最后决战。

· 最好的结局会收完故事中每条情节线,告诉读者最终决战的结果,并留下余韵。

· 第一幕开始不久后(开头),必须有事打乱现状,让读者觉得角色面临威胁或挑战。扰乱事件不需要很严重,只需要暗示问题即将来临。

· 主角穿越"无法折返的门",进入中段的冲突。这段转折必须让人觉得主角非得进入第二幕的冲突不可。

· 第二幕到第三幕的转折是第二扇无法折返的门。这扇门通常是重大线索或发现,或是严重的危机挫败,将情节导向结尾高潮。

◎情节点子

· 激发情节点子的方法五花八门。重点是你要规划固定的头脑风暴时间,练习想出许多主意,不要自我设限。稍后再从众多点子中挑出最好的。

· 想办法让角色、背景设定及情节元素更独特,借此培养情节点子。

· 你一定要对这个故事有热诚,觉得情节有潜能,又能精准定出情节目标,才开始动笔。

◎开头

· 开头的首要目标是吸引读者。

· 利用开场白、行动、预告、态度、外框故事或序章来引起读者兴趣。

· 注意不要以沉闷的说明段落开头。先写动作,稍后再解释。

◎中段

· 撼动人心的情节中,主角身边总是笼罩着死亡的威胁,不管是实质、精神上或职业生涯上的死亡。

· 附着元素能将主角和对手绑在一起。假如主角只要放弃行动,就能解决问题,读者便会质疑为什么他不放弃。

· 责任往往是情节的附着元素,有可能是职责(警察办案)或道德责任(母亲拼命救小孩)。若限制角色无法离开某地,地点也能成为附着元素。

・小说的基本节奏是"行动，反应，再行动"。通过控制这三种桥段，就能控制小说整体的步调。

・在中段提高角色要付出的代价。代价可能与情节、角色和社会有关。

◎结尾

・小说有三种基本结尾：主角达成目标；主角没有达成目标；读者不知道主角是否达成目标。

・主角可以达成目标，却以负面结尾收场；或者没有达成目标，却以正面结尾收场。

・牺牲是许多结尾常用的强力元素。

・有些结局着重主角必须参与的最终决战，有些则专注于主角必须做的最终决定。

◎场景

・场景是构成小说的基本单位。

・桥段是场景中更小的单位。

・小说场景共有四条和弦：行动、反应、铺陈和深化。

・行动是商业小说常见的主要和弦。行动场景包含场景目标、冲突，以及主角面临的后果（通常不太妙）。

・反应场景让读者看到角色的情绪反应，减缓叙事速度，提供反思的时间。文学小说较专精于这类场景。

・铺陈可用短场景或桥段呈现，提供读者了解稍后场景所需的信息。

・深化技巧就像调味料，偶尔用来替故事添加风味。

・替场景加入引子、紧张程度和推手。场景开头的引子能吸引读者的兴趣；场景必须有一定的紧张程度；场景结尾要以推手促使读者读下去。

◎ 复杂情节

・想替情节增加层次，可以想想故事的主旨、意义或"价值"。用副线情节、象征和主题来呈现故事主旨。

・将长篇情节分成段落，每段都套用三幕结构，但等到最终结尾才完结所有问题。

・角色弧线描述主角经历的重大转变，因此能替情节增加层次和深度。

・想办法让情节影响角色的理念、价值观、主导态度和看法。

◎ 情节编排手法

・世上作家可分为两类：不定大纲的人（不大纲人）和定大纲的人（大纲人），但两者分别也有许多类型。

・不大纲人享有随兴自由的优势，但事后改稿很花功夫，也会浪费时间在没用的岔路情节上。

・大纲人一开始虽然很安心，但写作过程中可能会只因为不符合大纲，就牺牲了颇具潜能的情节发展。

・尝试不同的情节编排方式，直到你找到自己喜欢的方法。你可以在写作生涯中不断尝试。

・小说有不少常见的情节模式（例如远征、复仇、爱情，等等）。你可以借用模式，再加入自己的特色，或结合两种模式。

◎ 改稿

・尽快写完初稿，然后把稿子放着沉淀一下。

・首先以读者的角度读一遍，只做少量的标记或修改。用记号标记，稍后再回来检讨。

・接着分析故事。这是我想讲的故事吗？还是表面下有另一个更好的故事？

・然后分析结构、主角、对手、附着元素、场景和次要角色。

・细想分析的结果，写成笔记，然后动笔写第二份稿，再修改这份稿。

・最后润饰稿子，特别注意场景开头、场景结尾和对话。

・只要身为作家，请不断累积你的写作技巧工具。作家的自我教育永远不该停止。

附录二
撰写你的封底文案

◎步骤一：填入小说的相关信息

主角名称：

主角职业：

第一扇无法折返的门：

对手：

为何主角和对手对立？双方面临的代价分别是？

主要冲突发生在何处？

故事问题是什么？

你希望读者的"感受"是什么样的（毛骨悚然、发人深省或激励人心，等等）？

◎步骤二：随笔写三十分钟

先别管顺序或遣词用字，只要记住步骤一的每项元素，随笔去写。不要停下来纠正自己，尽情将文字投注到纸面上。

◎步骤三：修改

审视你写的内容，挑出你很喜欢的段落，然后排出一定的顺序。慢慢来没关系。你可能想要再写一点，或只要修改已写的内容。你决定就好，但一定要写得开心。

以下是一份简单的模板。这不是唯一的制式写法，但可以教你文案需要的三个段落：

第一段：开头先写主角的名称和现况：

_____是一名_____，他_____。

用一两句话描述主角的背景，以及他所在的世界。

第二段：以"突然"或"然而"开始，然后填入将主角推进第二幕的主要转折点/第一扇门。用两三句话描述第二幕的内容。

第三段：以"现在"开始，写一个描写行动的句子（以戴维·默莱尔替《失散的过去》（*Long Lost*）写的文案为例："现在布莱德必须与揪心的谜团奋斗。"）。或连续提出几个问题："茉莉能得到她的遗产吗？还是她会遭到无以名状的致命力量阻挠呢？这些事件会摧毁蒙太鸠家族吗？"

自我激励的结语

为了鼓励自己，你可以在最后加上纯为宣传的结语：《蒙太古家族》是美国文坛闪亮新秀的惊世处女作，保证能掳获您的心，让您读得欲罢不能。

◎步骤四：修饰

现在你可以修饰文案成品，添加最后一抹风采。等你开始写作或编写大纲，撰写书底文案的过程会让你受用无穷。成品字数应该介于两百五十到五百字之间。

（全书完）